# ミスコン女王が殺された

ジャナ・デリオン

シンフルの町に着くなり巻きこまれた騒動にケリをつけ、当初の計画どおり静かに暮らそうとしたCIA秘密工作員フォーチュンの決意を、一本の電話が打ち砕く。ハリウッドに行った元ミスコン女王パンジーが帰ってきたのだ。折しも夏祭りのメインイベントが子どもミスコンに決まり、元ミスコン女王という経歴に偽装しているフォーチュンは、パンジーと共同で運営を任されるが、大衝突をしてしまう。その翌日パンジーが殺されたことを知ったフォーチュンと地元婦人会コンビは、疑いを晴らすため動きだす……暴走が止まらない、痛快度大増量の第二弾！

# 登場人物

レディング（フォーチュン）……ＣＩＡ秘密工作員
アイダ・ベル……地元婦人会の会長
ガーティ……アイダの親友
マリー……アイダとガーティの友人
パンジー・アルセノー……元ミスコン女王
シーリア・アルセノー……パンジーの母
ハーバート・フォントルロイ……シンフル町長
ヴァネッサ・フォントルロイ……町長の妻
ジェネシス・ティボドー……美容師
ドクター・ライアン……美容整形医
ウォルター……雑貨屋の主人
アリー……カフェの店員
ハリソン……ＣＩＡ工作員
カーター・ルブランク……保安官助手

# ミスコン女王が殺された

ジャナ・デリオン
島 村 浩 子 訳

創元推理文庫

LETHAL BAYOU BEAUTY

by

Jana DeLeon


This book is published in Japan
by TOKYO SOGENSHA Co., Ltd.
Japanese translation published by arrangement with
Jana DeLeon c/o Nelson Literary Agency, LLC
through The English Agency (Japan) Ltd.

# ミスコン女王が殺された

# 第1章

〈トゥームレイダー〉の主人公ララ・クロフト——ただし、あそこまで露出度は高くない——になっている夢の途中で携帯電話が鳴りだした。ベッドから飛び出したわたしは、9ミリ口径の拳銃をつかみ、すぐに銃撃できる体勢で着地した。とそこで自分がルイジアナ州シンフルに潜伏中であること、CIAのミッションで中東にいるわけではないことを思い出した。9ミリ口径をナイトテーブルに戻し、携帯電話に手を伸ばす。

午前七時。

画面を見るとガーティからだった。バイユー（アメリカ南部特有の濁った川）の流れる、このちっちゃな町に到着したその日にわたしが出会った、一見おとなしくて控えめな高齢者のひとりだ。首に賞金をかけられ、武器商人から隠れるためにルイジアナに来ることになったときは、退屈が原因で死ぬのが一番の心配だった。ところが愉快な高齢者たちとわたしは、保安官ににらまれ、殺人犯につきまとわれたあげく、その殺人犯を殺して、五年前の殺人事件を解決した。

この町へ来てたった五日のあいだに。

「緊急事態よ」わたしが電話に出るやいなやガーティが言った。「アイダ・ベルといまそっちへ向かっているところ」

詳しいことを尋ねる前に電話は切れたので、バスルームへ走っていって顔を洗い、服を着た。ジーンズに脚を突っこみ、Tシャツを頭からかぶりながら、夫が殺された事件への関与を疑われる何かが、マリーの身に起きたわけじゃないように祈った。きのうあれだけいろいろあったのだから、彼女はもう何も心配することがなくなったと思っていた。でも、ルイジアナ州シンフルでは何が起きてもおかしくない。

わたしが一階に駆けおりたちょうどそのとき、ガーティの年代もののキャデラックが私道に入ってきた。わたしは玄関のドアを開けてから、コーヒーを淹れるためキッチンへと急いだ。ガーティとアイダ・ベルと話すときは何か飲みものがいる。さっきのガーティの緊張した声からすると、ウィスキーのほうがいいかもしれないが、まだ朝の七時なので、酒瓶に直行というのはたぶん時間的にお行儀がいいとは言えない。

でも、状況しだいでその手もありだ。

〈シンフル・レディース・ソサエティ〉――シンフル住民からは〝シルバー・マフィア〟と呼ばれている――のリーダー、アイダ・ベルがまずキッチンに現れたが、その顔は不機嫌そうだった。でも、頭にいくつものヘアカーラーを巻いたまま、バスローブ姿で家から引っぱり出されることになったら、わたしも不機嫌な顔になっただろう。続いて入ってきたガーティのほうは、いらだちと心配の表情を浮かべていた。いらだちはこの家までの二ブロック間、車を走らせるあいだ中、アイダ・ベルの文句を聞かされていたせいと思われる。

空のコーヒーポットを見て、アイダ・ベルがため息をつき、ブレックファスト・テーブルの前にドサリと腰をおろした。

「ごめんなさい」コーヒーができていないことを、わたしは謝った。「ガーティから電話がかかってきたときはまだ眠ってたの」

アイダ・ベルがかまわないと言うように手を振った。「ガーティが電話してきた時間には吸血鬼だって眠ってるよ。まったく癪にさわる。ガーティはしょっちゅうありえない時間に起きてるからね」

「同年代の女性が寝る時間に寝れば」ガーティが言った。「あなたも起きるのがそんなに苦じゃなくなるわよ」

「車にワックスをかけるんで忙しかったんだよ」アイダ・ベルがぶつぶつと言った。

ガーティがぐるりと目をまわした。「またあの車。あなた、あれを大事にしすぎる点はなんとかするって言わなかったかしらね」

わたしはマグカップに手を伸ばした。この長年くり返されてきた議論が終わるころには、コーヒーもできているはずだ。ふたりの喧嘩に口を挟むつもりはない。アイダ・ベルの車については個人的に思うところがあるが、朝の七時に口にするにはぶしつけな内容ばかりだ。

「参考までに言うと」アイダ・ベルが言った。「売るためにワックスがけをしてたんだよ」

わたしは唖然として動きを止めた。出会って以来初めて、ガーティも言葉を失っている。

「正気を失ったんじゃないかって目つきはやめておくれ」アイダ・ベルが言った。「あたしの愛車との関係は不健全だって責めたてたのはそっちじゃないか。ほんとのところ、何もかもあんたたちのせいなんだからね」

わたしは動きを止めたまま、何も言わなかった。アイダ・ベルは射撃の名手だし、バスローブ姿とはいえ、銃を携帯していないともかぎらない。

「あら」ガーティはそう言ってから、賢明にもアイダ・ベルから椅子をちょっと離した。「それなら、本題に入ったほうがいいんじゃないかしら」

話題の転換。賢い選択。

「GWたちが今朝、夜明けとともに集まったのよ」とガーティは続けた。

「GWたち」とガーティ。

わたしはカップ三つにコーヒーを注いでガーティにまわした。「誰ですって?」

わたしは椅子に腰をおろしてコーヒーをひと口飲んだ。「GWが何を指すのか、知らないほうがいいような気がする」

「たぶんね」とアイダ・ベル。

「GWは地元婦人会よ」ガーティが答えた。

「この町は〈シンフル・レディース・ソサエティ〉だけでたっぷり面倒を抱えてるんじゃないの?」アイダ・ベル率いる〈シンフル・レディース・ソサエティ〉は六〇年代からずっとこの

町を裏で牛耳ってきた。

「あたしがやってる婦人会は面倒なんかじゃないよ」アイダ・ベルが言った。「物事が円滑に進むように取りはからってるんだからね。ただ、うちの入会条件を満たせない住民が独自のクラブを作ることにしたんだよ」

「なるほど」状況が呑みこめてきた。ＳＬＳに入会申請できるのはオールドミスか、夫を亡くして十年が過ぎた女性だけなのだ。ＳＬＳ会員は、男がそばにいると論理的思考の妨げになると固く信じている。わたしもどちらかというと賛成だ。

「ＧＷはなんの略なの？」

アイダ・ベルがぐるりと目玉をまわした。

「神の妻（ゴッズ・ワイヴズ）」ガーティが答えた。

「あたしは〝人生の無駄遣い（ゴット・ノー・ライヴズ）〟って呼んでるんだけどね」とアイダ・ベルが口を挟んだ。

「反論できればいいんだけど」とガーティ。「何しろアイダ・ベルの意見はかなり失礼だから。でも残念なことに、ＧＷたちときたら、ＳＬＳよりひとりでも多く会員を獲得することにばかり力を注いでるの。彼女たちの目的はそれだけって言ってもいいくらい」

「なるほど」とわたし。「それじゃあなたたちは、ＧＷたちが集まったのはジュラ紀生まれ同士のこの戦争において、次の一手を計画するためじゃないかと心配しているわけ？」

「あら、あの人たちが集まった理由ならわかってるわ。詳細がわかってなかったら、ここへ来てないわよ」

わたしはやや緊張した。「彼女たちの集会を盗聴したとか言わないでよね」

　アイダ・ベルとガーティはヴェトナム戦争中に防諜工作員だったことが判明していたので、平均的な高齢者についてはふつう考えない可能性を考慮しなければならなくなっていた。シンフルに到着した直後から〝怪しい〟とは思っていたけれど。ふたりはわたしが軍事訓練を受けた経験があることを見抜き、身元を偽るのに手を貸してくれた。残念な点は、わたしがスパイ同士の悪ふざけに加わるのを期待していることだ。

「あら」ガーティがぴんと背筋を伸ばした。「それってすごくいい案じゃないの。カトリック教会のＧＷの会議室を盗聴すること、本気で考えるべきだわ」

　アイダ・ベルもうなずいた。「あんたと友達になったのはほんとにプラスだよ、フォーチュン」

　わたしは仰天してふたりを見つめた。「そうじゃなくて……こっちは……もういい。とにかく、その件、わたしは何も知りたくないから」

「話を戻すと」ガーティが言葉を継いだ。「今朝、ベアトリス・ポールソンから電話があったのよ」

「ベアトリス・ポールソンって誰？」

「あたしたちのスパイだよ」アイダ・ベルが口を挟んだ。「ちゃんと話についてきておくれ。あたしはまだコーヒーが足りなくて、歴史の授業なんてやってられないんだ」

　ガーティがアイダ・ベルをにらんだ。「初めて聞く話なんだから、知らなくて当然でしょ。

そこまでできる人なんていないわよ。ベアトリスはあたしたちがGWにしこんだモグラ。去年SLSの入会条件を満たしたから、こっちに寝返らせたの」

いささか頭痛がしてきた。「そんなことして大丈夫なの？　だって、ベアトリスは長いあいだもうひとつの婦人会のメンバーだったわけでしょ？　偽情報を提供していないともかぎらないじゃない」

「心配ないわ」とガーティ。「セルマが亡くなってシーリアが会長になってからというもの、ベアトリスがこの機会に飛びつくのは間違いなかったの」

「シーリア・アルセノー？　カトリック信者対バプティスト信者のバナナプディング戦争の？」

ガーティがうなずいた。「彼女よ」

「この町にいるあいだ、わたしは教会に行くとき毎回、テニスシューズを持っていかなきゃならないんでしょ」

「たぶんね」とガーティ。

アイダ・ベルが空になったマグカップを高く掲げたので、わたしは慌ててお代わりを注ぎに立ちあがった。「わかりきった話が終わったんなら、本題に入れるかい？　あたしはこのカーラーをはずさなきゃならないんだよ。さもないと、一週間プードルみたいな頭で過ごすことになるからね」

ガーティが身を乗り出し、声を低くした。「ベアトリスが夏祭りについてある発見をしたの」

「なんでささやき声になるんだよ」とアイダ・ベル。「こっちはコーヒー一杯しか飲んでないんだから、負担をかけるのはやめておくれ」

ガーティはため息をついた。「フォントルロイ町長がね、子どもミスコンを開催しようっていうGW側の提案に賛成したのよ」

アイダ・ベルがレモンを舐めたような顔になった。「あの間抜けフォントルロイがシーリアの元義理のきょうだいってことを考えれば、驚かないね。気に入らない話だけど。あたしが提案した射的場のほうがずっとおもしろいのに」

「絶対そのとおりよ」とわたし。

「どうやら」ガーティが言った。「間抜けフォントルロイは射的場を家族向けじゃないと考えたようね」

「それなら、あなたたちでやればいいじゃない」これがどうして緊急事態になるのかわからなかった。「ミスコンと聞いてあなたたちがゲッと思うのはわかるけど、自分たちは自分たちの出しものをやって、ほかは無視すればいいでしょ？」

ガーティが目を丸くした。「夏祭りのメインイベントはひとつと決まってるのよ」

ため息。「当ててみせる……複数のメインイベントを開催するのは違法なんでしょ？」ばかげた法律規制というものの概念は、シンフルによって塗り替えられた。

うなずくガーティ。「当然でしょ。あたしたちの思いどおりにできるときもあるのよ、町長は公明正大に見られたがってるから。実際は違うけど。でも今回のことはGWの圧勝だったの」

「いったいどうしてかね」アイダ・ベルがいぶかしがった。「フォントルロイはあたしたちに劣らずシーリアを好いてないのに。去年はGWの裁縫コンテストが採用されただろう？　今年はあたしたちの番じゃないか」

「その理由が真剣にまずいところなのよ」とガーティ。「だからすぐ電話をしたの。パンジー・アルセノーが町に帰ってくるんですって」

アイダ・ベルが目を見張った。「そいつはまずいね」

わたしは眉をひそめた。聞きおぼえのある名前だが、この町に来て一週間にもならないし、住民のほんの一部しか知らないことを考えると妙だった。とそのとき、急に合点がいき、わたしは息を吞んだ。

「それって有名になりたくてハリウッドへ行った元ミスコン女王？　彼女ってシーリアの娘なの？」

「そのとおり」ガーティが答えた。「母親には、女優としての目のまわるような忙しさからひと息つきたいって言ったらしいけど、あたしは〈インターネット・ムービー・データベース〉に目を光らせてたおかげで、それが真っ赤な嘘だってことを知ってるわ。お金に困ったせいですごすご帰ってきて、母親からまたお金を少しせびるつもりってほうが可能性高いはずよ」

シンフル住民についてリサーチしようと思ったときに見つけた、退屈なFacebookページが勢いよく脳裏によみがえってきた。「なるほど。彼女が戻ってきたら、わたしたちおしりに湿疹ができて苦しむことになりそうね。でも、それがどうして緊急事態なわけ？」

「メインイベントは双方が同等の力を注がなきゃならないからよ」ガーティが答えた。「取りあげられた出しものが気に入らなくても、それだけじゃとんずらするわけにいかないの」

アイダ・ベルがうなずいた。「それにあんたはあたしたちの新しい仲間で、且つ元ミスコン女王ってふれこみになってるからね、このイベントを取りしきるよう期待されるよ」

わたしは息を呑んだ。冗談じゃない！　この偽装工作はハプニングが多すぎる。いまこの瞬間、この偽装のせいで潰瘍ができつつあった。わたしの首には百万ドルの賞金がかけられており、CIA内部から身元をばらすリークがあったことも判明している。それがわかったとき、CIAのモロー長官は自分の姪で元ミスコン女王且つ司書のサンディ＝スーが完璧な解決策になると考えた。

サンディ＝スーは夏のあいだルイジアナの小さな町に滞在し、大おばマージの遺産を整理する予定だったのだが、本物のサンディ＝スーはいまヨーロッパを旅行してまわっており、その間わたしがこの、地球上で最も奇妙な町に来て彼女になりすますことになったのだ——成果は限定的だが。わたしがこの町でこれほど多くの問題に遭遇するとはモローも予想しなかった。

わたしがワシントンDCで住んでいる高層集合住宅よりも人口が少ないというのに。

アイダ・ベルはしばらくわたしをじっと観察していた。「その糊づけしたつけ毛だけど、本当は脱色に失敗したせいじゃないんだろう」

「当たり。髪はいつも二、三センチまでしか伸ばさないの。仕事の性質と砂漠という職場環境を考えると、そのほうが楽だから」

アイダ・ベルがやれやれと首を振った。「ブラシは持ってるのかい？　ヘアアイロンの使い方やマスカラの塗り方は知ってるかい？」

わたしは彼女をまじまじと見返した。「それって何？って感じ」

「そいつはまずいね」アイダ・ベルがさっきも言った台詞をくり返した。

「覚えればすむことよ」とガーティ。「まだふつかあるし、インターネットには情報が溢れてるわ」

わたしは首を振った。「ふつかでわたしを女の子っぽい女の子にするなんて無理よ。子どもの相手をするのは言うまでもなく。百パーセント未経験なことだもの。変数が多すぎ。パンジーを殺してしまうほうが簡単よ」

アイダ・ベルがうなずいた。「この娘の言うとおりだね」

神の助けを求めるかのように、ガーティは上を向いた。「役立たずで不愉快だからって人を殺す理由にはならないわ」

「ふん」とアイダ・ベル。「パンジーが英語のクラスの生徒だったとき、そうすることがちらっとでも頭に浮かばなかったとは言わせないよ」

「確かに一度か二度は浮かんだかもしれないわね」

アイダ・ベルが眉をつりあげた。

「わかったわよ！」ガーティは両手をあげた。「あの娘は悪魔の子。パンジーが町を出ていってからというもの、毎晩祈ってたわ。シンフルに戻ってこようなんて考えがあの娘の頭をよぎったら、地震が起きて地中に呑みこまれてしまいますようにってね。でも、そんなことはどうでもいいでしょ。重要なのはあとふつかしたら、国税庁がアル・カポネにやったよりも細かく、パンジーがフォーチュンをためつすがめつするだろうってことよ。あたしたちがフォーチュンを必要なレベルにまで教育できなかったら、偽装がばれちゃうわ」

「残念ながら、そのとおりだ」アイダ・ベルが不機嫌な口調で言った。「それに、この状況をなんとかするには、インターネットじゃ弾丸として力不足だね」

「弾丸ならあなたがイスラエル政府よりもいっぱい持ってるでしょ」ガーティが反論した。

アイダ・ベルがいらだちもあらわにため息をついた。「知識って意味での弾丸だよ。あんたもあたしも流行に敏感とは言えないからね。フォーチュンに劣らず、インターネットに載ってることの半分もわけがわからないよ。あたしたちにはプロが必要だ」

ガーティはちょっとのあいだ眉をひそめていたが、ぱっと顔を輝かせた。「ジェネシスのことね」

「決まってるだろう。ジェネシスこそ、あたしたちに必要な助けだ」

「祈りを捧げても今回は助けにならないと思うわよ」わたしは言った。「それに創世記までさかのぼったところで、成果があるわけないわ」

ガーティが声をあげて笑った。「ジェネシス・ティボドーは元シンフル住民なんだけど、あと数カ月したらSLSに入会できるってタイミングでアントンと出会ってしまったの」

「なんて冒瀆」とわたし。「その人、男のためにSLSの会員資格を捨てたの?」

「そんじょそこらにいる男じゃないのよ」ガーティが言った。「アントンは知的で、息を呑むほどハンサムで、ものすごく魅力的なの」

アイダ・ベルもうなずいた。「あんまりセクシーなもんで、こっちの目から血が出るほどなんだ。アントンに会ったら、SLSのメンバーもジェネシスを責められなかったね」

「ほんとにそう」ガーティが同意した。「あたしもあと二十歳若かったら――」

ばかばかしいと言うように、アイダ・ベルが手を振った。「それでもアントンの相手としちゃ年がいきすぎてるよ」

「失礼なこと言わなくたっていいでしょ」ガーティは口をとがらせた。「とにかく、ジェネシスなら完璧な解決策だわ。美容室を経営してるし、ニューオーリンズの劇団の衣装とヘアメイクも担当してるのよ」

アイダ・ベルがうなずいた。「ジェネシスがだめなら、誰もあんたを助けられないね」

わたしはコーヒーをがぶりと飲んだ。ふたりほどの確信は持てないけれど、やるだけやってみるしかなさそうだ。

選択肢は創世記(ジェネシス)から始めるか、黙示録ですべてを終わりにするかの二択のようだから。

# 第2章

美容室の前に車が停まったとき、わたしはぎょっとした。店の正面は紫と赤紫に塗られ、これまた赤紫色の日よけには巨大な黄色いデイジーが描かれている。

「これって本当に解決策なの？」わたしは訊いた。

「外装に惑わされちゃだめよ」とガーティ。

「盲目でないかぎり、無理だと思うけど」

「フォーチュンの言うとおりだ」アイダ・ベルがぶつぶつ言った。「あたしもおしりがむずむずするよ。こりゃ派手すぎだ」

ガーティがアイダ・ベルに向かってさっと手を振った。「前のオーナーがこうしたんですって。でもこの派手さと趣味の悪さが、お客を引っぱってくることもあるそうよ。なかじゃどんなおかしなことをやってるんだろうって、興味をそそられる人もいるから。おかげでジェネシスは新規のお客さんをかなり獲得してるらしいわ」

ガーティがドアを開け、わたしもふたりのあとからなかに入った。店のインテリアは外装と著しく対照的だった。床は石のタイル、壁はベージュで、ニューオーリンズのランドマークを描いた絵が何枚かかかっている。個々のスタイリングチェアのまわりにそれぞれ壁一面の鏡とシャンプー台。入口近くにはリクライニングチェアが並び、本棚に本と雑誌がたっぷり用意され、DVDとプレイヤー数台も置かれている。

なるほど、店内はおぞましくない。それどころか、一日二日ここで暮らしてみてもいいくらいだ。そんなことを真剣に考えていたら、奥のドアが勢いよく開いたかと思うと、首で支えるのが不可能と思えるほど大量の髪を頭に載せた、太った女性がゆったりした足取りでこちらに歩いてきた。

ヒール抜きだと身長百五十八センチ、体重百十キロ前後——うち十キロは髪の重さ。高確率で二型糖尿病。

女性はわたしたちににっこりほほえみかけ、わたしは近づいてくる彼女を観察しながら、カミソリみたいに細い十五センチヒールであれだけの体重をうまく支えていられることに驚嘆していた。あの手の靴は歩くよりも人を殺すほうに適していることをわたしは発見したが、どうやらジェネシスはそういう偏見を抱いていないらしい。

彼女はアイダ・ベルとガーティをハグし、というのはそのきわめて豊かな胸にふたりを抱き寄せ、押しつぶすという意味だったけれど、そのあとわたしに注意を向けた。わたしも彼女の乳房に押しつぶされるにちがいないと内心たじろいでいたところ、彼女は目をすがめ、頭からつま先までゆっくりと視線を走らせた。わたしが誰にでもするように、彼女も人の弱点を頭のなかで列挙しているのではという印象を受けた。でも、まったく異なる基準で。

ようやく、彼女はアイダ・ベルとガーティに目を戻した。

「悪くないわね」

ガーティがぱっと顔を輝かせた。「言ったとおりでしょ」

ジェネシスはわたしのほうを向いてうなずいた。「これならなんとかなるわ」

「彼女なら」わたしは口を挟んだ。「〝これ〟じゃないわ。それに〝悪くない〟ですって？　それっていいってこと？　そうは感じられないけど」

ジェネシスがふたたび目をすがめた。「ミスコンに出ていた娘が、どうしてそこまで美容にうとくなったわけ？」

「この娘の母親はひどい嘘つきなんじゃないかって、あたしたちは前からにらんでたんだけどね」ニューオーリンズまでの道すがらガーティとでっちあげた話を、アイダ・ベルがいさんで始めた。「どうやら、当たりだったようなんだ」

わたしはうなずいた。「母はしょっちゅう母にとっての理想の娘の話をしていたのよ、本当のわたしじゃなく」

ガーティも話をつけ足した。「サンディ＝スーがやって来て、実際はどういう娘かがわかるまで、お母さんがどこまでの嘘つきかはわからなかったんだけど。でも、その辺のことは全部、秘密にしておいてくれるとありがたいわ。ＧＷ相手に劣勢に立たされたくないから」

「もちろんよ」ジェネシスの顔が青くなった。「サンディ＝スーですって？　お母さんはあなたにサンディ＝スーなんて名前をつけたの？」

「ええ。でも、みんなからはフォーチュンて呼ばれてるの」

ジェネシスはうなずいた。「フォーチュンっていうのはいいわね。フォーチュンならなんとかしようって気になるわ」

「それなら、仕事に取りかかっておくれ」アイダ・ベルが言った。「手がかかるのは確実だから」

アイダ・ベルをにらみつけることもできなかった。彼女の言うとおりだったから。

十時間後、わたしはぐったりしてガーティの年季の入ったキャデラックに乗りこんだ。度数の高いアルコール飲料を飲むか、さもなければ死んでしまいたいと思いながら——両方でもいいかもしれない。いま言った順番でなら。この日の午後、わたしは人が一生のうちに吸収すべきよりも大量の、無意味な情報を受けとめなければならなかった。リップグロスにアイラインペンシル、つけまつげ糊、そしてさまざまなヘアケア用具が一篇のホラー映画のようにわたしの頭を駆け抜けていった。軍事用の武器のほうがもっとずっと簡単だ。

わたしが後部座席で目を閉じ、帰りの車中でうとうとするぐらいまで頭を空っぽにできるよう祈っていたところへ、前からアイダ・ベルの声が鳴り響いた。

「起きな！　あたしたちにはやることがあるんだ」

わたしは片目を開けた。「一日中働きどおしだったのよ。もっと少ない労力で、わたしは独裁政権を転覆させたことがあるわ」

「あんたのその気持ちに異論は唱えないよ」アイダ・ベルが同意した。「あのくだらない話を聞いてたおかげで、こっちはタムズ（胸焼けなどを抑える制酸剤。噛み砕いて服用する錠剤）を一パックまるごと消費したからね。でもあんたが死ぬほど髪をふくらまされてるあいだに、ガーティがせっせと仕事をしてたんだ」

わたしの体に震えが走った。「せっせと何をしてたんですって？」

アイダ・ベルが写真の束を背もたれの上に持ちあげた。「暗記用カードを作ってたのさ。帰り道にあんたの語彙を増やせるように」

　彼女は一枚の写真を掲げた。金属でできた長くて薄い何か、中世の拷問器具に似たものが写っている。「これはなんだね？」

「焼き印をつけるためのこて」

　アイダ・ベルはカードを顔にぐっと近づけた。裏に書いてある字を読むためだろう。「惜しい。これはクリップレス・カーリングアイロンだよ。これでいったいどうやって髪を固定するんだろうね」

「まったく考えも及ばないわ」

「ああ、思い出した」とアイダ・ベル。「マイケル・ジャクソンみたいな手袋をはめるんだ」

　ガーティが眉をひそめた。「マイケル・ジャクソンなんて、さっきは話に出てこなかったわよ」

　わたしはもう一度目を閉じた。とっても長い帰り道になりそうだ。

「まずいね」車がわたしの家へと近づいたところでアイダ・ベルが言った。

「その台詞、耳にタコができそう」わたしは後部座席に倒れこんだまま、起きあがろうともせずに言った。「何がまずかろうが知ったこっちゃないわ。わたしを殺してバイユーに投げこんで。なんにしても、死ぬほうが簡単なのは間違いないから」

「賛成したくはないけれど」ガーティが言った。「この場合はたぶん、フォーチュンの言うとおりね」

死が最善の選択肢だなんて、ふだんのガーティなら賛成するはずのないことなので、わたしは後部座席に片肘をついて体を起こし、外をのぞいた。ガーティが車の速度をゆるゆると落とす。「いったいどうしたの？」

「シーリアとパンジーがあなたの家の私道に車を停めたところ」ガーティが答えた。

アイダ・ベルがガーティをにらみつけた。「どうしてパンジーがもう戻ってきてるんだい？あとふつかあるって話だったじゃないか」

ガーティもわたしと同じくらいストレスを感じているようだった。「GWの会議室を盗聴する件だけど、実行に移さないとだめね。スパイだけじゃ不充分だわ」

わたしはうめいた。「このまま通り過ぎるか何かすればいいじゃない。こうしていれば、わたしが後ろに乗ってるのは見えないから、向こうにはわたしが会うのを避けようとしてるなんてわからないわよ」

「いいえ、わかるわ」とガーティ。「あたしたちがきょうそろってジェネシスの美容室に行ったことは、フランシーンが知ってるもの。あたし、フランシーンが使うコンディショナーを受けとってきたの」

「最高だね」アイダ・ベルが不機嫌な声で言った。「あたしたちが町を出た十分後にはフランシーンの店で食事をした全員が知り、それぞれが自宅に帰ってから、フランシーンの店で食事をしなかった全員に話しただろう」

小さな町の生活には相変わらず驚かされる。「美容室に出かけることがビッグニュースになるわけ？　ほんとに？」

「ミスコンの話はいまごろシンフル中に知れ渡っているはずよ」ガーティが説明した。「運営にパンジーが加わることになって、あたしたちがどう反撃するか、誰もが見守ってるでしょうね。あなたを引っぱりこむのは当然のこと。だから、美容室へ出かけたとなれば大ニュースよ」

「真剣に、みんな何か趣味を探すべきよ」

「殺人事件の捜査の件もプラスにならなかったわね」ガーティが言い足した。「そのど真ん中へ、あなたをアイダ・ベルとあたしで引っぱりこんだようなものだったから特に。あたしたちにはすでにスポットライトが当たっていた。そこへ今度はミスコンの件が持ちあがってますます注目を集めてしまったってわけ」

「それなら、とっととすませちゃいましょ」わたしがそう言って体をまっすぐに起こすと、ガーティが家の前に車を停めた。日曜日にバナナプディングを賭けて競走したシーリアはすぐにわかった。でも、その横に立っている人物が彼女の娘だとは、外見だけではわからなかったと思う。

身長百七十五センチ、やせているけれど筋肉はなし。予想されたとおりのシリコン入りの胸、並の女性五人分はありそうな大量の髪。

頭の上の巨大な金髪カールのまとめ髪は、冗談ではなく重さが四、五キロありそうだった。あの髪と巨大な胸のことを考えると、前のめりにならずに立っていられるのが驚きだ。最初に思ったよりは少しだけ筋肉がついているのかも——少なくとも首と肩には。

　隣に立っているシーリアは、背が低く、濃い色の髪をしていて胸が平らだった。娘とは魅力的なところが一カ所も共通していない。養子を迎えたのだろうか。こちらが車から降りると、パンジーはわたしのことをじろじろ見てから取り澄ました笑みを浮かべた。わたしたちの車が私道に入っていったとき、シーリアが浮かべていたのとそっくりな笑顔。血のつながりがあるのは間違いない。

「ガーティ、アイダ・ベル」わたしたちが近づいていくと、シーリアがあいさつした。「ニューオーリンズの美容室に出かけてたって聞いたけど。あなたたちふたりは何もしてもらわなかったみたいね」

「美しさは皮膚よりもずっと奥からにじみ出てくるもんなんだよ」とアイダ・ベル。「とは言っても、あんたにわかるわけないか」

　わたしは首を横に振った。「教会でちゃんとお説教に耳を傾けてる？　それともあそこへ行くのは、フランシーンのお店でランチを食べる資格を得ることだけが目的なの？」

「あたしはちゃんと耳を傾けてるわよ」とガーティ。「それに、いまも礼儀はわきまえてるわ」パンジーのほうに手を振る。「こちらはパンジー・アルセノー。パンジー、こちらはサンディ＝スー・モローよ。でもみんなからはフォーチュンと呼ばれてるの」

　わたしは一歩前へ出て片手を突き出した。これをとっとと終わらせたくて。「はじめまして」パンジーはヘビを見るような目つきでわたしの手を見おろした。何が問題なのだろうと、わたしもわたしの手を見おろした。シンフルに着いてから取ってしまったあのおぞましいつけ爪が、ジェネシスのしわざですっかり復活したうえ、太陽のオレンジ色(サンシャイン・タンジェリン)に塗られていた。わたしが顔をしかめるならわかる。でも、パンジーにとって何が問題なのかわからない。

「レディは握手なんてしないものよ」ようやく彼女がそう言った。

「あらごめんなさい」わたしは手を引っこめた。「あなたがレディだなんて、誰も教えてくれなかったから」

「ハッハ！」アイダ・ベルが大きな声で笑い、ガーティにすねを蹴られた。

シーリアが身長いっぱいに背筋を伸ばし、平らな胸を突き出した。まだおなかのほうがたっぷり五センチは前へ出ている。「あなたたちふたりとつるんでいるような人に、礼儀や洗練されたふるまいを期待したあたしがばかだったわ」

「それがあなたの言う洗練されたふるまい？」わたしは尋ねた。「なぜなら、礼儀にのっとってないのは確かだから」

「まったくもう」ガーティが言った。「みんな黙ってちょうだい。イベントを成功させるには、どうしてもふたつの婦人会が力を合わせなけりゃならないの。この町には盛大なお祭りが必要だし、ミスコンは夏祭りの大きな一部なのよ。フォーチュンはこちらの代表者。ふたりとも本気で努力すれば、おたがいぶしつけなことは避けられるはずよ」

パンジーはわたしをじろじろ観察してから、母親の顔をちらりと見た。「予想したほど悪くないわね。マージがひどく男っぽいタイプだったから、もっと救いようがないかと思ったわ。

髪はエクステだけど、それぐらいは大目に見てあげないとね」

「少なくともブロンドは偽物じゃないわ」わたしは言い返した。「それに、偽物じゃないのはそこだけじゃないから」ばかみたいに大きな彼女の胸に目を注いだ。

赤面しながらも、パンジーは必死に冷静さを保とうとした。「あたしは女優なの。女優って一定のイメージを保つよう求められるのよね」

「女優」わたしは驚いたふりをした。「そんなこと、誰も教えてくれなかったから。〈インターネット・ムービー・データベース〉で調べてみるわね」

アイダ・ベルが苦しげな声を漏らしたが、完全に噴き出してしまう前に、ガーティの靴に足を直撃された。

パンジーがそらぞらしい笑みを浮かべた。「あたしは企業の仕事をおもにやってるの」

「映画のセットの掃除とか?」とわたし。

「まったくいけ好かない女ね。企業の仕事っていうのは、たいてい民間企業からの依頼で、社内トレーニングやなんかに使うもののために演技をするのよ」

「ああ、図書館で新しいファイリング・システムに関するビデオが必要になったとき、わたしがそれについて説明するところを受付係がスマートフォンで撮影したわ」わたしはにやりと笑った。「やだ、わたしも女優ってわけね」

「お母さん」パンジーが言った。「時間を無駄にするのはここまでにしましょ。一回目の打ち合わせはあしたの夜よ。七時にカトリック教会の会議室に集合だから。時間厳守でお願い。たいしたサポートは期待できないし、あたしは身を粉にして働くことになりそう」

気取った足取りで私道を歩いていくと、母親のセダンに倒れるように乗りこんだ。立っている時間が長すぎて、脚の力が限界に達しつつあったのだろう。シーリアは最後にもう一度わたしたち三人をにらみつけてから、自分の車へと向かった。

「日曜日はランニングシューズを忘れないでね！」わたしは大声で言った。

ドアを勢いよく閉めたかと思うと、彼女はタイヤをきしらせつつバックで車を私道から出した。

「いまのはなかなかよかったね」アイダ・ベルが言った。

わたしはやれやれと首を横に振った。「単純に彼女を殺すってわけにはいかないの？」

ふたりとも数秒間無言でいたが、ようやくガーティが咳払いをして言った。

「それはやっぱりまずいでしょうね」

「うーん」タイヤをきしらせ角を曲がっていくセダンをわたしは見送った。「ねえ、シーリアに夫っているの？　だって、いなければパンジーが生まれたはずはないけど、シーリアの夫の話って、いままで聞いたことないから」

「マクスウェル・アルセノー」ガーティが答えた。「あんな平凡な男にたいそうな名前だけど、シーリア相手に我慢しようなんて人はシンフルで彼しかいなかったわ」

アイダ・ベルがうなずいた。「シーリアは昔から嫌な女だったけどね、結婚してからのマックスはシンフル一邪険な扱いを受けてたと思うよ。マックスを怒鳴りつけたり、けなしたりするときのシーリアときたら……みんなずっと考えてたね、朝起きたら、マックスが寝ているシーリアの首を絞めたとか、バイユーに飛びこんだとか聞かされることになるんじゃないかって」

「で、何があったの？」

ガーティが肩をすくめた。「ある日、彼が忽然と姿を消してしまったのよ――クロゼットの服はすべてなくなってたし、車庫からはピックアップが消えていた。もう二十年も前のことなのに、シーリアはいまだにその話をしようとしないの」

「で、誰も何も知らないの？　そんなの信じられない、ここの人たちの噂好きを考えると」

「シーリアのいとこがふたりは離婚したって、うっかり漏らしたけどね。それにシーリアは、マックスがシンプルを出ていったあとどうしたか知ってるはずだ」アイダ・ベルが答えた。

「でも、ありのままの真実を話すのは屈辱だとか、聞こえが悪いとか考えてるんだろうね。どっちにしろ、これについてはひとっ言もしゃべらないよ」

「でも、パンジーの葬儀にはきっと彼も姿を現すはずよね」わたしはひとり言のように言った。

ガーティがぱっと顔を輝かせた。「あら、そうなったら見ものね」

アイダ・ベルがうなずいた。「ビデオカメラの新しいバッテリーを買うよう、あたしに思い出させておくれね」

話し合いの続きは家に入ってからにしようと提案しかけたちょうどそのとき、通りの角を一台の車が猛スピードで曲がってきた音が聞こえた。三人そろって振り返ると、フランシーンの店でウェイトレスをしているアリーが、キキーッと音を立てて車を停めた。

アリーと知り合ったのは、家事をあまりしないわたしがフランシーンの店に足繁く通うようになったためだった。実を言うと、殺人事件を解決するのに忙しい日々を過ごしていたにもかかわらず、この五日間でわたしは体重が一キロ強増えていた。アリーは病気の母を看病するために大学を中退し、シンフルへ戻ってきたのだが、母親がニューオーリンズのケアハウスに移ってからも町に残っている。どういう仕事に就きたいか、まだ決めかねているのだ。

いまは焼き菓子専門のパティシエに気持ちが傾いているという。わたしの体重増加の半分はそのことが原因である可能性が高い。甘いものなら、わたしは実験台になるのもぜんぜん厭わない。

アリーは勢いよく車から降り、こちらに走ってきたかと思うと、呼吸を整えようとした。

ガーティが彼女の腕をつかむ。「何があったの？」

アリーは指を一本あげ、体を折って深く息をついてから、背筋を伸ばしてわたしたちの顔を見た。「やれやれ、体がなまりすぎだわ。家に携帯を忘れてきたから電話をかけられなくて。今朝は歩いて仕事に行ったの。だからシフトが終わるとすぐ走って帰って、携帯をつかんだんだけど、言うまでもなくバッテリーが切れてて。いっつも充電するのを忘れちゃうのよね。そこで車に飛び乗って飛ばしてきたの」

わたしはガーティとアイダ・ベルを見たが、ふたりともわたしに劣らず煙に巻かれた顔をしている。

「それで」わたしは言った。「あなたが心臓発作を起こしそうなほどダッシュした理由は……」

「そうそう、その話。パンジー・アルセノーが予定より早く帰ってきたの。ミスコンのことはいろいろ聞いてるし、アイダ・ベルとガーティが美容のためにあなたをニューオーリンズに連れていったのは知ってたけど、パンジーが早く戻ってきたからには、前もって知らせておいたほうがいいと――」

アリーは言葉を切ってアイダ・ベルたちの顔を見つめると、うめき声を漏らした。「遅かったのね。あたしももっと携帯を活用するようにしないとだめだわ」

ガーティが彼女の腕を撫でるように叩いた。「いいのよ、あなた。努力には感謝するわ。ルイジアナの夏の暑さと湿気のなかを走ってくれたんですもの」

くだんの暑さと湿気のせいで、わたしはすでに体がべたついている気がした。家のほうに手を振る。「なかに入りましょ、体が溶けてしまわないうちに」

ぞろぞろとキッチンに入っていくと、わたしは全員にアイスティーを注ぎ、アリーの最新作――法律違反にすべきブラウニー――をブレックファスト・テーブルに載せた。アイダ・ベルがすぐさま手を出し、大きくひと口かじるとため息をついた。

「あんたの前途は有望だよ」ブラウニーを口に入れたまま、もごもごと言った。

ガーティがため息をついた。「口をいっぱいにしたまましゃべらないの。まったく、あなたってときどき高校時代に逆戻りしてるんじゃないかって感じるわ」

アイダ・ベルはぐるりと目をまわした。「高校ってのは目標を高く掲げすぎだね」アリーのほうを見る。「パンジーとシーリアはあんたが来る直前に帰ったんだ」

アリーは唇を噛んだ。「あのふたり、感じ悪かった？　答えなくていいわ。悪かったに決まってるもの」

わたしはアリーの隣の椅子に腰をおろし、ブラウニーをひとつ確保した。アイダ・ベルがものすごい速度でむしゃむしゃ食べているため、あっという間になくなってしまいそうだった。

「彼女を殺したらどうかって提案したんだけど」とわたし。

一瞬、アリーの顔に希望の表情が浮かんだので、わたしはにやついた。

彼女はすぐため息をついた。「それは南部の礼儀に反すると思うわ」

アイダ・ベルがフンと笑うと、ブラウニーのかけらが鼻から飛び出した。「あんたには〈シンフル・レディース・ソサエティ〉でのすばらしい未来が待ってるよ」鼻とテーブルを拭くためにナプキンに手を伸ばす。「とにかく男とくっつかないこと。四十歳になったら知らせておくれ」

アリーは顔をしかめた。「高校時代につき合った相手がみんな、最後にはパンジーと寝たこともあって――あたしとつき合ってる最中にもよ――当面、男に興味はないわ」

ガーティが彼女の腕を軽く叩いた。「高校時代なんてもう五年も前じゃないの、あなた」

「まだ記憶が生々しいの」とアリー。「それにあたしには、パンジー・アルセノーがシンフルからしっぽを巻いて逃げるところを見たいと思って当然の理由が、六つもあるのよ。あなたたちが何をたくらんでるにしろ、あたしも仲間に入れて」

アイダ・ベルとガーティの意見はどうかと、わたしはふたりの顔を見た。わたしの正体に関して、アリーは〝仲間〟ではないので、彼女を引き入れるとなるとごまかしたり、はぐらかしたりが必要になる。いっぽう、彼女はフランシーンの店で働いているから、ゴシップを最前線で仕入れられるという利点がある。

アイダ・ベルとガーティは目を見交わし、数十年にわたるつき合いのうちに完璧の域に達した無言モードで意思の疎通をはかった。アイダ・ベルがアリーに目を向け、うなずいた。

「あんたは貴重な戦力になる。カフェで働いてるってことは、噂話をひとつ残らず仕入れられるってことだ」

ガーティも言った。「それにあたしたちが何か噂を広めたいと思ったら、あなたから始められるわ」パチパチと手を叩く。「それと知られずにラジオ放送ができるようなものよ」

「シーリアがあんたに打ち明け話をするなんてことはないだろうね?」アイダ・ベルが訊いた。

「そうだった！」わたしは叫んだ。「シーリアがあなたのおばさんだってこと、すっかり忘れてたわ。うわ。それじゃ、パンジーはあなたのいとこじゃない。それなのにあなたのボーイフレンド全員と寝たの？　最低にもほどがある」

「まったくだ」アイダ・ベルが低い声で言った。

「シーリアおばさんはあたしを信用してないの」とアリー。「高校時代のパンジーがやりたい放題だったのはよく知っているくせに、娘は非の打ちどころがないってふりをするのよ。あたしがそれは嘘だってことを何度も思い出させようとするから、気に入らないわけ」

「あなたは正しいわ」ガーティがうなずきながら言った。

「正直言って、そうするのは気分がいいし。でもマイナス面は、シーリアおばさんがあたしに秘密を打ち明けることはないって点ね」

「大丈夫よ。シーリアの秘密は難攻不落ってわけじゃないから。たいていのことは探り出せるわ」

わたしはブラウニーをひと口呑みこんだ。「パンジーはどうして予定より早く帰ってきたの？　シーリアの作戦？」

アリーが眉を寄せた。「違うんじゃないかしら。今朝ふたりがカフェに来たから、あたし言ったのよ、パンジーが戻ってくるのはあとふつかしてからだと思ってたって。おばは何か隠しごとをしてるときの警戒した表情になった。パンジーのほうは、出演していた映画が早く撮り終わって、お母さんに会いたくてしようがなかったから戻ってきたって答えたわ」

「くそばかばかしい」アイダ・ベルが声を大にして言った。

ガーティがため息をついた。「いただけない言葉遣いだけど、同感と言わざるをえないわね」

「あら、絶対に嘘よ」アリーも賛成した。「パンジーはものすごい嘘つきだし、インターネットや何かで調べられる人はみんな、彼女が映画の仕事なんてしてないことを知ってるわ」

「法律を犯したのかもしれないわね」とガーティ。「それで故郷に逃げてきたとか」

「あんたまたドラマの〈ロー&オーダー〉を観てるんだろう」

アリーがかぶりを振った。「パンジーはそれほど頭がよくないわ。罪を犯したら、現場から三メートル逃げるのも無理。何千キロもなんて論外よ。まずい相手のだんなさんと寝ちゃって、街を出なければならなくなったっていうほうが可能性が高いわ」

わたしはぱっと顔を輝かせた。「ねえ、浮気された妻がパンジーをここまで追ってきて、片をつけてくれるかも。そうしたら、わたしたちが高みの見物をしているあいだに、万事解決よ」

「そうなるよう祈ってみるだけの価値はあるね」アイダ・ベルが言った。

「シーリアが一生、上流社会の犯罪にまみれてくれたら嬉しいけど」とガーティ。「一番ありうるのはパンジーが破産したか、住んでいるところを追い出されたか、その両方かじゃないかしら。あの娘に友達がいるとは思えないから、頼る相手はママのシーリアしかいないってわけ」

「シーリアがわたしたちに知られたくないと思ってることなら、こっちが優位に立つのに利用できるかもしれないわね」わたしの脳内ではすでにさまざまな選択肢が渦巻いていた。「まずやるべきは……パンジーが予定より早く戻ってきた理由を突きとめること」

全員がグラスを持ちあげ、わたしに向かってうなずいた。

ブラウニーの誓い。

# 第3章

ノートパソコンを持ってベッドに入ったとたん、携帯電話が鳴りだした。留守電サービスに切り替わるのを待とうかとも思った。もう緊急事態はこりごりという気分だったし、この番号を知っているのはアイダ・ベルとガーティ、ＣＩＡにおけるわたしのパートナーのハリソンだけだったから、誰がかけてきたにしろ気分を悪化させられるだけなのはほぼ確実だった。残念なことに、この三人は重要な用件でなければこんな遅くに電話をかけてこない。

特大のため息をついてから電話に手を伸ばし、ハリソンからだとわかるとうんざりした。楽しい話にならないのは確実。

「いったいどうなってんだ、レディング」わたしが電話に出るやいなや、彼が言った。「きのうの夜、シンフルで老女を人質に取ったやつがふたりいて、その後殺されたって情報が入ったぞ。おまえ、この件について何か知ってるか？」

「ひょっとしたら、少し」

「頼む、そのふたりを殺したのはおまえじゃないと言ってくれ」

わたしの沈黙がすべてを物語ったのだろう。

「ふざけるな！」ハリソンは怒り狂った。「目立つだろうが！　モルモン教徒ばっかりのソルトレークシティにウィッカ信者の娼婦が紛れこむほうがましなくらいだ。潜伏中は人を殺してまわるわけにいかないんだぞ、とりわけ一般市民は」

「人殺しの一般市民よ」

「報告に人殺し云々は何も書いてなかった」

「うちの庭で見つかった人骨のこと覚えてる？　今回死んだふたりが被害者を殺したのよ。人質は真相に迫りすぎたから、わたしが彼女たちを救出しなければならなかったの」

「おまえの偽装がばれることになってもか？　きょうルブランク保安官助手が電話をかけてくるのは確実だな。モロー長官と話し合って代替案を考えないと」

「電話がかかってくることはないわ。ルブランク保安官助手はわたしが現場にいたことも知らないから」

「それなら、死体ふたつの説明はどうしたんだ？」

「人質ふたりのお手柄ってことになってる」

「人質？　白髪頭の小さなおばあちゃんふたりか？」

わたしはにやりとした。「シンフルには、見た目どおりじゃない人間がわたし以外にもいるのよ」

アイダ・ベルとガーティの経歴を手短に説明し、昨夜ふたりがでっちあげ、ルブランク保安官助手に信じこませた作り話をハリソンにした。

あんまり長いこと沈黙が続いたので、彼はわたしを精神科に入院させるため通話を切ったか、驚きのあまり気を失ったのかと思った。「信じられない」ようやくハリソンの声が聞こえた。

「でしょ。でもわたしは彼女たちが実際に活動するところを見たの。ふたりとも本物よ」

「そのふたりにどこまで話したんだ？」

「わたしがＣＩＡで働いているってことと、中東の武器商人に命を狙われて潜伏しているってことだけ」

ハリソンはため息をついた。「知る人間が増えれば、身元が暴かれる危険が高くなる」

「ふつうなら同意するところだけど、この町は予想を裏切る事件の宝庫で、わたしがひとりで動きまわるのは無理。ふたりにかばってもらったほうが安全よ」

「それでもモローはかんかんになって怒るぞ」

「お願い、わたしがこの町を去らなくてすむようにして」

ややや懇願するような声になったのが自分でも気に入らなかったが、それが功を奏したにちがいない。

「こっちに入った報告には誇張があったってことにしておくが、その町が長官のレーダーに引っかからないようにしろよ」

わたしは目をぐるりとまわした。こっちに選べるならね。「できるかぎりがんばるわ。それとハリソン……ありがとう」

電話を切ると、もう一度ノートパソコンに向かった。あすの夜の会合までにリサーチしなければならないことが山ほどある。ジェネシスとの一日はためになったけれど、同時に美容の分野がいかに広大か、わたしがいかに何も知らないかを浮き彫りにした。猛勉強しなければ、この役を演じてのけるのは絶対に無理だ。パンジーとシーリアは何かおかしいと感じたら、うるさく嗅ぎまわるタイプだ。穿鑿好きの意地悪女ふたりに偽装を暴かれるわけにはいかない。

ブラウザを開くとヘアとメイクの記事に集中しようとした。シンプルで起きたことの水割りバージョンをハリソンから聞かされたとき、モローがなんと言うかは考えないようにして。

七時五分前に、アイダ・ベルとガーティとわたしはカトリック教会に足を踏み入れ、会議室に向かって長い廊下を歩きはじめた。この二十四時間、わたしは暗記用カードを使って学習するのと、美容に関して見つけられるかぎりのインターネット記事を読んで過ごした。午前二時にブラウニーを食べきってしまったが、チームプレイヤーのガーティは電話に出ただけでなく、新たにブラウニーを焼いて届けてくれた。アリーのほどおいしくはなかったけれど、文句を言うつもりはなかった。

わたしは砂糖とコーヒーでハイな状態だったし、完全なる睡眠不足で、おそらく常識も完全に欠如していた。

ガーティが廊下の途中の曲がり角を指したので、わたしたちはそこで右に曲がり、もう少しでひとりの女性と衝突するところだった。おそらく二十代半ば、ほとんど駆け足で出口に向かっていて、数歩後ろに夫がいた。心理学者でなくても、結婚生活という楽園に問題が起きているのは見てとれた。

「信じられない。あの女がかかわってるイベントに娘を出そうだなんて」わたしたちを押しのけて歩きだしながら、彼女は言った。「あの女が戻ってきたこと、どうして教えてくれなかったの?」

夫のほうは申し訳なさそうな顔をわたしたちに向けてから、見るからにかんかんの妻のあとを追った。「戻ってきているのは知らなかったんだ。勘弁してくれよ、ジョーニー、彼女と話したのは高校時代が最後だ」

「それならどうしてきょうの午後、あなたの携帯に彼女から電話がかかってきたわけ？」

「出なかったから知らないよ。知りたいとも思わない」

女性は出口のドアを押し開け、速度を緩めずに駐車場へと歩いていった。

「いまのはどういうこと？」ガーティとアイダ・ベルならこの町の特ダネを知りつくしているだろうと踏んで尋ねた。

アイダ・ベルが首を横に振った。「パンジーに満足させてもらったお客がもうひとりってわけさ……いまのだんなのことだよ。マークとジョーニーは赤ん坊のころからのカップルでね。ところが、ジョーニーが流感にかかってたある晩、パーティでパンジーがマークを酔わせて、そのあとのことはみなさんご存じのとおりってわけ」

わたしはぞっとした。「ひどい」

「あの娘はひどい人間よ」とガーティ。「人はみな救われるってドン牧師は言うけど、あの娘に関しては無理なんじゃないかしらね」

「救われるには悔いる必要があるからね」アイダ・ベルが指摘した。「ところがパンジーはいまだかつて悔いたことがない。それどころか、同性に嫌がらせをして優越感にひたるのが大好きときてる」

ため息。「打ち合わせをとっとと終わらせちゃいましょ」

ドアにたどり着くずっと前から興奮した声が聞こえてきた。ＧＷメンバーの平均年齢よりもかなり若い声が混じっていたので、わたしは眉をひそめた。ドアを開けると、一番恐れていたことが現実となって現れた。部屋はモンスターで溢れ返っていた――背の低いモンスターに、もっと背の低いモンスター、髪をふくらませて厚化粧をしたモンスター、泣きわめくモンスター、おもちゃを奪い合うモンスター。中東に派遣された前回のミッションよりも恐ろしかった。

部屋の奥にいたパンジーがわたしに気づき、満面に作り笑いを浮かべた。「最高でしょ」こっちが最高だなんて微塵も思っていないことをすぐに見抜いておきながら、彼女は言った。「コンテスト参加者の一部とリハーサルをやってみるのもいいと思ったの」

「一部?」わたしの体に戦慄が走った。「ほかにもまだいるの?」

「あら、もちろんよ! 十歳以下の子どもがいる母親はひとり残らず、自分の愛娘をコンテストに出すでしょうね」

室内を見まわしたわたしは、小さな人々のけたたましさに啞然とした。シンフルに来てから見かけた子どもはほんの数人だったので、この子たちはふだん檻に入れられているか……薬物でおとなしくさせられているとしか思えなかった。

「ぎりぎりになって思いついたことだったから」パンジーが先を続けた。「あなたは美容グッズを持ってこないだろうと思って、あたしのをテーブルに用意しておいたわ」

〈ウォルマート〉で売っているよりもたくさんの美容用品が並んだテーブルを、彼女は指差した。ガーティとアイダ・ベルを見ると、ぎりぎりになって思いついたなんていうのは噓っぱちだと、ふたりの顔が語っていた。やっぱり。

「それでわたしにどうしろって言うの? あれを売れとでも?」

パンジーがため息をついた。「もちろん違うわよ。ここにいる女の子たちにメイクをしてほしいの。この子たちがファッションについて何か知ってるとは思えないわ。母親たちを見てよ。あの人たち、保湿剤を使う資格もないもの」

パンジーは隅に固まり、逃げ出す隙を狙っていると思われる母親たちを見て顔をしかめた。全員わたしにはごくふつうの人たちに見える。でもパンジーからすると、胸にシリコンを入れて髪もメイクも盛りまくりでなければ、男同然になるらしい。

「手に取って使ってみて。言うまでもないけど、最高級品ばかりよ――あたしの顔にふつうの商品を使うわけにはいかないから。商売用のキャンバスと言っていいし、いつもはつらつとして流行の先端をいってるように見える必要があるの」

「下に目を向けられなくてよかったね」アイダ・ベルがぼそぼそと言った。「ほかの場所は全部、とことん使い古されてるから」

ガーティが肘で脇腹をつつきながらも、唇をぶるぶると震わせた。わたしはにやつくのをこらえようともしなかった。わたしの心はすでに決まっている。将来はアイダ・ベルみたいになりたい――もちろん、その前に誰にも殺されなかったらだけど。

「あんたがパンジーと共同でコンテストを運営する人だな」背後から男性の声がとどろいたので、振り返ると見覚えのある顔がのしのしと歩いてくるところだった。見覚えがあるのは家々の庭に刺してある看板のせいだと気づき、ため息をついた。

身長百七十八センチ。体重百十キロ前後。高血圧。低テストステロン。扁平足で膝に問題あり。

「フォントルロイ町長」わたしは無理やり笑顔を張りつけ、片手を差し出した。「ようやくお目にかかれて嬉しいです」

アイダ・ベルが呟きこみ、彼女の脇腹にガーティの肘がさらに深く食いこむのをわたしは見た。

町長はわたしの手を握ったが上下には振らず、何も言わなかった。彼がしたのは適切と言うにはほど遠く長い時間、手を握ったままわたしをじろじろ見ることだった。

「こちらこそ会えて嬉しいよ」ようやく彼は口を開いた。

「どうやらそのようですね」わたしは手を引っこめながら、裸で立っているところを想像されたような居心地の悪さを覚えた。

アイダ・ベルがふたたび呟きこんだが、今回ガーティはティッシュペーパーを渡しただけだった。続いてバッグに手を突っこみ、悪臭を嗅いだみたいに鼻にしわを寄せながら、わたしにウェットティッシュをくれた。こちらは噴き出さずにいるだけで精いっぱいだった。

パンジーが後ずさりしてわたしの隣に立ち、目をすがめて町長を、次にわたしを見た。ぴちぴちの服やシリコン入りの巨大な胸から判断するに、彼女は町長の目つきやふるまいの意味を理解するだけの経験を積んでいるはずだ。

「邪魔して悪いんだけど、ハーバートおじさん」パンジーがほんのちょっぴりも悪いとは思っていなそうな顔で言った。「サンディ＝スーにはこの女の子たちの相手をしてもらう必要があるのよ。子どもミスコン、大成功させたいでしょ?」

フォントルロイ町長はパンジーのほうを見てにっこり笑った。「もちろんだとも。ヴァネッサが来られなくて非常に残念がっていたよ。しかし、ニューオーリンズで対応してもらわなきゃならない髪の緊急事態が発生してな。さあ、準備を進めてくれ。ミス・モロー、きっとまた会うね」

会わないと思うわ、こっちが先にあなたに気づいたら。

フォントルロイが背中を向けると、パンジーがわたしの顔の前でパチンと指を鳴らし、少女三人のほうに手を振った。三人とも真っ赤な顔をしてにらみ合い、次にわたしをにらんだ。

「この子たちはケイトリンにヴェロニカ、それにモードよ——なんて残念な名前かしらね——この三人にヘアメイクをしてあげて」

七歳、体重各自三十キロ未満、ひとり前歯なし、ひとり眼鏡、ひとり肘に傷痕——たぶん古い切り傷。脅威レベル——身体面ではゼロ。精神面では高。

「スタイルはあなたにまかせるわ」パンジーは言葉を継いだ。「でも、あたしはきらびやかにしたいと考えてるの——王室風(ロイヤル)をテーマに。シンフルの階級レベルをあげたいのよ」

「そう言う本人がいなくなれば、実現できるよ」アイダ・ベルがわたしの背後でささやいた。

わたしは急に嬉しくなって、嘘ものの笑顔でパンジーにうなずきかけた。昨夜読んだ記事の半分はロイヤル・ファッションのトレンドに関するものだった。わたしにひとつだけわかっていることがあるとすれば、名前に称号のつく女性がどんなヘアメイクをしているかということだ。

　三人の子分をわたしのために用意されたテーブルへ連れていき、座るように指示した。名前はすでに忘れてしまったので、それぞれターゲット1、ターゲット2、ターゲット3と呼ぶことにする。

　ターゲット1は顔と手がブラウニーでべたべただった。そこでアイダ・ベルに合図した。

「この子をトイレに連れていって、顔と手を洗わせて。まるで犬の糞に突っこんじゃったみたいに見えるから」

　アイダ・ベルは嫌そうな顔をしてから少女の背中に手を伸ばし、シャツの襟をつかんだ。

「こっちに来な、このとんま」

　ターゲット2は一世紀にわたってブラッシングをしたことがなさそうなこんがらがった黒髪をしていた。「ガーティ、この子の髪をなんとかして。干し草の山みたいだから」

　ガーティはブラシを手にターゲット2の後ろに立つと、髪をひと束つかみ、さも嬉しそうに任務に取り組みはじめた。わたしは驚いたが、そのやる気は最後までは続かないだろうと踏んだ。

　ターゲット3はくせ毛と直毛の中間のような髪をしていた。わたしは美容用品が並ぶテーブルを見て、例のアイロン板が二枚ついた棒をつかんだ。それをコンセントに差しこみ、ブラシを手に取ったものの、ターゲット3の髪の真ん中で動かせなくなったうえに本人は絶叫した。同じ部屋にいた人がひとり残らず、そのときしていたことの手を止めてこちらをまじまじと見た。ターゲット3の母親を除いて。ターゲット3の母親は天井を見あげ、口笛を吹いて、何も見ていないふりをした。

この関心の欠如は、彼女にできなかったことをやっていいという許可だと解釈した。わたしは顔を寄せて子どもにささやいた。「もう一度いまみたいな叫び声をあげてごらん。丸坊主にしてやるから」

ターゲット3の体がこわばった。

「わかった？」

硬いうなずきが返ってきた。ターゲット捕捉完了。

ブラシをテーブルに戻し、ヘアアイロンをつかんだ。もつれている部分も何もかも、このままぺたんこに伸ばしてやる。母親でさえこの子の髪をブラッシングする気にならないなら、わたしがしなきゃいけないわけがあるだろうか？　親になる契約を交わした覚えはないし、最後に確認した時点でわたしはイエス・キリストじゃなかった。近いうちに奇跡が起きる可能性はなし。

髪をひと束つかみ、熱いアイロンで押さえると、ＹｏｕＴｕｂｅで観たとおりに手前へと引っぱった。すると、あら驚いた。髪はまっすぐになったうえに、なんだかつやまで出ている――うるしを塗ったみたいに。その部分を前に垂らしてから、すぐ下の髪に同じ工程をくり返した。ところが、今度の部分はくせが強く、さっきよりもこんがらがっていたため、できあがりは巨大嵐が通ったあとの鳥の巣みたいになった。

もっとゆっくりやれば、髪はまっすぐになるのではないか。

長い髪の頭皮近くまでアイロンを戻し、そこを挟んで一秒おいてからちょっとずつ下へさげはじめた。待っているあいだにガーティをちらりと見ると、歯がかけた櫛をテーブルにぽいと投げるところだった。そこにはジャングル頭の子どもに壊された櫛がすでに三つ載っていた。

「切っちゃったほうがいいんじゃない？」と提案してみた。ガーティが絡まりをほどけたのは髪のほんの一部で、櫛が足りなくなるのは目に見えていた。

ガーティは思ったよりもずっと長いあいだ考えこんでから、ため息をつき、首を横に振った。

「あたしたちは美容師の資格を持ってないもの」

「わたしがこの町に着いてからやったことの半分は、資格がないことだったわよ。いまやってることを、同僚の……人たちに見られたら、わたしがどうなるか知ってる？」もう少しで〝工作員〟と言ってしまうところだった。

ガーティが同情の顔でわたしを見た。「これはふだんのあなたの行動様式からちょっとはずれたことよね」

「ちょっと？　それって今世紀最大の控えめ表現よ。これはばかばかしいにもほどがあるし、いったいなんなの、このにおいは？」

ガーティの視線がさがったかと思うと、目が真ん丸になった。「アイロンが」と彼女はささやいた。

下を見ると、わたしがアイロンに挟んだままの髪から湯気があがっていた。

即座にアイロンをはずし、少女の頭から離した。残念ながら、わたしが挟んでいた鳥の巣はアイロンにごっそりとくっついてきた。

# 第４章

「しまった！」わたしは焼き切れた髪の束をつかんでガーティを見た。戦慄すると同時に、髪なんてくだらないもののために戦慄している自分にいらだって。「どうしたらいい？」

ガーティはブラシを渡してきた。「てっぺんの髪をそこに垂らしなさい。隠せるかどうかやってみて」

前に垂らしておいたまっすぐになった部分を持ちあげ、後ろに撫でつけたがだめだった。

「少なすぎて隠せないわ」

ガーティは焼き切れた髪の根元にさわってみた。「岩みたいに硬いわね。これのせいでまっすぐな細い髪がテントみたいに広がっちゃうのよ」

わたしはポケットに手を突っこんだ。「誰か見てる？」

「いいえ。何するつもり？」

「テント問題の解決」ポケットナイフを取り出し、まっすぐになった髪をもう一度持ちあげた。続いて焼き切れた髪の残っている部分を剃り落としはじめた。頭皮がつるつるになると、まっすぐになった髪をおろしてみた。

ガーティが身を乗り出して検分した。「根元が突き出すことはなくなったけど、頭皮が透けて見えるわね」

「カーリーヘアにする？」

「それでも頭皮は透けて見えると思うわ、髪の分量が少なすぎるし。帽子をかぶるしか隠しようがないんじゃないかしら」

部屋をすばやく見まわして、少女の母親を捜した。片隅で数人のママ友とコーヒーに咳止めシロップを注いでいる。あっちは脅威にならない。

「パンジーはどこ？」

「あそこ」ガーティが指差したのは部屋の反対側にいる少女の一団のほうだった。「なんでまた子どもたちにストリッパーみたいな歩き方を教えてるのかしら？」

「とにかく、あの子たちが将来仕事を得られることだけは確かよ」パンジーの考える職業選択肢についてとやかく言っている暇はない。わたしは完全に戦闘モードに入っていた。

テーブルに置いてあった大きなバレッタをつかむと、ガーティのいけにえとなっている少女の髪に留めた。そこが後頭部の下のほうであることを確認する――少なくとも、わたしはそうだと思った。ぼさぼさすぎて何がどうなってるのかわからない。

ナイフ片手に身を乗り出し、ひと息にすっぱりと髪の塊を切りとった――人の喉を掻き切るみたいに。ガーティがはっと息を吞み、少し青くなった。

「グルーガン（スティック状の樹脂を熱で溶かして接着に使う器具）をちょうだい」わたしは言った。

ガーティはちょっとのあいだパニックを起こした顔になったけれど、すぐに後ろのテーブルからグルーガンを取り、わたしに差し出した。わたしはバレッタからはみ出している髪の端っこにホットメルト接着剤を押し出して塗り、それをまるごと少女のハゲた部分にくっつけた。恐怖の二秒間、手を離そうとしたら髪もくっついてくるんじゃないかと心配したけれど、髪は頭皮にしっかりと接着され、わたしはなんとか無事に手を離すことができた。

接着剤が乾くまで十秒待ってから、問題のない髪を元どおりにおろして、自分の手仕事の出来ばえを確かめた。

「悪くないじゃない」ガーティが感動しているのは明らかだった。「髪色は寸分も違わないわ。たったひとつ問題なのは一番上の髪は絡まってなくてまっすぐ、残りは絶対そんなふうにならないってところね」

「ストレートヘア案はボツにするわ。ビッグヘアでいくことにする」

「本気？　ロイヤル路線でいくのかと思ったけど」

「とある王室の人がものすごく大きく髪をセットしてる写真をネットで山ほど見たわ。心配しないで。ちゃんとわかってるから。その子はどう？」ガーティのいけにえを指差した。「ダメージ部分を隠せそう？」

彼女は天井を仰いだ。「あれはダメージじゃなく改善よ」

「オーケイ。それじゃ、パンジーがこっちに戻ってこないうちに仕事に取りかかりましょ。その子のぼさぼさ髪を全部後ろに引っぱってポニーテールにするといいかも。隠したいところにリボンを結んで」

「名案だわ。時間もかからないし」

「よかった。わたしのほうのセットは二分でできると思う。そうしたらメイクに取りかかるわ。いったいアイダ・ベルはどこに行ったの？」

「呼んだかい？」背後からアイダ・ベルの声が聞こえた。

振り返ると、彼女は相変わらず少女のシャツの襟をつかんだままだったが、少女のほうはいまやびしょ濡れだった。「顔を洗ってくるだけでよかったのに。ホースで全身を洗うんじゃなく。十年の懲役が決まったわけじゃないんだから」

「このとんまがじっとしてなかったんだよ。あたしはあんまり辛抱強くないもんでね。オールドミスの一団に子どもの世話を頼むと、こういうことになるのさ。運を天にまかせるしかない」

彼女の言うことには一理ある。〈シンフル・レディース・ソサエティ〉のメンバーはほとんどが一度も結婚したことがなく、それゆえ子どももいない。実のところ、考えれば考えるほど、シーリアはライバルたちが夏祭りで面目を失うように抜かりなく計画を練っていたのだとわかる。ＳＬＳの面々は子どもミスコンの運営には向いていない。おそらくシーリアは、わたしの存在を考慮しておかなかったことが唯一の失敗だったと考えているはずだ。でも、わたしについて本当のことを知ったら、いまからクリスマスまで祝杯をあげつづけるだろう。

「わかった」わたしは言った。「それじゃ、その子の体と髪を乾かして。急いで。パンジーはあっちの子たち全員のヘアメイクを終わらせてるから」部屋の反対側を指し示した。

「パンジーときたら、なんで子どもにストリッパーみたいな歩き方を教えてるんだい?」アイダ・ベルが訊いた。

ため息。ときどき彼女とガーティは思考回路がまったく同じなのではないかという気がする。

「いいから、その子の髪をなんとかして」

わたしは担当の少女の髪をひと束つかむと根元へ向けて櫛を入れ、頭皮から好き勝手な方向に立ちあがらせた。すぐに次のひと束に同じことをする。ガーティがこちらを見て、眉をつりあげた。

「それでほんとに大丈夫?」彼女は訊いた。

「ネットで見たから。安心して」

安心したようには見えなかったけれど、ガーティは担当の少女の髪をポニーテールにするための奮闘を再開した。わたしはターゲット3のセットを手早く終え、彼女の髪はいまや巨大な雲のように頭から大きく広がっていた。色が欲しかったが、染めている時間はない。そこでカラフルなリボンをバレッタにつけ、七色のリボンがぼさぼさした雲を彩るようにした。これでよしとしよう。

ターゲット3はわたしが見た画像のような青白い肌をしていなかったものの、真っ黒なアイラインは日焼けした肌でも目立つはずだ。そこでわたしはアイラインペンシルをつかみ、仕事に取りかかった。眉毛はもともと黒かったが、大きさが足りないというか黒さが足りない。まわりを囲むようにして黒々と描き、色づけに移った。頬をほんのり赤く、唇を真っ赤に、目のまわりを濃いグレーに塗ってできあがり。

アイダ・ベルがヘアドライヤーを置き、ターゲット1の髪を見て顔をしかめた。黒い干し草の山といったところだ。どう見ても彼女は仕事を増やしている。アイダ・ベルがブラシに手を伸ばしたところで、わたしは咳払いをした。

「アイダ・ベル」さらなるダメージが加えられないうちに声をかけた。「ここに入ってきたとき、軽食のトレイにペパロニが載ってるのを見たんだけど。あれを持ってきてもらえる?」

「あれを食べたいのかい? いま?」アイダ・ベルはガーティのほうを見たが、肩をすくめられただけだった。

「いいから持ってきて」わたしの天才的な思いつきについて説明している暇はなかった。アイダ・ベルにはほかのみんなと一緒にできあがりを見てもらうしかない。彼女はくるっと向きを変えるとずんずん歩いていって軽食のトレイをつかみ、戻ってきた。そのあいだ中ずっと文句を言いながら。少女たちの頭越しにトレイをわたしに向かって突き出す。わたしはトレイをテーブルに置き、何枚ものペパロニとホチキスを手に仕事に取りかかった。

アイダ・ベルが目を丸くし、口をあんぐりと開けた。知り合ってから初めて、彼女が言葉を失うのを見た。わたしはにやりと笑った。彼女とガーティはわたしとミスコンの件であれこれ心配をしていたけれど、わたしがあんまり冴えているせいで、言葉を失っているのだ。

「やだ、嘘、信じらんない! やめなさい! あなた、何してるの?」パンジーの怒り狂った金切り声が後ろから響いた。

「この子の衣装を作ってるのよ」わたしは答えた。「ステーキ用の脇腹肉のほうがいいんだけど、ここにあるのはペパロニだけだから」

パンジーを見ると、ショックと恐怖の入り交じった表情を浮かべていた。「食べものをホチキスでシャツに留めるなんて」手で口を覆う。「気持ち悪くなりそう」

大袈裟な演技は長続きしなかった。彼女は気絶せんばかりのか弱い女から顔を真っ赤にして怒る女へと豹変した。「あたしを笑いものにするつもり?」

部屋中がしんと静まり返り、わたしたちに注目が集まった。おかしい。わたしのほうがうまくやってのけたせいで、嫉妬と少しばかりの怒りを買うことは予想していた。でも、激怒されるとは。パンジーがいまにも爆発しそうなのは間違いなかった。

「あなたがせっせと自分を笑いものにしてるのは確かね」わたしは答えた。「こちらは指示に従っただけよ。あなた、ロイヤルがテーマだって言ったでしょ」

アイダ・ベルとガーティが少女たちの頭の後ろから出てきて、パンジーの激怒の対象が見える場所にまわった。ガーティがぎゃっと声をあげ、紙皿でパタパタと顔をあおぎだした。アイダ・ベルは手で口を覆った。パンジー同様にぞっとしているのか、笑いをこらえようとしているのかわからない。でも、アイダ・ベルの性格を考えると後者の気がする。

「王族の誰ひとり」パンジーが興奮して唾を飛ばしながら言った。「そんな格好はしないわ。たとえプライベートでも」

「それはあなたの勘違い」わたしは一歩も退く気がなかったので反論した。「わたしがまねた女性は、ネットのいたるところに出てるもの。Googleで〝レディ〟って検索したら、最初に出てくる写真のうち千枚は彼女よ」

ガーティが首を絞められたような声を出し、体をふたつ折りにしておなかを抱えた。アイダ・ベルの手がほんのちょっと下にさがり、下唇が震えているのがのぞいた。

「まさか……」アイダ・ベルが言った。「それって……まさかレディー・ガガかい？」

「ええ、そう。そんなファミリーネームは聞いたことがないけど、わたしは名前に称号がつくヨーロッパ人とつき合いがあるわけじゃないし」

「失神しそうだわ」ガーティが椅子にドスンと腰をおろし、膝のあいだに頭を入れた。肩が震えている。

そんなことが可能とは思わなかったけれど、パンジーの顔がさらに赤くなった。「なんて……なんて……無知なの！　あなたみたいなばかとは絶対、一緒に働きたくないわ」

わたしは凍りついた。無理やり動きを止めれば、彼女をこの場で殺してしまうのを避けられるはずだと期待しながら。たったひと言――ばかという言葉がわたしを子ども時代に引きずり戻した。いまでも父の声が脳裏にこだまして聞こえる。

男なら、こんなばかじゃなかったはずだ。

もはやここまで。このミスコンに関してはもう充分ひどい目に遭った。いますぐ終わりにさせてもらおう。

身を乗り出し、パンジーの目をまっすぐ見た。「もう一度わたしを〝ばか〟って呼んでごらんなさい。以後、歯なしでふがふが言うことになるわよ」

わたしの表情から、本気であることが伝わったのだろう。パンジーは一歩後ずさりし、シーリアが慌てて娘の隣に立った。

「脅迫するつもり?」パンジーが訊いた。

「脅迫はしない。計画するの」

シーリアが隣に来たせいで、パンジーは強気になったらしい。片手をあげてわたしを平手打ちにしようとした。その試みは失敗に終わった。わたしが顔からほんの数センチのところで彼女の手首をつかみ、後ろにひねりあげたからだ。彼女が悲鳴をあげて体を折り曲げるまで。シーリアがわたしの腕をつかみ、娘を放させようとしたが、シーリアごときにわたしががっちり握った手をはずせるわけがなかった。

「もう一度わたしに手を出そうとしてごらんなさい」わたしは言った。「殺してやるから。いいえ、いますぐ片づけてやってもいいわね、あなたを相手にする面倒から世の中を救うために」

背中に何か冷たくて硬く丸いものが押し当てられたかと思うと、アイダ・ベルが身を乗り出してささやいた。「やめときな」

彼女がわたしに押し当てているのはヘアアイロンだと九九パーセント確信していたけれど、ことアイダ・ベルとなると残り一パーセントの疑問は消えなかった。彼女から武器を奪うのは簡単だ。でもそんなことをしたら、望まぬ人目をさらに惹いてしまうし、シンフル住民に知られたくないわたしの技能が脚光を浴びてしまう。

パンジーを解放してからくるっと振り向くと、ちょうどアイダ・ベルがヘアアイロンをテーブルに戻したところだった。彼女は悪かったという顔をしてからバッグをつかんだ。

「きょうはこれでおしまいだろう？」

「ええ、おしまいよ」シーリアが悦に入った顔で答えた。「あなたたち全員、永久におしまい。いまの一件をハーバートが聞いたら、ＳＬＳは夏祭りから永久に追放されるわ。あたしが絶対にそうしてみせる」

「約束するかい？」

「ありがたいわあ！」

アイダ・ベルとガーティが同時に大きな声で言ったので、にやりとせずにいられなかった。

「さ、もっと有意義な仕事を探しにいきましょ」わたしは言った。

アイダ・ベルがシーリアとパンジーの顔を見てにんまり笑った。「こっちはあんたたちの一歩先をいってるんだよ」そう言い捨てて歩きだした。ガーティとわたしは急いであとを追ったが、ガーティの年代もののキャデラックに乗りこむまで、誰もひと言も発しなかった。乗りこんだとたんガーティとアイダ・ベルが噴き出し、涙を流して笑った。

「誰かわたしも冗談の仲間に入れてくれない？」歩いて帰ろうかと思いながら、わたしは訊いた。

アイダ・ベルがゼエゼエ言いながら落ち着きらしきものを取りもどした。「本気でレディー・ガガを王族だと思ったのかい？」

「どうやら違うみたいね」

ガーティは大笑いの四十六ラウンド目に突入し、アイダ・ベルは手で涙をぬぐって首を横に振った。「ポップスターだよ——超がつく人気スター——ひどく変わった格好をすることで有名でね。声もいいよ」

ガーティがうなずいた。「〈バッド・ロマンス〉はあたしのお気に入り」息を切らしながら言った。

「それがなんなのか、見当もつかないけど」わたしは言った。「つまりこういうことなのね——そのガガって人は王族と関係ないにもかかわらず、自分の名前に勝手に称号をつけた。それでもって、彼女はパンジーがまねを推奨するリストに入っていない」

「おそらく最も推奨しない人物だろうね」

わたしは両手を宙に突きあげた。「自分で勝手に称号をつける人がいるなんて、わたしが知るわけないじゃない？　中東にいたんだから。ヨーロッパ人の一部がやってることなんて知らないわよ」

ガーティがふたたびくすくす笑いだし、アイダ・ベルににらまれると両手で口を押さえた。

「実のところ」アイダ・ベルが言った。「ガガはアメリカ人なんだ」首をかしげ、わたしの顔を二秒ほど見つめた。「あんた、ほんとに何も知らないんだね。最初は人をからかってるのかと思ったけど、違うようだ。テレビを持ってないのかい？　ラジオは聴かないのかね」

「どっちの答えもノーよ。ＣＩＡには休憩室にテレビがあるけど、各地で何が起きてるか知るには三十分で足りるわ」

ガーティはくすくす笑うのをやめて両手をおろした。「それじゃ、仕事以外の時間は何をしてるの？」

「さあ」わたしは言った。「未経験の武術か武器の使い方を習ったり、射撃訓練場に行ったり。仕事のパートナーのハリソンが州の北部に広い農地を持ってるの。ときどきふたりでそこへ行って、あれこれ爆発させたりもする――どっちがすぐれた爆発物を持ってこられるかを競って……」

わたしは顔をしかめた。本当の自分の生活がいかに空っぽか突然気がついた。特にここシンフルでの暮らしに比べると。考えてみればこれほど奇妙なこともない。人口五十万人以上の街にいたときは自分らしい生活がなく、そこを離れて人口三百人未満の土地に来たら、ほんの数時間のうちにそれが手に入った。

興味深く、悲しい事実だ。

アイダ・ベルとガーティは無言になり、同情とも取れる表情を浮かべてわたしを見つめていた。あまり見ない表情なので確信はない。同時に、また見たい表情でもなかった。

「ねえ、わたし、自分の生活は大いに気に入ってるのよ。戻れる日が待ち遠しい。あなたたちにはたいした生活に思えなくても、わたしにとっては慣れ親しんだものだし、望む暮らしなの」

アイダ・ベルがうなずいた。「わかるよ。あんたみたいな仕事をするには、一般人とまったく違う世界に住む必要があるからね。あたしたちにも経験があるからね。戦争が終わったあと、こっちでの生活にもう一度溶けこむのは人生で最大の難関だった」

　ガーティがぐるりと目をまわした。「いまだに溶けこんでないでしょうが」アイダ・ベルにそう言ってから、わたしに目を戻した。「あなたにとって、この町に順応するのがむずかしいのはわかってるわ。シンフルは南部の標準から言っても変わった場所だから。あなたが慣れているのとは異世界でしょうね」

「でも、よくやってるよ、考えてみりゃ」アイダ・ベルが言った。

「うーん」ふたりがわたしの気分を上向かせようとして言っているのは確実だったが、効果は正反対だった。自分の視野がいかに狭かったか、ようやく気がついた。わたしが知識ゼロもしくは経験ゼロの世界で、なんとさまざまなことが起きていることか。

　変わる必要があるかもしれない。

　慌ててヘアケア用品を買ったりするつもりはない――そんな思いきったことはしない。でも、武器に関する本以外のものを読んでみても害はないだろうし、マージの家の居間にあるテレビでCNN以外のチャンネルを観てもいいかもしれない。

「ねえ」気が変わる前に言った。「そろそろわたしも、政治と戦争とは関係のない部分でこの世に何が起きているか、知ったほうがよさそうね」

　ガーティがほほえんで手をパチパチと叩いた。「あら、楽しそう」

　アイダ・ベルが首を横に振りながら不満そうに言った。「そんなの一生かかっちまうし、あたしはもう若くないんだけどね」

「あなたってなんにでも文句を言わずにいられないの?」ガーティが訊いた。

「起きてるときはね」

「骨の折れることをやるつもりはないの」とわたし。「楽しくておもしろいことだけ」

アイダ・ベルが急に興味を示した。「おや、それならマッドバグで土曜日にドラッグレース（直線コースで停止状態から発進し、車両の加速性能を競うレース）があるよ」

ガーティが却下と言うように手を振った。「またあなたは車のことしか頭にないんだから」

アイダ・ベルがガーティを見てにやりと笑った。「夕食にするかい？　今夜はフランシーンの店で茹でザリガニ（クローフィッシュ）（マッドバグもザリガニの意味）が食べられるよ。フォーチュンにとってのレッスン1になるんじゃないかね」

「確かに、食べものも新しいのを試してみないと――フランシーンが調理するのよね?」確かめておく必要があった。いまのわたしは、何か食べるか殺すかという気分だったから。食べるほうが選択肢として安全だけれど、この茹でザリガニとやらはいささか怪しそうだ。

ふたりは声をあげて笑い、ガーティがエンジンをかけると車を駐車場から急発進させた。それは〝イエス〟の意味と受けとって、わたしはシートにぐったりともたれた。この四十八時間で初めて、首から緊張が抜けていく。

美容分野における無能さのおかげで、ミスコン前線からは一時的に解放されたようだ。運がよければ、わたしはいっさいかかわらずにすむことになり、元の生活に戻れる。徒労に思えるけれど目立たないように努力するという生活に。
結果は神のみぞ知る。

# 第５章

翌朝、バンバンという音で目が覚め、少しのあいだだが、その音はわたしの頭のなかで鳴り響いているのかと思った——真剣に。シンフルは禁酒の町とはいえ、ガーティのやたらと大きなバッグにはいつも〈シンフル・レディース・ソサエティ〉の咳止めシロップこと密造酒が二本入っている。山盛りのザリガニを三人でせっせと平らげるあいだ、彼女はわたしたちのコーラにシロップを加えた。ザリガニは妙ちきりんなカニという感じだったけれど、驚いたことにすばらしいおいしさで、わたしは大量に摂取した——ザリガニも密造酒入りコーラも。

　フランシーンの店からよろよろと帰宅したあとは、ビールを飲みながら手当たりしだいにテレビ番組を観た。邪魔が入ったのはロスコーという酔っ払いが〈スワンプ・バー〉まで迎えにきてほしいと間違い電話をかけてきたときだけだった。どうやら〝超セクシーな女〟から電話番号を聞き出そうとしているところをガールフレンドのペギー・ゲイルに見つかり、別の帰宅手段を見つけろと言われたらしい。こちらから電話を切ったが、わたしは相棒のなまず（キャットフィッシュ）ではないということを最後まで彼に納得させられなかった。

咳止めシロップとビールの両方を合わせると、昨夜わたしはふだん一カ月に摂取するよりも多くのアルコールをひと晩で飲んだわけで——それでもロスコーほどは酔っ払わなかったが——目が覚めたとき、とどろくような音は第一級のふつか酔いのせいかと思った。でも、正面側の壁に目をやると、そこにかかっている絵がガタガタ揺れていたので、誰かが玄関ドアを激しく叩いているのだと気がついた。

時計に目をやると午前六時である。冗談でしょ？　この町はわたしをなんとしても寝不足にさせるつもり？

上掛けをはねのけ、ボクサーショーツにタンクトップという格好で大股に一階へと向かった。バスローブもはおらず、靴も履かずに。ニワトリも寝ている時間に人の家のドアをうるさくノックする人間は、何を見ることになろうが本人の責任だ。それにこんなに朝早くからあんなに大きな騒音を立てるほどぶしつけな人間は、シーリアとパンジーしかいない。あのふたりを殺すなら、この格好のほうが処分しなければならない血まみれの衣服が少なくてすむ。

わたしは勢いよくドアを開けた。早くもかんかんに頭にきて、いますぐ戦える状態で。ところが、わたしの睡眠を邪魔したのはシーリアでもパンジーでもなかった。正面ポーチに立っていたのはカーター・ルブランク保安官助手——元海兵隊員でもある——で、目の覚めるようなハンサム男だけができるいらついた表情を浮かべていた。

シンフルに来た初日に、遺産の一部だった犬のボーンズがこの家の裏庭で人骨を発掘したため、わたしは保安官助手に思いきり警戒されることになった。アイダ・ベルとガーティが友人マリーにかけられた容疑を晴らそうと、わたしを捜査に引っぱりこんだせいで、ルブランク保安官助手にはますます警戒された。その警戒中にわたしは、運悪く、何度かほとんど裸もしくは薄手で濡れたものしか身に着けていない格好を彼にさらすことになった。

ちょうどいまみたいに。

ルブランクはわたしの睡眠時の服装をひと目見てため息をつき、やれやれと首を振った。シンフルでは女性がボクサーショーツをはくのは違法なのだろうかとちらっと心配したが、人の寝こみを襲って就寝中の着衣を見るのは、犯意のない人間に罪を犯させるようなものだ。法律にかかわらず、この件については無罪を勝ちとる自信がある。

自覚している範囲でわたしがした違法なことは、フランシーンの店で密造酒を飲んだことだけだし、それを理由に午前六時に襲撃するというのは絶対にやりすぎだ。でもおとなしく告白して罰金を払うことに同意し、ベッドに戻ろうと考えた。

「ばれたわけね」わたしは言った。「さっさと罰金の金額を言ってくれないかしら。ベッドに戻りたいの」

ルブランクが目を丸くした。「これは罰金じゃすまない事件だ」

わたしは両手を宙に突きあげた。「それなら公共の場で密造酒を飲んだ場合の罰はいったい何？　地元住民と結婚して週に七日教会に通い、広場でのリンチに参加するとか？」

過去にルブランク保安官助手と揉めたとき、わたしの辛辣なウィットを彼はおもしろがっているようにも見えた。でも、いまはそんな表情のかけらもない。どうしたのだろう。公共の場での飲酒とは大幅に異なる用件で訪ねてきたらしい。

「きのうの午後七時以降はどこにいた？」

答える前にこっちが質問したくてうずうずしたが、彼の表情を見ていまはそのときではないと判断した。百パーセント仕事という表情で、ここへ来ることになった用件がなんにしろ、彼は不愉快に思っている。

「七時にカトリック教会に行ったわ、アイダ・ベルとガーティと一緒に夏祭りのミスコン・イベントを手伝うために。三十分ぐらいしたら、帰ってくれって言われたけど」

ルブランク保安官助手はうなずいた。「そのあとは帰宅したのか？」

「いいえ。公共の場での飲酒がかかわってくるのはそこ。フランシーンのところへ行ってザリガニを山ほど食べて、〈シンフル・レディース・ソサエティ〉の咳止めシロップ入りのコーラを飲んだわ」

カーターは二秒ほど目を閉じた。頭のなかで十まで数えていたにちがいない。「フランシーンの店を出たのは何時だ？」

「九時ごろね」

「そのあとはまっすぐ帰ってきてずっと家にいたのか？」

説明なしにつぎつぎ質問されたわたしは少しいらだちはじめ、批判的な性格が顔をのぞかせた。「ほかにどこへ行くって言うのよ？　フランシーンの店以外はどこも九時前に閉まるでしょ」

「ひとりだったか?」わたしの口調など意に介さず、カーターは質問を続けた。

「フランシーンの店にいた高齢者や既婚男性を引っかけて家に引きずってきたりはしなかったわよ、もし訊きたいのがそういうことなら。あなたが知りたいのはそこ?」

過去のカーターは、機会があると色恋絡みの冗談を口にしたが、今回はまったく食いついてこなかった。ただしかめ面をしてわたしを観察している。好奇心が頂点に達した。こんな早朝に彼が起きて、わたしの家を訪ねてきた理由はよくないことだ。

「そんなにあれこれ訊く理由を話してくれる気はあるの?」

「これから話すが、その前に、ミスコンのスタッフがあんたとパンジー・アルセノーが喧嘩になったと言っていたんだが」

「ああ、勘弁してよ! そのせいなの? あんなちっちゃなことでパンジーはむきになって、それであなたがわたしを逮捕しにきたわけ? たぶんシンフルじゃレディー・ガガ風メイクは違法なんでしょ」

「いや。だが殺人は違法だ」

「殺人?」わたしはパニックに襲われたが、無理やり平静を保った。「でも誰が……まさか……パンジー?」

カーターはうなずいた。「深夜十二時ごろ、シーリアが物音を聞きつけ、確認のために一階へおりたんだ。キッチンの床にパンジーが倒れて、死んでいた」

わたしは彼の顔を見つめ、冗談のオチが続くのを待った。でも、ひと目カーターの表情を見れば、いまの話は事実にほかならないとわかった。わたしの気持ちはシンフル・バイユーの底まで沈みこんだ。最悪のシナリオだが、身から出た錆だ。わたしが脅迫した女性が、その数時間後に殺された。今回、精査を受けることになるのは絶対に避けられない。

「どうやって殺されたの？」

「現時点では教えられない」

もちろんそうだろう。それに方法は重要じゃない。わたしは人の殺し方をさまざま考案してきた。わたしに習得できないようなテクニックがシンフルで考え出されるわけがない。

「なんと言ったらいいかわからないわ。確かにパンジーと言い合いになって彼女を脅したけれど、本気じゃなかった。あれはついかっとなったときに言うような台詞だったもの、人に侮辱された場合。それに、パンジーを脅したことのある人間はシンフルでわたしひとりじゃないはずよ」

「ああ。だが、直近ではあんたなんだ。いまの話はアイダ・ベルとガーティから裏を取る。あのふたりが特に信頼できるというわけじゃないが。しかし、深夜十二時ごろのアリバイが証明されないかぎり、あんたにとって状況がよくなることはない」

わたしは顔が紅潮するのを感じた。「わたしが犯人なわけないでしょう。ここへ来てほんの一週間なのよ。人を殺すほど激しい感情を抱くには時間が短すぎるわ」

「理屈で考えればそのとおりだが、おれが興味をそそられてるのは、これが殺人事件の捜査だとわかっても、あんたが衝撃を受けたように見えなかった点だ。ふつうなら人はこういうことにすぐびくつく。被害者を知っていた場合はとりわけ。たとえその人物を好きじゃなくても」

適切な答えを大急ぎで探した。実際には、私的統計として死体がもうひとつ増えたところで大差はなかった。話題となっている殺人事件にわたしは関与していないのでとりわけ。直接間接を問わず、わたしは過去に数えきれないほど多くの殺人にかかわってきた。

「まだぴんとこないんだと思うわ」と言ってみたが、これまでのところ〝なんて運の悪いわたし〟的な発言はほんのわずかも功を奏していなかった。プライドを攻撃する作戦に変えよう。「マージ大おばさんたら、こんな町へわたしを来させるなんて信じられない。ここがどんなに危険な場所か知りながら」

カーターは片眉をつりあげた。「この町でもそれなりに人は死ぬ。危険な仕事に就いている人間は多いし、さらに多くが不必要な賭けに出るからな。しかし保安官助手になってからこっち、おれが出会った殺人事件はあんたがこの町に来たあとに起きた三件だけだ」

わたしは首から上がかっと熱くなるのを感じた。「ひとり目はわたしがここへ来るよりずっと前に死んでたでしょ。ありえないわよ。わたしが何年も前にこっそりこの町へ来て、見ず知らずの相手を殺すなんて。それからわざわざここへ戻ってきて、殺人の証拠を見つけて自分を事件に巻きこむなんて」

カーターはうなずいた。「そうだな。しかし四人目はきのうの夜まで生きていた。被害者を最後に脅迫したのはあんただ」

「あなたが知るかぎりでしょ」自分がパンジーを殺していないのは確かだったから、早くもさまざまな可能性がわたしの頭のなかを駆けめぐっていた――パンジーに家賃を踏み倒された大家、高利貸し、ひも、彼女の話を無理やり三十秒以上聞かされた人間――可能性が尽きることはない。

「パンジーをロサンジェルスからここまで追いかけてくるのは簡単だったはずよ」わたしは指摘した。「シンフルは犯罪活動の温床じゃないとしても、ロスは間違いなくそうだわ。向こうで彼女がどうやって身を立てていたのか、確認したほうがいいかもしれないわね。だって、インターネットを使える人なら誰でもほんの数分で、パンジーが女優なんてやってなかったことを突きとめられるから。とにかく、本人がやりたいと言ってたような女優の仕事は」

カーターが目をすがめたので、そこからわかったのは一、彼はわたしの状況判断が気に入らない、二、彼もすでに同じ可能性を考えたということだった。

「いいか」わたしに向かって指を突きつけた。「この捜査に首を突っこむなよ。警官ごっこをしたせいで、アイダ・ベルとガーティはもう少しで殺されそうになった。次はあんたかもしれない。あるいはあんたたち三人全員か」

わたしはにっこり笑った。「でもわたしが犯人だったら、素人捜査をしようとしたところで危険があるわけはないわよね。つまり、首を突っこむなと命じたってことは、あなたはわたしが犯人だとは考えてないってことでもある」

「おれがどう考えるかは重要じゃない。重要なのは証明できることだけで、残念ながら、おれはあんたがやってないとは証明できない。つまり、シンフルの善良なる住民がシーリアの背後に結集して、あんたを逮捕しろと要求するかもしれないってことだ。忘れるなよ。パンジーは町長の姪だ。この事件はひどくたちの悪いことになりかねない」

しまった！

恐怖が稲妻のようにわたしの体を駆け抜けた。俯瞰（ふかん）してみるのをすっかり忘れていた。わたしは人が何十万人もいて、弁護士チームに自由に依頼できる、ワシントンDCにいるわけじゃない。バイユーの流れる小さな町で、政治家の身内である地元住民を、死ぬ直前に脅したよそ者だ。

レーダーに引っかからないよう低空飛行をするというのもここまで。何もかもおしまいだ。

カーターから町を出るなと警告されたあと、わたしは二階に駆けあがり、サンディ＝スーとしての偽装があらゆる角度から見て万全であることを確認するためにハリソンに電話をかけた。スマホを握りしめ、彼が出るのを待つあいだ、背中の下のほうがこわばるのを感じた。今度の事態をハリソンは喜ばないだろうし、モロー長官は激怒するだろう。

「何があった？」ハリソンの声は眠気と緊張が半々だった。緊急時しか使わない決まりの番号へ午前六時に電話がかかってきたら、いい用件であるわけがないことをよくわかっている声だ。

手短に状況を説明した。パンジーと喧嘩になった原因の詳細は省いて。最初はわたしが美容の世界へ足を踏み入れたと聞いておもしろがっていたハリソンだったが、身近なところでまた死人が出たと知ると信じられないという声になった。

「冗談だろ、レディング！」わたしが説明を終えるやいなや、彼は言った。「おまえはこのうえなく複雑な武器でも、まるで自分が設計したかのように使いこなし、この世で最も危険な土地をまるで公園を散歩するみたいに横断してみせる。それなのに、田舎町でほんの一日すら身をひそめていることができないのか、厄介ごとのど真ん中に飛びこまずに。モローが正しかった気がしてきたぞ。本当の問題はおまえだ」

食ってかかりたくなるのを、歯を食いしばって必死にこらえた。ハリソンが悪いわけじゃない。実際に来てみなければ、シンフルの次元違いの奇妙さはわからない。

「この町はね、わたしがこれまでに与えられた任務のなかで最高難度よ。わたしは一般市民になる訓練は受けてこなかったし、ミスコンの運営をする訓練なんて絶対に受けてない。わたしの立場に置かれたら、あなたはどれくらいうまくできる？」

「おれは男だ」

「わたしが言いたいのはまさにそこ。あらゆる意味で、わたしも男なの。少なくとも平均的な女性の観点からしたら。あなたもきっと経験するはずの、どうしたらいいかわからない感でいっぱいなのよ。まるで『不思議の国のアリス』。ここはわたしが知っている場所とはまったく違うし、ふだんの生活と比較できる場所でもない。髪が乱れるとか、爪が折れるとか気にしてたら、暗殺者なんてやってられないでしょ？」

ハリソンはため息をついた。「わかった、つまり今回の偽装は決しておまえにとってベストと言えないわけだ。モローはまさかおまえがそこでスポットライトを浴び、女性らしさに欠ける点がすべて暴かれることになるとは思ってなかったにちがいない。とはいえ、おまえがそっちに行ってから、これで死体が四つだぞ」

「何もしてないのにこうなるんだからしかたないでしょ？　人が誰かほかの人間に殺されるのを防ぐなんて無理よ」

「くそ」ハリソンはしばらく無言になった。わたしに劣らず途方に暮れているのだ。「おまえがその女を脅したりしなければ、事態はここまで深刻にならなかったはずだ。その女、いったい何をしたんだ？」

「わたしをばかって呼んだの」

「おっと」

その単語がわたしをどれだけ怒らせるか、ハリソンは誰よりもよく知っている。いかれている、ブス、情緒的に未発達と呼ばれてもわたしは平気だ。デブと呼ばれたって――それは間違った非難になるけれど。しかし、わたしをばか、もしくは弱虫と呼んで無事でいられる人間はいない。

「で、おまえはその女がそう言いたくなるようなどんなことをしたんだ？」

もうっ。細かなところまで訊かれないよう祈っていたのに。

「わたしが子どもに施したメイクが彼女の納得するレベルに達していなかったの」

「そいつは特に驚きじゃないが、ふつうメイクが下手ってだけでののしり合いにはならないぞ。どんなメイクをしたんだ？　ゾンビだらけの世界の終末って感じか？」

ため息。「レディー・ガガよ」

「冗談だろ」

「だってパンジーがロイヤルをテーマにって言ったんだもの。人気歌手が王族のふりをしてるなんて、わたしが知るわけないでしょ」

「笑ったらいいのか、泣いたらいいのか。頼む、レディング。その家の正面のカーテンを開けて、誰でもなかをのぞけるようにしろ。次にテレビの前に座って、ＣＮＮ以外の放送局をたっぷり十二時間観るんだ。いま世の中で何が流行ってるかわかるし、おまえは家にいたという目撃者が得られる。万が一また死人が出たときのためにな」

すでに昨夜の半分をポップカルチャーの学習に費やしていたが、それをハリソンに告白しなければならない理由はなかった。「モローになんて話すつもり？」

「必要最小限のことを。それでも、心停止になる可能性はありだな」

「ここからわたしを引きあげさせないで。事態が悪化するだけよ」

「わかってる。そいつがモローにとって一番腹が立つ点だな。選択肢がない状況を長官がどれだけ嫌うか知ってるだろ」

「わたしも嫌いよ」

「踏ん張るんだ、レディング。おまえの偽装がばれないよう、こっちでできるだけのことをやる。情報が入ったら知らせるから。できるかぎり人目に触れるようにしろ。必要とあれば、メインストリートの交差点に座ってバンジョーを弾け。とにかく目撃者がいるようにしろ。年貢の納め時が、そのミスコン女王だけじゃなかった場合に備えて」

電話を切ると、わたしはバスルームに行った。背中と首が凝りまくって、熱いシャワーを切実に必要としていた。現実には、シンフルに来て以来、わたしはあまりひとりでいたことがない。しかし、分別のないことばかりやっているアイダ・ベルとガーティと一緒にいても、最高のアリバイにはならないだろう。このばかげた状況にほかの住民を引きずりこむのは嫌だったが、すべてを衆人環視のなかでやれば、わたしがかかわった人はみな、カーターの捜査対象リストからはずれるはずだ。

エクステをつかみ、ヘアクリップで頭のてっぺんに留めた。こんなふうにシャワーを浴びたりするときになると、いまはつけ毛と糊の下に隠れている二、三センチの地毛が恋しくなる。長い髪が部分的にうまく留まらなかったので、ヘアクリップをさらにいくつか使って留め直した。

鏡を使いさえすれば、ずっと簡単にできただろうが、おとといニューオーリンズから戻って以来、わたしは自分の顔を見ることができなくなっていた。ジェネシスが天才であるのは疑いの余地がない。メイクなんていっさいしていないみたいに見せながら、彼女はわたしの顔の優美な骨格を際立たせた。シンプルでカジュアルなヘアアレンジは面倒なところがなく、わたしでも簡単にできそうだった。

ところが、彼女のすばらしい手仕事の成果がよく見えるよう、椅子がくるっとまわされたとたん、わたしは言葉を失った。ジェネシスとアイダ・ベル、そしてガーティは、わたしがジェネシスの並はずれた技術に感動し、唖然としているのだと思ったはずだ。でも、理由はぜんぜん違った。わたしに言葉を失わせたのは、母と瓜ふたつに見える自分だった。シンプルに来てからというもの——ふだんの自分とは似ても似つかないようイメチェンをしたおかげで——わたしは自分に母の面影を見るようになっていた。眉のカーブ、唇の描く線。でもほんのちらりとだった。

何かが視界の片隅に入ってきたときみたいに。

だから鏡の前に長居して、まじまじと見つめたりしないようにしていた。ところが、美容室の鏡に映った自分を目の当たりにすると、まるで写真を見ているようだった——わたしが一番好きな母の写真を。マーサズ・ヴィンヤード（マサチューセッツ州にある夏の保養地として有名な島）の浜辺でローンチェアに座っている母。生前最後に出かけた家族旅行で撮った写真だ。あのころの父はぜんぜん違った——人間らしくさえあった。

わたしが成人してからの年月が脳裏の闇に呑まれていく。いっぽうあの夏、浜辺で過ごした時間は一瞬一瞬まで思い出せた。何ひとつ欠けることのない完璧な時間。

その後母は死に、何もかもが二度と正しいとは感じられなくなってしまった。

# 第6章

コーヒーメーカーのスイッチを入れたところで、午前中の玄関ノックの第二ラウンドが始まった。今回ポーチに立っていたのは、ややくたびれた様子のアイダ・ベルとガーティだった。アイダ・ベルは朝に寝こみを襲われたときの定番、バスローブにヘアカーラーという格好。ガーティは急いで着替えたらしく、紫のスウェットスーツを着て、ぼさぼさの髪を真っ赤な太いヘアバンドで、血のように赤くなった顔から後ろへ押さえていた。ドアの側柱にもたれて喘息患者のようにゼエゼエ言っている。

彼女の後ろを見やっても、例の年代もののキャデラックは近くに見当たらなかった。

「ここまで走ってきたの？」

「誰かさんの車が使えない状態でね」アイダ・ベルのほうは驚いたことに息が切れてもいないようだった。

「それに誰かさんは靄（もや）が出てるときに絶対、車を出そうとしないから。隅々まで完璧に手入れした車に傷がつくと嫌だから」

「あなたの車、きのうの夜は問題なかったじゃない」わたしはガーティに言った。「何があったの？」

ガーティは深く息を吸いこんだかと思うと、何か認めたくないことがあるときの表情になった。「フランシーンのカフェからの帰り道、リスを轢いたの」

わたしは彼女をまじまじと見た。「それで？　シンフルにはチタン製か何かの巨大なゾウリスが棲息してるわけ？」

アイダ・ベルがばかばかしいというように手を振り、わたしの横をすり抜けてなかに入った。

「その癪にさわるリスは木の上にいたんだよ」

「ガーティ、また眼鏡をかけてなかったの？」わたしは訊いた。

「あたしは眼鏡なんて必要じゃないもの！」ガーティが反論した。

「ふーん」わたしはなかに入るよう彼女に手振りで促した。「居間にある家具を壊さずにキッチンまで行ける？」

「失礼なんだから」ガーティはわたしの横を大股で通り過ぎた。「ふたりとも」

「息が切れてないのはどうして？」わたしはアイダ・ベルに訊いた。この前この家まで走ってこなければならなかったとき、彼女は貨物列車みたいにフウフウ言っていた。

「あたしはガーティほど自分を甘やかしてなかったけどね、この前走らされたときに怠けすぎだったたって気がついたんだよ。いまはルームランナーで毎日三キロ走ってるんだ。前はかなり鍛えてたからね――一部の人たちと違って――体がすぐに応えてくれたってわけだ」

縦一列になってキッチンへと歩いていくとき、ガーティはアイダ・ベルの背中に向かって中指を立てた。

「見えたからね」アイダ・ベルがほんのわずかも後ろを振り返らずに言った。

わたしはにやつきつつ、ふたりに続いてキッチンに入った。アイダ・ベルはコーヒーポットに手を伸ばし、ガーティは呼吸がほぼ回復したようだった。彼女が着ているものをもう一度よく見た。

「〈レッド・ハット・ソサエティ〉（陽気な高齢女性を会員とする団体。赤またはピンクの帽子をかぶることが会則になっている）と〈ジャージー・ショア〉（若い男女のシェアハウス生活を追ったリアリティ番組。邦題は〈Jersey Shore～マカロニ野郎のニュージャージー・ライフ～〉）を組み合わせたの？」わたしは訊いた。

ガーティがスプーンをまわす手を止めた。「え？」

わたしは彼女のほうに手を振った。「その格好。リミックスかと思ったんだけど。気にしないで」

アイダ・ベルが眉をつりあげた。「きのうフランシーンの店を出てから何をしたか、正確に話してみな」

「何をしなかったかなら話せるわ――パンジー・アルセノーを殺したりしなかった」

アイダ・ベルはうなずいた。「わかってるよ」

「かわいそうなシーリア」ガーティがグスグスと鼻を鳴らした。

「そうね」わたしも同感だった。「子どもが先に死ぬなんて、ふつうはないものね。しかも殺されるなんて。いまごろ取り乱してるんじゃないかしら」

「ベアトリスによると、鎮静剤を服ませないとだめだったそうよ。いとこが迎えにきて、ニューオーリンズへ連れていったらしいわ」

わたしたちは無言でキッチンテーブルに腰をおろした。暗黙の合意から、コーヒーを何口か飲むまで誰も何も言わなかった。そのあと、アイダ・ベルがため息をついた。

「丸二分、ガーティのたわごとを聞かずにすんだのはありがたいけど、あたしたちは深刻な危機に直面している」

「わかってる」わたしは言った。「ＣＩＡでのパートナーにもすでに連絡したわ。わたしの偽装がばれないよう、彼のほうでできるかぎりのことをやってくれるって言ってた。でも、カーターがあんまり詳しく調べたら、もたないでしょうね」

ガーティが目を丸くした。「あなたがやっただなんて、考えるわけないわよ。カーターは若いから、こっそりやるとかごまかすとかいう面であたしたちと比べるとまだまだだけど、頭はいいもの」

「ガーティの言うとおりだ」アイダ・ベルも言った。「あんたには能力と機会があったが、動機はまったくない。あのミスコンをめぐる一件が理由で人を殺したなんて、誰も真剣に考えたりしないよ」

「シンフル住民ならわからないわ」

ガーティが目を見張った。

アイダ・ベルがフーッと息を吐いた。「まったくね。あんたの言うとおりだ。パンジーに耐えられる人間はシンフルにひとりとしていなかった。でも、自分たちのひとりがパンジーを殺したとは認めたがらないだろう。あんたは一番スケープゴートにしやすい。頭の悪いやつらにとっちゃ、きのうの夜の喧嘩が決定打だよ」

「言うまでもないけど」とガーティ。「大ばか町長はすみやかな事件解決を目指すはずよ。今年は選挙の年だから。自分の身内を殺されて、その犯人をつかまえられないようじゃ、票は集められないわ」

まずいことなのはすでにわかっていたが、こうして細かな点まで逐一説明されると、状況はますますきびしく感じられた。「それじゃ、どうしたらいい？　ハリソンはできるだけ人目に触れるようにしろって言ってたわ——そうすれば、ほかに誰かが死んでも、わたしにアリバイができるからって」

「また誰かが殺人の犠牲者になると考えるなら、それもパンジーが殺されたのと同じ方法でなら、そうね」ガーティが言った。「でも、これが独立した事件だったら？」

アイダ・ベルが首を横に振った。「たぶん独立した事件だよ。現実を直視しよう。パンジーは人に長く恨まれるようなことをするタイプだった。きのうの夜、教会でマークとジョーニーの口喧嘩を聞いただろう」

「そうね」とガーティ。「パンジーがシンフルに帰ってくるのを、誰かがずっと待ちつづけていたって可能性は大いにあるわね。高校時代の恨みを晴らすために」

わたしは眉をひそめた。「高校時代にばかにされたせいで、パンジーを殺そうといままでずっと待ってたなんて、本当にそんな人がいると思う？　わたしからするとありえない気がするけど、いくらシンフルでも」

ガーティが額にしわを寄せて考えこんだ。「恨みを晴らそうと考えつづけているうちに、少しずつ正気を失ってしまったのかもしれないわ。最初は単なる復讐計画だったのが殺人へと変わっていったのかも」

わたしは彼女をまじまじと見た。「本当にそう思うんですか、ドクター・フィル?」

「あんた、ひと晩中テレビを観てたのかい?」アイダ・ベルが訊いた（ドクター・フィルはトーク番組〈ドクター・フィル・ショー〉のホストを務める人気心理学者フィル・マグローのこと）。

「いいえ。ていうか、ひと晩の半分ね。半分でも大いに見聞を広められたわ」

アイダ・ベルがぐるりと目をまわした。「ああ、そうだろうね。〈ジャージー・ショア〉に出てくるばかどもと〈レッド・ハット・ソサエティ〉とドクター・フィルがいれば、どんなことにも答えが出るよ」

「たぶん、あなたが愛車にワックスがけして得られるよりも多くの答えよ」

「参考までに言っとくとね、あたしは家に帰ってから〈ジャスティファイド　俺の正義〉をワンシーズンまとめて観たんだ」

「あら!」ガーティが目を見張った。「あのドラマのレイラン・ギヴンズ、セクシーよねえ。うちのテレビなんて溶けちゃいそうよ。あなた、彼を気に入ると思うわよ、フォーチュン。毎回人を殺すから」

「それでいて、すべて正当化されるんだ」アイダ・ベルが言った。「いいだろう?」

わたしはまたも困惑して、ふたりの顔をまじまじと見た。「人殺しをする番組があるの？そういうことを是認できるのは連邦政府だけかと思ってたわ。それに、ふつうは実行したことを誰にも知られたがらない。撮影スタッフについてまわられたら、わたし仕事ができるかどうか自信がないわ」

アイダ・ベルが祈るように天井を仰いだ。「リアリティ番組じゃないよ。フィクション。小説みたいなもんだけど、テレビでやるんだ」

「それに、レイランは連邦保安官なのよ」ガーティが指摘した。

「それですべて説明がつく」わたしは言った。「連邦保安官は何をしでかすかわからないから」

「ハッハ！」アイダ・ベルが笑った。「スパイがよく言うよ」

「そのセクシーでやたらと銃をぶっぱなす保安官にはとっても興味をそそられるけど、わたしたちの現状にはなんの助けにもなってくれないわ。パンジー殺害犯が突きとめられないかぎり、わたしが容疑者にされる。カーターがばかじゃないって意見には賛成だけど、彼はわたしに比べたら失うものがない」

ガーティがうなずいた。「それにカーターは、捜査をするのに法律やその他もろもろの規則に従わなければならない」

「でも、あたしたちは従わなくていい」とアイダ・ベル。

「そのとおり」ガーティがにっこり笑った。

興奮でわたしの体が小さく震えたあと、不安からもう少し大きな震えが走った。「わからないわよ。思い出してみて。前回、殺人事件の捜査の真っただ中に飛びこんだらどうなったか」

「ああ、思い出してみようじゃないか」アイダ・ベルが賛成した。「友達の容疑が晴れ、悪者ふたりが死に、どれだけ友達があたしたちを、そしてあたしたちが友達を、大切に思ってるかがわかった。おぞましくてひどいことだったよねえ」

「そのうえあたしたちはフォーチュンが活動してるところを見られたわ」ガーティがつけ加えた。「あれは〈ジャスティファイド〉の上をいってたわよ。フォーチュンはあたしの好みのタイプじゃないけど」

「ふたりとも、臭い島への遠足を忘れてるわよ」わたしは言った。「エクステがわたしの頭から剝ぎ取られて、ランボー・ロットワイラーに回収された件も、〈スワンプ・バー〉で撃ち殺されそうになったことも、わたしが一部裸からほぼ全裸までありえないほどさまざまな格好を、ルブランク保安官助手に見られたことも。あなたたちふたりにはおもしろかったかもしれないけど、わたしにとってはぞっとすることがほとんどだった」

アイダ・ベルが顔をしかめた。「まあね。でも、ほかのリスクと比べてみる必要がある――カーターはとても慎重で念の入った捜査を行うだろう。ただし、あたしたちほど迅速には動けない。あらためて言う必要もないが、この悪夢みたいな一件を片づけるのが早いほど、あんたの偽装は安泰だ」

ため息。認めたくはないけれど、彼女は正しい。でも、災厄を招く高齢者ふたりとナンシー・ドルーごっこを開始するなんていう考えは、断じてわたしの頭になかった。何しろ、どうにかこうにか命と偽装を守ってまだほんの数日だし。わたしの尊厳はとっくの昔に失われ、いまさらどうこう言うほどのものでもなく、そのことはプラスとも考えられた。状況をどう見るかによるけれど、失うものがひとつ少ないということだから。

「二、三調べてみてもいいんじゃないかとは思う」わたしはふたりに指を突きつけた。「でも……臭い島や白人労働者（レッドネック）向けの酒場に行くのも、ルブランク保安官助手の家に侵入するのも、裸で車に乗るのもなしだから」

アイダ・ベルがにやりと笑った。「へえ、お楽しみはいっさいなしって言うなら……」

「わたしはそれでいいの。ふたりとも、娯楽が欲しければ、よそを探してちょうだい。わたしは耐えられる恥の限界を経験したから。ここに来る前にもう限界を見たと思ってたんだけど。それにルブランク保安官助手から、この件には立ち入るなとはっきり言い渡されたわ。彼にはわたしを監視する理由が大いにある」

「そうは言っても、カーターはあんたを一日中監視しながら、同時に捜査を行うなんてことはできないよ」アイダ・ベルが指摘した。「カーターがどこにいるかつねに確認する必要があるね。あたしたちが捜査をするベストタイミングを選ぶために」

「シンフルにはほかに法執行機関はないの？」

「リー保安官の事務所だけさ」

わたしはあきれて手を振った。ロバート・E・リー保安官は間違いなく百歳に達しているし、いまでも移動に馬を使っている。その馬も齢（よわい）百だ。

「どこから手をつける？」わたしは尋ねた。

ガーティが勢いこんで言った。「シンフル住民全員のリストを作ったらどうかしら。それで、犯行に及ぶことができたはずがないと確定できたら、ひとりずつ消していくの」

「名案ね」わたしは言った。「ただし、ルブランク保安官助手の質問から察するに、パンジーは真夜中に殺されたみたい。つまり、たいていの人は家にいたはず。各家庭を訪問してアリバイを訊いてまわるなんてことはできないわよね。そんなことしたらカーターに連絡がいくだけだし、そもそも誰かがベッドで眠ってたかどうかなんて、自分が眠ってたら確実なことは言えないし」

「それじゃ、殺人方法に基づいて消していくべきね」とガーティ。

わたしはうなずいた。「実行する力があったかどうかを考えるほうが絶対的にいいわ。でも大きな問題がひとつ――パンジーがどうやって殺されたのかがわからないの。ルブランク保安官助手は言わなかったし、あれはわざとだと思う。キッチンの床に倒れて死んでいる娘を、シーリアが見つけたとだけ」

「死因は明らかだったんだろうね」アイダ・ベルが指摘した。「カーターがすぐ殺人て決めつけたんだから」

「銃で撃たれたというのが一番可能性が高いわね」わたしは言った。「でもシーリア――と近所の住人のほとんどに銃声が聞こえたはず。消音器（サイレンサー）を使ったのでないかぎり」

アイダ・ベルが顔をしかめた。「人を殺すためでなけりゃ、サイレンサーは必要ない。シンいいんだから」

「シンフルで持ってる人間は多くないんじゃないかね」

「多くなくていいのよ」わたしは指摘した。「パンジーを憎んでいた人物がひとりいればいいんだから」

ガーティがやれやれと首を振った。「フォーチュンの言うとおりよ。まず最初にパンジーがどうやって殺されたのか突きとめないと。それがわかっただけで住民の三分の一は容疑者からはずせるかもしれないわ」

「シンフル住民の誰かが犯人なら、解決に近づくわね」わたしは言った。「でもやっぱり、ここ数年パンジーがカリフォルニアで何をしてたか探り出す必要があると思うの」

「賛成だ」とアイダ・ベル。「だけど、慎重にいかないとね。カーターもその線を追うだろう。二度同じことを訊かれた人間は、カーターにそう言うだろうから」

わたしはうなずいた。「それじゃ慎重にいきましょ。パンジーが死んだから訊いてると思われるような質問はしない。それでもかなり多くのことを探り出せるはずよ。少なくとも、大人になってからのパンジーがどんな人間だったのかイメージがつかめる。この町を出る前の彼女がどんなだったかはわかってるけれど、ロスで危険な習慣を身につけたかもしれないでしょ」

「確かに」アイダ・ベルが賛成した。

「でも、物事には順序がある」わたしは言った。「この件の情報となると、シンフルのゴシップ網は役に立たないはずだし、カーターはシーリアに何ひとつ口外してはならないと言ってあるんじゃないかと思うんだけど。シーリアは言われたとおりにする?」

ガーティとアイダ・ベルは顔を見合わせ、無言モードで交信し、わたしのほうに向き直ってからうなずいた。

「ほかの誰かのことだったら」とガーティが言った。「エホヴァの証人みたいに一軒一軒話してまわったでしょうね。ハリケーンのときに干しっぱなしにされた洗濯物より大きく手を振りまわして。でもパンジーが羽目をはずした場合は、昔から固く口を閉ざしたから」

アイダ・ベルがフンと鼻を鳴らした。「パンジーが羽目をはずした場合はたいてい、ほかの誰かの恋人と裸になることが含まれてたからね。シーリアにとってはありがたくない評判だ。自分の子育て能力って面で。あるいは能力の欠如かね」

「パンジーが寝た相手全員のリストを作成したらどうかしら」わたしは提案してみた。「そこから頭にきたガールフレンドたちを調べるの」

「そんなの簡単よ」とガーティ。「シンフル住民のリストと同じだもの——一定の年齢層の男女を除けばね。少なくとも、女性は除いていいと思うわ」

わたしは黙ってと言うように手を振った。ガーティはパンジーの尻軽ぶりを誇張しているだけだと確信して。でも、パンジーの盗み食いの範囲が真実どの程度だったかはあまり知りたくない気がする。「まずやるべき課題に話を戻しましょ。パンジーがどうやって殺されたのか、探り出すにはどうする？」

アイダ・ベルとガーティが顔を見合わせた。アイダ・ベルが口を開くよりも先に、わたしは出てくる答えが気に入らないだろうと察知した。

「この事件に関するカーターのファイルを見るしかないね」

「あなたたちの犯罪仲間が保安官事務所に勤めてたわよね」

アイダ・ベルがうなずいた。「だから今度の件もこんなに早くわかったんだ。マートルは夜間の通信係だったんだけど、泥酔者が出たってときぐらいしか仕事がなくてね。そんなわけで金曜日に事務仕事に異動になったんだ。今朝はいつもより早くカーターに呼び出されたそうだ」

「マートルはスマホを見ずにメッセージを打てるようになったから、何があったか知るとすぐ、あたしたちにSMSを送ってきたのよ」とガーティがつけ足した。

「それなら、前と同じようにカーターのコンピューターに侵入してもらえばいいじゃない」

「カーターったらパスワードを変えたのよ」ガーティが答えた。「マリーの件で自分が後れを取ったのは、あたしたちに保安官事務所の情報を盗まれたからだって気がついたのかもしれないわ」

わたしは勢いよく息を吐いた。もちろんカーターが考えたとおりだった。マートルが彼のコンピューターに侵入して機密情報をわたしたちに教えてくれたのだが、こんなに早く気づかれ、対策を講じられるとは癪だ。

「あなた、コンピューターについては別に詳しくないわよね?」ガーティが訊いた。

「ふつうの人が知ってる程度よ。CIAではひとつの部門がまるごとコンピューター関係の仕事に投入されてるの。ほとんどのミッションで彼らと一緒に仕事をしたけど、あの人たちは生きてる次元がまったく異なる感じ」

アイダ・ベルが首をかしげた。「ひょっとすると、あたしの知ってる――」

「あらやだ、だめよ！」ガーティがあまりに激しく首を横に振ったため、ヘアバンドが目までずり落ちてきた。

「何？」わたしはアイダ・ベルとガーティのあいだで目を行ったり来たりさせたが、ふたりはじっとにらみ合ったままだ。

「それならほかの案を出してごらんよ」アイダ・ベルが挑むように言った。

「それは……あたしたちで……んもう」ガーティがため息をついた。「でも忘れないで。もっといいアイディアは出せないけど、これはものすごく悪いアイディアだと、あたしは思いますからね」

「訊くのが怖いくらいなんだけど」わたしは言った。「訊いたほうがいい？」

「アイダ・ベルは魔術師（ソーサラー）に会うべきだって考えてるのよ」ガーティが答えた。

　わたしはふたたび目を行ったり来たりさせながら、冗談のオチが続くのを待った。が、その気配はまるでなかった。「ワオ。この町に来てから、どうしようもなくばかげた話をいくつか聞かされたけど――たいていはあなたたちふたりから――でも、いまのはその上をいくわね。つまり、パンジーがどうやって殺されたかを、ブードゥー教の司祭に教えてもらおうってわけ？　その人に会うとき、ニワトリをいけにえとして供えたらどう？」

「ソーサラーはブードゥー教の司祭じゃないよ。テクノロジー界の無政府主義者なんだ」とアイダ・ベル。

ガーティがうなずいた。「〈アノニマス〉の一員だって噂もあるの」

頭の片隅でかすかな記憶が閃いた。「それって大規模コンピューターネットワークをハッキングする集団のこと？　ＣＩＡで彼らに関する会議が開かれたわ」

「あたしが言いたいのはそこなのよ」とガーティ。「ＣＩＡが会議を開くくらいなら、その集団は危険ってことでしょ。彼らとかかわりを持つのはいい思いつきじゃないわ」

アイダ・ベルがばかばかしいと言うように手を振った。「あんなのは噂にすぎないよ。ソーサラーがあのばかげた集団の一員かどうか、確実なところを知ってる人間はいないんだ」

「一員じゃないって確実に知ってる人もいないわ」ガーティも譲らなかった。「それどころか、彼についてあたしたちが知ってるのは噂ばかり。株取引でお金を稼いでるって話もあれば、コロンビアの麻薬商人のために資金洗浄をしてるって話もある。襲撃用の銃器で武装した傭兵の一隊と人食い番犬に、住み処を守らせてるって話も」

「あたしたちはお客だよ」アイダ・ベルが反論した。「客を殺しはしないだろう」

「どうかしら」何もかも嫌な予感がしてきた。「傭兵を雇えるぐらいなら、その人物がわたしたちに力を貸す理由なんてある？　こっちはお金をたくさん払えるわけじゃないのよ」

「ああ、払えないね」アイダ・ベルが認めた。「でも、ソーサラーが本当に無政府主義者だったら、法執行機関にひと泡吹かせるチャンスと聞いて興味を示すはずだよ。特に庶民の正義がかかってるって点にね。それにあんたはソーサラーが取引したがるあるものを持ってると思うんだ」

「わたしが？　来たときのスーツケースに入ってたのは、一度も着たことのない服とノートパソコンだけよ。ソーサラーがわたしの標準仕様のコンピューターや女の子らしい服に興味を持つとはとうてい思えない。まったく、わたしだって興味ないんだから、女の子らしい服なんて」

「あんた自身が持ってるってわけじゃなくて、マージがね。噂によると、ソーサラーは歴史的な軍用武器を蒐集しているようなんだ。マージは亡くなる前、かなりのコレクションを持ってたからね」

わたしはフーッと息を吐いた。マージのコレクションならよく知っている。クロゼットの奥にしこまれた可動式の壁を偶然開けたとき、その後ろに隠されていた大量の美しい武器に、わたしはよだれを垂らしそうになった。それにアイダ・ベルの言うとおりだ。なかには古いものもあったけれど、どれも状態はすばらしくよかった——歴史的に価値あるもののコレクターなら、金に糸目をつけないくらい。

ただしひとつ問題がある。

「この家にあるものは何ひとつわたしのものじゃない。本物のサンディ＝スーが相続したのよ」

「あたしが聞いたかぎり」アイダ・ベルが言った。「サンディ＝スーは武器に興味を示すタイプじゃない。それにマージのコレクションについて知ってるのはあたしたち三人だけだ」

「それでも盗みになるわ」

ガーティが首を横に振った。「ふつうならあなたに同意するところだけど、マージが生きていたら、あなたに銃を渡したと思うの。間違いないわ」

アイダ・ベルがうなずいた。「それにあんたはサンディ＝スーの仕事をやってやってるじゃないか、売るために遺産の目録作りをしてさ――報酬なしで。これは公平な取引にちがいないよ」

「でもね、目録作りにはまだ手をつけてない状態なのよ」

「時間は夏いっぱいある」とアイダ・ベル。「ガーティとあたしも手伝うから」

「公平な取引よ」ガーティが言った。

わたしは窓の外に目をやり、家の裏を流れる濁ったバイユーを眺めながら選択肢を検討した。サンディ＝スーが相続した財産を盗用するのは気が進まない。でもすべてが解決したら、銃器についてはCIAのほうから費用を補塡してもらえるはずだ。わたしにとって一番気がかりなのはソーサラーという人物に関して未確認の部分が多いこと。ひょっとしたら彼自身が諜報の世界に属しているか、もっとまずい場合は不適切な人間に情報を売って生計を立てている人物かもしれない。もし彼が武器取引の世界とつながっていたら、わたしの首に賞金がかかっていることを知っている可能性もある。

「パンジーがどうやって殺されたかはどうしても必要な情報だし、そのソーサラーという相手と接触するとしたら、彼の思惑を読むためにわたしもその場にいたい。ただし、心配なことがひとつあるの」わたしは彼が武器商人とつながっている可能性について話した。

「そりゃきわめて妥当な心配だろうね、前に話してくれたシンフルに来る前の外見と、いまのあんたがほんのわずかでも似ていたら。しかし、顔認証ソフトでも持ってないかぎり、すっかり〝女の子っぽく〟してるあんたに向こうが気づくとは思えないよ」

「それがね、失敗に終わったミッションのあいだはずっと〝女の子っぽく〟してたのよ。だから向こうが写真を持ってるとしたら、どれもそのあいだのわたし。女の子方面のこと専門の工作担当官（ハンドラー）がいたから」

「そのミッションのあいだはどんな外見をしていたの？」ガーティが尋ねた。

「腰までの茶色の髪に茶色のカラーコンタクト。それと前歯にかすかな隙間が空いているように見える偽物の歯をつけて、胸があごの下まで押しあげられるようなおぞましいブラをしていたわ。ふつうの人のおしりの割れ目ぐらい目立つ谷間ができるの」

「着ていた服のタイプは？」アイダ・ベルが訊いた。

「キチキチでぴったりしたやつ。余分な脂肪があったら、一グラムも残さずラインに出るような。それと最高にばかばかしい靴――まるで竹馬に乗ってるみたいな――でもあれ、切羽詰まったときにはいい武器になるわね」

ガーティが眉をつりあげた。「あなた、娼婦を演じていたの？　あ、答えないで。本当のあなたについては知らないほうがいいから」

「ガーティの言うとおりだろうね」とアイダ・ベル。「靴が武器になるって話には興味をそそられるけど。ともあれ、あんたの外見はいまとはまったく違ったみたいじゃないか。エリー・メイ（六〇年代に放映されたドラマ〈じゃじゃ馬億万長者〉の登場人物）風のサンドレスにサンダル、いつもやってるように髪をポニーテールにまとめりゃ、その辺にいる田舎娘に見えるさ」

わたしはしばらく考えこんだが、アイダ・ベルの判断に穴は見当たらなかった。「わかった、それじゃそうしましょ。そのソーサラーがどこに住んでるかは知ってるの？」

アイダ・ベルがうなずいた。「あたしの情報源によると、マッドバグに住んでるらしい。ここから一時間ほどのところだよ」

わたしは目をすがめた。「あなたの情報源？」

ガーティがあきれた様子で首を振った。「〈コール・オブ・デューティ〉のプレイ仲間の子が、ソーサラーも常連プレイヤーのひとりだって言ってるんですって」

やっとわたしのよく知っているポップカルチャーが出てきた。戦争ゲームの〈コール・オブ・デューティ〉なら、ハリソンのところで何度もプレイしたことがある。「その子の話は確かなの？」

アイダ・ベルは肩をすくめた。「その常連プレイヤーに、会おうってネットで連絡してみるよ。結果としてこっちの望むことをやってもらえないとわかっても、無駄になるのは時間とガソリンだけだ」

「オーケイ」わたしは立ちあがった。「それじゃ、そのソーサラーとやらが魔法を使えるのかどうか、見にいきましょ。わたしは二階にあがって女の子になってくる。あなたたちはマッドバグまで行く手段を考えて。ガーティは車をぶつけたって言うけど、わたしアイダ・ベルのコルベットに彼女のルールで乗るのはごめんよ」

ガーティが顔を輝かせてはじかれたように立ちあがった。「それについてはここまで走ってくるあいだに思いついたことがあるの」

アイダ・ベルがわたしに劣らず怪しんでいる顔で椅子から立ちあがったが、この件を解決するのはふたりの担当だ。「あたしは十五分で準備ができる。あんたの車を直すには何分かかる？」

「あら、ほんの五分かそこらよ」ガーティが答えた。「でも、あたしの家まで走って戻るのにプラス十分はかかるわね」

「あんた、エクササイズを始めないとだめだよ」アイダ・ベルが廊下を歩きだしながら言った。

「エクササイズならしてるわ」

「編みものはエクササイズに入らないんだって」

# 第7章

わたしはにやついたまま二階へとあがった。クロゼットにかかっている女の子っぽい服数着に手早く目を通していると、玄関ドアが閉まる音が聞こえた。考えたすえ、白地にピンクの薔薇が描かれたサンドレスを選んだ。わたし自身も、前回のミッションでなりすましていた人物も、絶対に着そうにない服だ。

髪は特に乱れていなかったので、そのままアイダ・ベルに言われたとおりポニーテールにまとめ、ヘアアイロンのコンセントを差した。ヘアアイロンが温まるのを待つあいだに保湿剤とリップグロスを少し塗った。ふつうの状況では――まあ、わたしにとってのふつうという意味だ――かなり器用であるにもかかわらず、いまだに目をつつかずにアイメイクをする方法を習得していないため、目のまわりはいじらずにおいた。

　ポニーテールの先をヘアアイロンに巻きつけたが、髪が焼け切れるほど長く挟んだままにしないよう気をつけた。こういうものがそこまで熱くなるなんて誰が知るだろう。最後にもう一度鏡を確認してからピンクのサンダルを履き、マージの秘密の隠し場所へ拳銃を一挺取りにいったが、彼女の寝室の姿見に映った自分は極力見ないようにした。見たら吐き気に襲われそうな気がして。わたしはなんとしても朝食を食べておく必要があった。アイダ・ベルとガーティの冒険につき合うと約束すると、何が起きるかわからない。エネルギーレベルは必ず最高にしておくのが賢明だ。

　スクランブルエッグを食べ終わったちょうどそのとき、ガーティのキャデラックがこの家の私道に入ってくる音が聞こえた。少なくともエンジンの音はガーティのキャデラックのように聞こえた。でも前はしなかった奇妙なガチャンガチャンという音も聞こえる。大急ぎでシンクに皿を入れ、バッグをつかみ、玄関から飛び出した。

　そこで立ち止まり、啞然とした。

　ひと目でガチャンガチャンという音の正体がわかった。もともと贔屓目に見てまあ役に立つという程度だったフロントバンパーが、いまや目を覆うばかりのありさまとなっていた。ひしゃげ、へこみ、左右両端が前に突き出している。今回の遠出をこっそり行うという希望はあっさり消えてなくなった。

「ぽかんとしてないでとっとと乗りな」アイダ・ベルが助手席側の窓から怒鳴った。

これはまずい思いつきだと判断する、もっともな理由が何百とあるにもかかわらず、わたしは車まで歩いていって乗りこんだ。ガーティが車を出すと、バンパーが風に吹かれてはためいた。

「バンパーははずしちゃったほうがよかったんじゃない？」わたしは尋ねた。

「真ん中が食いこみすぎてて動かないんだよ」アイダ・ベルが説明した。「あたしじゃ引っこ抜けなくて、ガーティはバールが見つけられないときた」

「少なくともフロントグリルからリスははずしたわよ」とガーティ。

アイダ・ベルがうなずいた。「今晩はあたしの家でディナーだ」

わたしは顔をしかめた。今晩は絶対、冷凍食品（ハングリーマン）にしよう。

マッドバグまでの道のりは、まったく変化のない沼地が延々と続いているように見えたが、三人でパンジー事件についてあれこれ考えたり、アイダ・ベルとガーティが〈アメリカン・アイドル〉の最新シーズンについて議論を戦わせたりして時間をつぶした。朝やたらと早く起こされたわたしは、ふたりが議論を戦わせている時間をうたた寝に使い、気がつくとアイダ・ベルに突っつかれていた。目的地に着いたのだ。背中を伸ばし、初めて訪れるマッドバグの町を眺めた。

大きさでわずかに上まわるけれど、シンフルによく似ている。年季の入ったレンガ造りの家が並び、シンフルと同じ南部の魅力を感じさせるメインストリートが一本通っている。バイユーが流れ、バナナプディング戦争が戦われ、人を殺せる野生動物が棲息するちっちゃな町が、ルイジアナにはいくつあるのだろう。続いて気になったのは、人口からすると異常な高確率で殺人事件の起きる町はいくつあるのだろうということ。

メインストリートの交差点にはぱっとしない年配女性の像が立っていたが、わたしの目を惹いたのは灰色の石膏像の上に誰かがつけ加えたあるものだった。

「あの石膏像の女性は誰？」わたしは訊いた。

アイダ・ベルが像を見やった。「町に財産を遺贈したお金持ちだよ」

「どうして円錐形のブラをしてるの？」昨夜観たミュージックビデオに出てきたのと同じものだとわかり、そのことがやたらと嬉しかった。

アイダ・ベルはどうでもいいと言うように手を振った。「たぶん子どものいたずらさ」

メインストリートの端まで来ると、ガーティはバイユーと平行して走る曲がりくねった道へと車を入れた。町の中心から離れるにつれ、個々の家が大きくなり、間隔が空きだした。とうとうガーティがある家の円形の私道へと車を入れ、玄関の前で停車した。

「この家で間違いない？」プランテーション様式の大きな家と手入れの行き届いた土地を見ながら、わたしは訊いた。

アイダ・ベルがスマホを確認してうなずいた。「教えられた住所はここだよ」

「狙撃手(スナイパー)も狂暴な番犬も見えないけど」とガーティ。

「見えたら」わたしは指摘した。「スナイパーとは言えないもの」

「ぜんぜん不穏な感じがないわ」ガーティが言った。

「経験からすると」わたしは言った。「そういうときはたいてい最悪のパターンなんだけど、今回はアイダ・ベルがからかわれたんじゃないかって気がする」車から降りた。「さっさと終わらせちゃいましょ」

玄関まで歩いていってドアベルを鳴らしたが、狂暴な番犬の吠え声が近づいてくることはなかったのでほっとした。数秒してもう一度ベルを押した。

ドアが勢いよく開いたかと思うと、廊下とその先の居間が見えた。そこで視線を下に……かなり下にさげた。

男性――年齢はひょっとしたら十歳、身長百三十五センチ、びしょ濡れになっても体重三十キロ前後、肌は一度も太陽に当たったことがないような色をしていて、真っ黒な髪と青い瞳のせいでぎょっとするほど際立って見える。

「何かご用ですか?」彼は礼儀正しく訊いた。

「ええ」わたしは答えた。「わたしたちは、ええと……ソーサラーに会いにきたんですけど?」

自分の台詞があまりに間抜けに聞こえて、もう少しで恥ずかしさから縮こまりそうになった。アイダ・ベルはどうして本名を訊いておかなかったのか? テクノロジー界の無政府主義者が、妻と子どももいるごくふつうの生活を送っているとは予想もしなかった。

彼はわたしたちを数秒間観察してから、アイダ・ベルに向かって訊いた。「あなたがキリングマシン1962?」

「ああ」とアイダ・ベル。

少年は手を差し出した。「ぼくがソーサラーだよ」

わたしが驚きを抑えこもうとしているあいだにアイダ・ベルは彼と握手を交わしたが、自身の驚愕を隠しきれない様子だった。いったい全体どうしてアイダ・ベルは、自分のゲーム仲間が彼女の着ている服よりも若いという事実をつかめなかったのか? もっと重要なのは、この青白いやせっぽちの子どもがどうやって自分はある種のサイバー自警団員であると、賢い大人に信じこませることができたのかということ。

「まあ、なんてかわいいのかしら」ガーティがにこにこしてソーサラーを見ながら言った。

わたしは顔をしかめた。いまの疑問は〝賢い〟の部分に問題があったかもしれない。

「ここにいるのはあたしの友達、ガーティとフォーチュンだ」アイダ・ベルが言った。

「ようこそ、はじめまして」ソーサラーはそう言って、なかに入るようにと手振りで示した。

長い廊下を歩いていき、居間を抜けた。居間には成人男性と女性がいて、テレビを観ていた。こちらをちらりとも振り返らなかったが、やせた体型と青白い肌の色から、ソーサラーの両親と思われた。

ソーサラーは廊下を左に曲がり、右手の部屋に入った。ドアには〝クライアントと打ち合わせ中――邪魔をしないで〟と書かれた札がさがっている。

「両親はときどきぼくが仕事中だってことを忘れちゃうんだ」ソーサラーは説明してから、部屋の真ん中に置かれた大きくて装飾的なデスクと椅子を指し示した。わたしはアイダ・ベルとガーティに挟まれる格好で腰をおろし、さりげなく室内を観察した。部屋の壁はすべて本棚になっていて、隙間なく本が並んでいる。書名をいくつか読んでみた――『組み合わせ論』『脳と認知科学』『ノンパラメトリック統計』『マクロ経済学』『日本語上級』。うわっ。

ソーサラーはデスクの奥の椅子に座り、リモコンのボタンを押した。わたしたちの左側の本棚がするすると動いたかと思うと、その奥の壁に大きなフラットスクリーンが四つ、長方形に並んでいた。ひとつにはニューヨーク株式市況が映し出されている。残りの画面にはほかの国の株式市場の情報。どうやら、株取引に関する噂は正しかったらしい。〝麻薬商人のために資金洗浄をしている〟という噂のほうは、人を遠ざける目的の作り話であることを祈ろう。

「ご両親はあなたが家でビジネスをしても気にしないの？」わたしは尋ねた。

「気にするわけないでしょ」ソーサラーは答えた。「ここはぼくの家なんだから」

了解。この子の両親はたぶん、息子を恐れている。やれやれ。それを言うなら、わたしもこの子をちょっと恐ろしいと感じていた。

「法執行機関とのあいだで問題って話だったよね」彼は本題に入った。

アイダ・ベルがうなずいた。「あたしの友達のフォーチュンがきのうの夜、むかつく女とばかばかしい議論になってね、その女を殺してやるって脅したと言えないこともないんだ。その場の勢いってやつだよ。本気じゃなかった」

一部本気だったので、わたしは何食わぬ顔を装った。モロー長官のオフィスで何度も練習済みだから、この作り顔は完璧の域に達している。

「そのむかつく女が死亡したってわけだね?」ソーサラーは話の主題にほんの少しも関心がない様子だった。

アイダ・ベルがうなずいた。「きのうの真夜中ごろに殺されたんだ。フォーチュンはシンフルに一時滞在しているだけ、いっぽうむかつく女のほうは町長の姪で——」

「あなたたちはこの人が濡れ衣を着せられるんじゃないかって心配なわけだ」ソーサラーがさえぎって言った。「たぶん間違ってない。状況と小さな町の住人の考え方からすると。彼らの考え方を、ぼくは嫌って言うほどよく知ってる。で、どうしてほしいわけ?」

「保安官事務所は独力じゃ事件を解決できないと思うんだ。しかし当然ながら、あたしたちが捜査に加わることは許さないだろう」

「つまり、あなたたちは自警団みたいに自分たちで殺人事件を解決し、友達の疑いを晴らしたいんだね」ソーサラーはちょっとのあいだわたしをじっと観察してから、アイダ・ベルのほうを向いてうなずいた。「それは立派なことだ。うまくいく確率はどうかなと思うけど、喜んで協力するよ。例の品物は持ってきた?」

アイダ・ベルがわたしに向かってうなずいたので、バッグから拳銃を出し、デスクの向こうに座っているソーサラーに手渡した。出会ってから初めて、彼の顔に感情がよぎるのを見た。贈りものが気に入ったようだ。

「あなたの言ったとおりだ」ソーサラーがアイダ・ベルに言った。「すばらしいコンディションだし、取引に値する」

彼がノートパソコンを開き、キーボードを叩くと、壁の大きなスクリーンのうちふたつがインターネットの検索画面へと変わった。「どういう情報が必要なの？」

わたしは息を殺した。これはひとつの転換点だ。これまでのところ、この子が法を破ってもかまわないと考えている証拠は何ひとつなかった。でももうすぐ、彼がどれほどあの銃を気に入り、政府を嫌っているかが、あるいはそのどちらかであることが明らかになる。

「知りたいのは事件の詳細」アイダ・ベルが答えた。「具体的に言うと、どうやって殺されたかだね。でも、ほかにもわかることがあったらありがたい」

ソーサラーはうなずき、キーボードを叩きはじめた。スクリーンに数字の連続が溢れ、ものすごい速さで流れていくので、わたしにはほとんど読みとれなかったし、その意味となるとなおさらわからなかった。でもソーサラーにとっては明らかに意味を成すらしい。急にスクロールが止まったかと思うと、シンフル保安官事務所のファイルサーバーが現れた。

「いい腕してるわね」賞賛を胸の内に納めておくことができなかった。

ソーサラーは〝当たり前でしょ〟という顔をしてから「被害者の名前は？」と訊いた。

アイダ・ベルが名前を言うと、彼はふたたびキーボードを叩き、そして眉をひそめた。

「被害者のファイルは作られてる。でも、情報はひとつも入ってない。鑑識や検死官からの公式の報告がすぐに来ないのは当然だけど、担当の役人がなんらかのメモを残してないのはおかしい。ほかをチェックさせて」

彼がふたたびキーボードを叩くと、保安官のメールボックスが現れた。短いリストにあるのは、狩猟雑誌の購読申し込みや、バイアグラの再処方に関する大いに困惑を呼ぶリマインドメールだった。

「保安官が捜査の指揮をとってるわけじゃないみたいだね」ソーサラーが言った。

「保安官はとてつもなく年取ってるから、亀の指揮をとろうとしたら亀に轢かれてしまうぐらいなの」わたしは言った。「捜査を指揮しているのはルブランク保安官助手」

ソーサラーはもう一度キーボードを叩き、カーターのメールボックスを呼び出した。検死官へのメールを彼が開くと、わたしたちはそろって身を乗り出し、読み終えたところでむっとしながら椅子にもたれた。

「興味深いな」ソーサラーが言った。「あなたたちの町の保安官助手は平均的な小さな町の人間よりも頭がいい。事件が解決するまで、すべてのファイルを書面にすることを選んだ。全員に報告書はクーリエ便でしか送らないよう指示してる」アイダ・ベルの顔を見る。「何か理由があって、彼は保安官事務所システムに不正アクセスがあったんじゃないかって疑ってるのかな?」

アイダ・ベルが座ったまま少しもぞもぞした。「あたしたちには保安官事務所で事務の仕事をしてる友達がいるかもしれなくて、彼女は保安官助手のパスワードを知ってて、一度か二度それを使ったことがあるかもしれない」

ソーサラーがほほえんだ。「ぼくたちは同志だね、キリングマシン。でも今後、専門的な仕事は専門家にまかせたほうがいい。そうすれば気づかれないですむよ」

アイダ・ベルはため息をついた。「こんな手に負えない事態になるなんて、予想できたはずがないじゃないか。あの町じゃふつう何も起きないんだよ」

ソーサラーはうなずいて、さらにいくつかキーを叩いた。それから紙切れに数字をメモすると、それをアイダ・ベルに手渡した。「この件をあきらめるつもりはないよね。その暗証番号を使えば、保安官事務所の警備システムを解除できるよ」

少し恐怖を感じた様子でガーティの目が見開かれたが、わたしからすると充分な恐怖とは言えなかった。アイダ・ベルは暗証番号が書かれた紙をいそいそとバッグにしまった。帰りの長い道のりが、ずっと口論になるのがいまから予想できた。

「あなたたちが帰る前にあとひとつだけ調べさせて」ソーサラーはそう言うと、なんだか複雑そうな検索エンジンにパンジーの名前を打ちこんだ。スクリーンがぱっと変わったかと思うと、検索結果が一件表示された――パンジーのFacebookページだ。

ソーサラーはそのFacebookページを開き、ざっと目を通して青くなった。「殺されても不思議じゃない人だね」画面を検索エンジンへと戻してスクリーンを指した。「インターネットで被害者の名前が見つかったのが一件だけってことに注目」

「そこに何か意味があるの?」わたしは訊いた。

うなずき。「ネット上で存在感がない人は二種類しかいない――オンラインの情報源に自分のことが載らないようにわざとしている人と、あんまり重要じゃない人。この被害者がFacebookページを作って、そこに自分の画像を五千枚以上あげてることを考えると、後者だったみたいだね」

わたしは眉をひそめた。「でも誰かにとって彼女は殺さなければならないほど重要な存在だった」

ソーサラーはほほえんだ。「皮肉だよね？　彼女は何より名声と注目が得たかったわけだけど、死んだら両方手に入った」

ノートパソコンを閉じ、銃をデスク越しに返してきた。名残惜しそうな顔で。「その拳銃をぼくのコレクションに加えたい気持ちは山々だけど、仕事を完全には履行できなかったから受けとれない。でも、今後ぼくの助けが必要になったら、もう一度喜んで取引させてもらうよ」

彼の仕事ぶりを見られただけでその銃はあげると言いたくなったが、ソーサラーのプロとしての倫理規定は理解できた。

「政府か軍、あるいはその両方の仕事をしてみようって考えたことはある？」わたしとこの子の力を合わせれば、世界が抱える問題の大半は解決できるだろう。

ばかばかしいと言うように、ソーサラーは手を振った。「アマチュアとは仕事をしないことにしてるんだ」

# 第8章

「で、次はどうする？」わたしは尋ねた。

三人でわたしの家に戻り、キッチンテーブルを囲んでガーティのおいしいチョコレートチップ・クッキーを食べているところだった。どうやらアイダ・ベルにとって甘いものは、思案しなければならないときの〝必需品〟らしい。この殺人事件をとっとと解決しないと、わたしはいまよりも大きなサイズのパンツを買う必要が出てきそうだ。持ってきた服の大半はウェストが調節可能であることを考えると警戒すべき事態である。

「パンジーに関する情報がもっと必要だ」アイダ・ベルが言った。

「あたしたちは今夜、保安官事務所に侵入するんじゃないの？」ガーティが訊いた。

アイダ・ベルが首を横に振った。「さっきウォルターと話したんだけど、カーターが店に寄ってコーヒーと眠気対策カプセル（ノードーズ）を買いこんでいったらしい。徹夜で仕事をするつもりだよ」

ウォルターは雑貨店オーナーにしてカーターのおじ、そしてわたしが生まれる前からアイダ・ベルに恋している人物だ。結婚の申し込みをもう何度も断られているのに、彼がいまだにアイダ・ベルと話をする間柄である理由が、わたしにはよくわからない。厚顔なのか、はたまた救いようのないばかなのか。厚顔のほうであるように祈っている。会った瞬間から、ウォルターのことが好きになったから。

「どうにもならないわね」わたしは言った。「インターネットでは何もわからなかったし、かといってシーリアに、発見したとき死体はどんなふうに見えたかとか、殺したいと思うほど彼女の娘を憎んでいたのは誰かとか、訊きにいくわけにもいかないし。でもパンジーがロスのどこに住んでいたかすらわからなかったら、何が原因で殺されたのか聞きこみを始めるのも無理。彼女が町を出てから何をしていたか、シンフルで知ってる人っていないんじゃないかと思うんだけど、どう？」

ガーティがかぶりを振った。「シーリアの仲間なら誰か知ってるかもしれないけれど、あたしたちには話してくれないでしょうね」

「そのうえあたしたちが聞きこみをしてるって、カーターにまっすぐ連絡がいく」とアイダ・ベル。

「それじゃ、別の角度から見てみましょ」あきらめるのが嫌でわたしは言った。「ロスから敵がここまで追ってきたというわけじゃなかったとしたら、シンフル住民の誰かが犯人っていうことよね。つまり、ずいぶん長いあいだ恨みを抱いていたことになる。だとすると、あなたたちで何か思い当たることがあるはずでしょ」

ガーティが申し訳なさそうな顔になった。「残念だけど、ないわ。パンジーのやりたい放題はすべてティーンエイジャー特有のことだったから。あたしたち、そういうことにはあまり注意を払わないのよ。あの娘が遊びまわってるのは知ってたわよ。でもその過程でどの娘を怒らせたかは知らないの」

わたしは勢いよく言った。「アリーなら知ってるはず」

「たぶんね」アイダ・ベルが認めた。「でも、あの娘を巻きこむことには大いに慎重にならないと。アリーとシーリアは親しいとは言えないが、身内であることに変わりない。この件でアリーがどっちにつくか、誰もが注目してるよ」

ため息。「で、それがわたしの側だったら、みんなからよく思われないってわけね。わかった」アリーとシンフル住民のあいだにいざこざが起きるようなことは絶対に避けたい。アリーはわたしがいなくなったあとも、ここで生活していかなければならないのだから。

玄関の呼び鈴が鳴ったので、わたしたちは顔を見合わせた。

「誰か来る予定だったのかい？」アイダ・ベルが訊いた。

「誰が来るっていうのよ」わたしは玄関に向かった。ルブランク保安官助手がわたしを逮捕しにきたのではないよう祈りながら。

玄関前に立っていたのがマリーとボーンズだったのは嬉しい驚きだった。わたしはにっこり笑ってマリーたちをなかに入れた。本物のサンディ＝スーは、亡くなった大おばのマージから年老いた猟犬のボーンズを相続した。この家となかにあるものすべてと一緒に。わたしがシンフルに到着した初日に、ボーンズはマリーの行方不明になっていた夫の脚の骨を発見し、そこから事態は悪化の一途をたどった。マリーはマージの親友だったが、夫殺しの第一容疑者となり、すぐさま行方をくらました。

アイダ・ベルとガーティに誘いこまれて、わたしはふたりがマリーを見つけ、彼女の汚名を晴らすのに力を貸すことになった。その過程でふたりは殺されそうになり、わたしは正体がばれそうになったものの、真犯人が明らかになったおかげで、マリーは潔白が証明された。ボーンズはマリーのことをよく知り、なついてもいたので、わたしはマリーにこの年老いた猟犬を引きとってもらうことにした。

「ボーンズったら、あなたの家からここまで歩いてこられたの？」わたしは彼が足を引きずりながらキッチンへと歩いていくのを見守りつつ訊いた。犬のおやつがしまわれているキャビネットの前にボーンズが座ったので、床に二個ほど置いてやった。マリーのほうはアイダ・ベルとガーティとあいさつを交わしている。

「ボーンズったらずいぶん元気になったのよ」とマリー。「掘り返されないように、ペチュニアのまわりに柵をめぐらせなければならなかったほどなんだから」

わたしの背中に恐怖が走った。「その……ペチュニアの下には……」

マリーが声をあげて笑った。「大丈夫よ。ペチュニアの下に死体の一部が隠れてるなんてことはないわ。あの花壇はわたしが去年こしらえたものだし、一メートルくらい掘り返したから」

わたしはうなずいたものの、まだ安心はしていなかった。誰かを埋めるとき、わたしは必ず一メートルよりも深くまで掘るし、ボーンズがその名前と評判を得たのはかなり深い土のなか、さらには水中からでも骨を見つけられるためだ。でも柵が彼を寄せつけないようにしているなら、何も言わないでおこう。シンフルにとって一番必要ないのは、新たに疑わしい死体が見つかることだ。

「コーヒーはいかが?」マリーがテーブルに向かって腰をおろすと、わたしは尋ねた。

「結構よ。ゆっくりしていられないの」

わたしはうなずいた。「しばらくはわたしたちとかかわり合いにならないほうがいいはずよ」

マリーの顔がぱっと明るくなった。「それじゃ、捜査してるのね?」彼女はパチパチと手を叩いた。「フランシーンのところで今度の話を聞いたとき、あなたたちが許すわけがないって思ったの。わたしのときと同じように、フォーチュンは濡れ衣を着せられそうになるだろうけど。だからここへ来たのよ」

ひだ飾りのついたブラウスの内側に手を入れ、ふたつ折りにした大きな封筒を取り出した。

「これ、たぶん一週間ほど前に届いたんだと思うの。ちょうどわたし自身がたいへんなことになってたときだったから、郵便に目を通す時間がなくて、きょうになって見つけたのよ」

アイダ・ベルのほうに封筒を押しやる。アイダ・ベルは差出人住所を見ると目を見張った。

「パンジーからシーリアへの手紙じゃないか」

「どうしてシーリアへの郵便があなたの家に届いたの?」

アイダ・ベルが鼻を鳴らした。「郵便配達のボブは酔っ払いで、マリーの家がシーリアの家の隣だからだよ」

ガーティが眉をひそめてアイダ・ベルを見た。「自分が供給元なのに、彼を酔っ払い呼ばわりするのは礼儀に反するわよ。郵便配達のボブはね、あたしたちの咳止めシロップの一番のお得意さんなの」ガーティは説明した。

「それ、開封していいの？」わたしは訊いた。「他人の郵便物を開けるのは連邦法違反よ」

アイダ・ベルは封筒を破って開け、中身を引っぱり出した。「あたしたちには連邦捜査官なんかよりもっと大きな心配事があるからね」

「で、それは何？」ガーティがテーブル越しに身を乗り出し、のぞきこんだ。

「パンジーからの短い手紙だ」とアイダ・ベル。

ママ、
このあいだ話した書類を送るわ。二週間以内に支払わないと、何もかもが無効になっちゃうの。弁護士に相談したけど、先に五千ドルの依頼料を払わなければわたしの案件には手をつけてももらえないんですって。
ママにあんまり余裕がないのはわかってるけど、ほかに頼める人がいないのよ。
パンジー

アイダ・ベルは手紙をめくり、添付されていた書類を見た。「税金を払うっていう国税庁との合意書だね。うわっ、パンジーときたら、連邦税八万ドルとさらに自営業者税が未納になってる」

「彼女、一度も税金を払ってないの？」わたしは訊いた。

アイダ・ベルがかぶりを振った。「一年間の税金だよ――二年前の分」

「一年で八万ドルも課税されるにはどれだけ稼ぐ必要がある?」わたしは尋ねた。

「二十万ドルをちょっと下まわるぐらいね」マリーが言った。「控除額しだい」

わたしたちはそろってマリーをまじまじと見た。

「何?」とマリー。「わたし、数字は好きなのよ。ハーヴィの事業の納税申告書と夫婦の個人所得申告書のファイルをしていたし」

「あたしは全部、今後必要になったときのためにしまってあるよ」アイダ・ベルが言った。

「いつか必ず役立つはずだからね」

「なるほど」わたしは言った。「それにしても一年でそんな収入を得るなんて、彼女何をしていたの? セクハラやコンピューター・セキュリティの社内研修ビデオに出演するだけで、そこまでのお金になるなんてこれっぽっちも信じられない」

「同感だね。そんなことがあるわけない」とアイダ・ベル。

「見せてもらえる?」マリーが尋ねた。

アイダ・ベルは国税庁の書類を手渡した。それに目を通すうちに、マリーの首のつけ根から顔へと赤みが広がっていった。最後に彼女は手で口を覆った。

「どうかした?」わたしは訊いた。

「課税されてるのはすべて自営業所得なの。ここを見て」マリーは書類の一枚に記された六桁の数字を指した。「これは〝その他すべての個人的サービス〟を意味する事業コード」

「演技の仕事とは関係なさそうね」とわたし。

「関係ないわ。国税庁の説明には〝娯楽サービスの提供〟という項目が含まれてるの」

「そうか！」アイダ・ベルがテーブルをバンッと叩いた。「パンジーは娼婦だったんだ」

「まじめな話？」わたしは訊いた。「ほんとに？」

マリーがうなずいた。「かなり可能性が高いと思うわ。国税庁には売春のための特定コードはないけど、これはその種の収入を申告するうえで推奨されている方法なの」

これ以上驚くことはないと思ったけれど。「売春のために推奨されてる申告手続きがあるの？」

「もちろん」マリーが答えた。「なかったら、脱税でつかまえられないでしょ？　つまりね、平均的な売春婦はたぶん、貧困レベルの収入しかないはずだから、自営業者税の分だって追及しても意味はないわ。でも、高級なコールガールとなると企業の重役よりも稼ぐのよ」

わたしは目をすがめてマリーを見た。「あなたが何者かますますわからなくなってきた。売春についてどうしてそんなに詳しいの？」

マリーは神経質な声で笑った。「社会学に関係したものを読むのが好きなのよ……それに、そういう話題のテレビ番組も見るわ」

「ふうん。さて、売春業界にマリーが詳しい理由には疑問が残るけれど」わたしは言った。

「パンジーが〝高級〟と見なされる？」

「仕事にホテルを使うってことと、麻薬中毒(クラック)じゃないってことを意味するだけなんじゃないかしらね」とガーティ。

「というか」マリーが言った。「顧客が高級ってことなのよ」

「つまり、セックスにお金をたくさん払う男が高級ってこと?」ガーティがやれやれと首を振った。「どっちにしろ、間違ってる気がするけど」

アイダ・ベルがどうでもいいと言うように手を振った。「社会的な論評は脇にのけとくとして、パンジーは何やら怪しいことをしてお金を稼いでいたらしい、そのせいで滞納してる税金がどっさりある、だから弁護士に会いたかったたってことのようだね」

「たぶん税額に異議を唱えたかったんだと思うわ」とマリー。「売春業の人は請求書を出したり、帳簿をつけたりしているわけじゃないから、国税庁は彼女の暮らしぶりから収入を帰属させたのよ」

「帰属させるって?」わたしは訊いた。

「パンジーの住んでいるところや車、お金の使い方……そういうことから根拠のある推測をしたってこと」

「それじゃパンジーは、ロスで高級な暮らしをしていて国税庁につかまったたってわけね」わたしは要約した。「かなり愉快だけど、それって事件に関係あること?」

「可能性はある」アイダ・ベルが言い、テーブルに身を乗り出した。「誰もが知ってるようにパンジーは、すでに決まった相手のいる男を追いかけるくせがあった。もし彼女がそういう男と寝て、相手に口止め料を請求したとしたら?」

「パンジーは昔から安易な道を選んできたわ」とガーティ。「いかにもあの娘らしいでしょうね。サービスを提供したあともずっと、お金が支払われる方法を考えるっていうのは」ため息。「カリフォルニアでパンジーが何をしていたか、突きとめないと」

「少なくとも住所はわかった」アイダ・ベルが指摘した。「ここから始められる」

「ノートパソコンを持ってくるわ」わたしは勢いよく立ちあがった。

マリーも席を立った。「わたしは帰るわね。カーターが州警察にシーリアの家を警備させてるの。わたしがあなたたちと会ったことは誰にも知られたくないから」

アイダ・ベルがうなずいた。「それがいいね。あんたの家から目を光らせて、何か役に立ちそうなことを見かけたら知らせておくれ。それと書類をありがとう」

「税金に関する知識もね」わたしはマリーとボーンズを玄関まで送っていった。「あなたすごいわ、マリー。税務相談所を開いたらいいと思う」

マリーは赤くなり、照れた様子でほほえんだ。「そんなふうに褒めてもらったのは初めてよ。ありがとう」顔を寄せてわたしの頰にキスをすると、急いで外に出て、ボーンズにも急ぐよう促した。

遠ざかる彼女をしばらく見送ってから、わたしは二階へ駆けあがった。マリーとわたしには、最初に思ったよりも多くの共通点がありそうだ。

その夜、わたしがよろよろとベッドに入ったのは真夜中近かった。ほぼ三日間、糖分とコーヒー、アドレナリン、そして極度の頑固さをたよりに走りつづけてきたが、最高のパフォーマンスを維持するには少し睡眠を取らなければ。あすの夜のことを考えると特に。カーターがもうひと晩、徹夜をしようと考えないかぎり、わたしたちは保安官事務所に侵入し、パンジーのファイルに何が収められているか調べるつもりだった。

マリーが持ってきてくれた書類のおかげで、パンジーの身に起きたことについて新たな仮説が浮上したが、具体的に何かがつかめたわけではない。立証するには彼女の顧客リストが必要だけれど、どうしたら入手できるかは見当もつかない。住んでいたコンドミニアムは簡単に調べがついた——家賃が月に七千ドル近くする物件だった——けれど、公開されている記録を手早く調べたところ、彼女がシンフルに戻ってくる直前に立ち退かされていたことが明らかになった。

顧客が減ったか、家賃を払ってくれていたひとり、もしくは複数の人物に切られたか。わたしは頭にきた妻のひとりふたりが関係しているのではないかと踏んでいる。たいしたことではないけれど、パンジーが母親のところへ逃げ戻ってこなければならなくなった理由にはなる。月曜日にガーティが集金人を装って家主に電話し、何か聞き出せることがないか試してみる予定だ。

パンジーがカリフォルニアで何をしていたのか、ＣＩＡの豊富な情報源を使って、ハリソンに真相を突きとめてもらいたくなる。でも、欲しい情報を手に入れるには、その要請に〝ＣＩＡ〟という言葉を使わないわけにいかないし、そうすれば捜査の指揮をとっているカーターに間違いなく知られる。ＣＩＡもパンジーの事件を調べているとわかったら、彼は必ずなぜと訊くだろう。その〝なぜ〟は即座にモロー長官の知るところとなり、わたしはハリケーンが来襲したようなすばやさでシンフルから引きあげさせられるはずだ。

ナイトテーブルに置いてある消音ヘッドホンを見て、つけるべきかどうか迷った。自然のそばでの暮らしは平和で魂によいとよく言われるが、バイユーに棲息する生物の奇妙な鳴き声に、わたしはほぼ毎晩目を覚まさせられている。とりわけカエルに。シンフルのカエルは毎晩オペラを——それもイタリア語で——上演しようとしているような声で鳴く。わたしはオペラが大嫌いだ。知り合いにイタリア人はひとりもいないので、人についてはまだ判断を保留中である。

ため息をつき、ランプを消した。殺人犯が野放しになっていることを考えると、ヘッドホンをつけて寝るのは賢明ではないだろう。事件がパンジーとは関係なく、単にミスコン女王が嫌いないかれた人間の犯行だったらどうする？　嫌いになるのは大いに理解できるけれど、元ミスコン女王のふりをしている関係上、次の標的はわたしということになる。

枕に頭を預け、目を閉じると、驚いたことに聞こえるのはバイユーの穏やかな川音だけだった。

**ゲロゲロ**。

ため息をつき、枕を顔の上に載せた。ここにいるあいだ、犬を飼うことを考えたほうがいいかもしれない。前はボーンズがいたけれど、彼はほとんど耳が聞こえなかったし、たとえ侵入者があっても、警告しに階段をのぼってくることすらできなかった。相手を倒すのはもっと無理。

とそのとき、バイユーを近づいてくる船外機の音が聞こえた。アイドリングさせているといってもいいほどゆっくり進んでくるが、低い振動音は水を伝わり、わたしの敏感な耳まで届いた。最初は別になんとも思わなかった。深夜は魚がよく釣れるとアイダ・ベルから聞いていたからだ。ところが、船外機がこの家の真裏で止められたので、わたしは体を起こし、もう一度音が聞こえはじめるのを待った。

静寂が数秒間続いた。カエルたちも歌唱をやめたので、完全な静寂だった。ベッドを飛び出し、向かいの寝室へと急ぐと窓から裏庭をのぞいた。

裏手のポーチの明かりは庭のなかほどまでをかろうじて照らしている程度で、あとはバイユーがところどころ月明かりで輝いているのしか見えない。空に暗雲がかかり、さっきまで差していた銀色の光がさえぎられたため、川岸は真っ暗になった。インクをこぼしたような暗闇のなか、動くものはないかとバイユーの水際を見渡した。最初は何も見えなかった。ところが、庭の端、ガーティがアザレアと言っていた立派な茂みのあたりで小さな明かりがまたたいた。

生け垣に誰かがペンライトを持って隠れている。

# 第９章

９ミリ口径をつかむと一階へ急いでおり、玄関から表に出た。家の壁沿いに裏へまわると闇に目を凝らし、またペンライトがまたたくのを見逃すまいとする。ふつうの人なら待つ時間は長く感じただろう。でもわたしの体は自動的にプロフェッショナル・モードになった。呼吸が遅くなり、感覚が研ぎ澄まされ、目は暗さに慣れ、時間が止まったように感じられる。

狩るときはいつも同じだ。

葉のこすれるかすかな音がわたしの鼓膜をわずかに震わせ、その音がした地点にわたしは即座に目を注いだ。ほんの少ししてペンライトが地面に反射し、そしてまた茂みのなかに消えた。裏庭の横をこちらへ進んでくる。茂みから出ないように気をつけながら。

わたしは家の壁からそっと離れ、影のなかに隠れたままでいるよう注意しつつ、芝生の上を音もなく移動した。人影からほんの一・五メートルまで近づいたとき、ペンライトが消され、茂みから人が出てきた。

そこで相手を倒すのは簡単だったろう――実のところ、簡単すぎてフェアではない気がしたくらいだ。深夜にこの家へこっそり近づく正当な理由など、誰にもないのは確かだ。その反面、わたしが一番避けるべきことは死体がもうひとつ増える事態だった。それにもし殺してしまえば、相手が何をたくらんでいるのか突きとめる機会を失うことになる。

行動プランが決まったので、音を立てずに二歩進んで相手の後ろに立ち、9ミリ口径を後頭部に突きつけた。

「歩いて。さもないと頭を吹っ飛ばす」わたしはささやき声で言った。

「フォーチュン?」パニックを起こした女性の声が答えた。

「アリー?」わたしは拳銃をおろし、彼女をくるっとこちらに向かせて顔を確認した。アリーは目を真ん丸にしてこちらを見つめていた。

「いったい何をしてるの?」わたしは尋ねた。「撃っちゃうところだったじゃない」

アリーの体から力が抜けたので、一瞬、気を失うのではないかと思った。でも彼女は前かがみになったかと思うと深く息を吸い、続いてそれをゆっくり吐き出した。背筋を伸ばして元の姿勢に戻ったときには少し落ち着いて見えた。

「なかで話ができる?」アリーは訊いた。「誰にも見られたくないの」

「ええ、そんな気がしてた。もう深夜十二時を過ぎてるし、呼び鈴を鳴らさなかったところを見ると」わたしは手振りで勝手口を指した。「玄関から出てきたの。ポーチの明かりを消すから、それまでここで待ってて。消えたら勝手口からなかに入って」

玄関へと急ぎ、近所の家々を見まわしながらそっとなかに入った。ブラインドが慌てて元に戻されることはなかったが、だからといって誰も監視していないとはかぎらない。アリーが見られたくないと言うなら、こうするのが一番賢明だ。隣人たちがわたしを夜中にボクサーショーツ姿で徘徊する変わり者と思いたければ、どうぞご勝手に。

言うまでもなく、真夜中にボクサーショーツ姿で外に出るのはシンフルでは違法だろうけれど、それは時が来たら対応すればいいことだ。

裏のポーチの明かりを消し、ドアの鍵を開けた。二秒ほどして、アリーがそろりとなかに入ってきた。ドアが閉められるやいなや、わたしはキッチンの明かりをつけた。彼女は頭の上に手をかざしてまばゆい照明から目を守り、まばたきをくり返して視界をはっきりさせようとした。わたしは一秒ぐらいでよく見えるようになったので、アリーをブレックファスト・テーブルの椅子へと連れていった。

「何か飲む？　コーヒーとか？」何がアリーを深夜この家の生け垣に隠れさせたのか見当もつかないが、単純なおしゃべりではすまない大事な用件であることは見当がついた。さもなければ、電話をかけてきたはずだ。

まばたきをくり返しつつ、彼女はわたしを見た。「コーヒーをもらえると嬉しいわ。きっとしばらく――一週間とか、眠れないと思うから。あなたのおかげで怖さのあまり何も考えられなくなっちゃったわよ。まったく、フォーチュン、あんなふうに人に忍び寄る方法、どこで身につけたの？　ほんのわずかな音も聞こえなかったけど、あたし狩猟はそこそこ得意なのよ」

わたしは肩をすくめ、たいした技能ではないというふりをしようとした。「〝都会で生きる女性のためのコース〟で習ったの。長いこと、暗くなってからはアパートメントの外に出るのが怖かったんだけど、北のほうの冬は長いし、暗い時間が長くて。自分が人生のかなりの時間を無駄にしていることに気がついたから、コースを受講して——ほら、護身術やらそういったことの」

明らかに納得いかない様子でアリーは首を横に振った。「ニューオーリンズに住んでいたときに、あたしも授業を取ったのよ——冬云々は違うけど、同じ理由から——でも、あなたが身につけたようなことはぜんぜん教えてくれなかった」

「インストラクターが特殊部隊の元隊員で。一般市民からするとちょっと熱が入りすぎだったんだけど、わたしは彼が教えてくれることがすごくおもしろくて、二年ほど個人レッスンも受けたの。ためになったわ」

この部分は少なくとも完全なる嘘ではない。わたしが受けた訓練の多くは軍隊史上最高の部類に入る特殊部隊員が教師役だった。それにわたしは時間外にもレッスンを受けた。ただし、インストラクターは元隊員ではなく、まだ現役だった。

それもバリバリの。

陸軍特殊部隊員サリヴァンとの訓練そのほかは、わたしにとって新人時代の最も懐かしい思い出だ。人生で初めて、わたしと同じ興味、同じ職業上の目標を持ち、白い柵で囲まれた家にゴールデンレトリーバーなんて生活を望みもしない人に出会えた。残念なことに、彼は出会ってから半年後にある任務に就いた。それが彼の最後の任務となった。

母を亡くして以降、わたしが死を嘆き悲しんだ人は彼が初めてだった。彼を愛していたわけじゃない——そこまで真剣な気持ちが芽生えるほどの時間を過ごしていなかった——けれど、そうなっていたかもしれないとは思う。ひょっとしたら。わからないけれど。

　わかる可能性は永久になくなってしまった。

　サリヴァンの思い出は頭の脇に押しやり、目の前の状況に集中しながらアリーの向かいに腰をおろした。アリーの顔には血の気が戻りつつあったが、それでもまだ不安そうな顔をしている。その不安は、わたしが彼女を半分死んでしまいそうなほど怖がらせる前からのものだろう。

「コーヒーができるまで二、三分かかるわ」わたしは言った。「でも、真夜中にどうしてこの家の庭をこそこそ動きまわっていたのか話してくれないかしら。また携帯がバッテリー切れだったの？」

「いいえ。でも携帯は使いたくなかったの。ご近所のミスター・ウォーカーが、無線マニアなのよ。庭に大きなアンテナを立てていて。誰にも聞かれてないと思っていた携帯電話での会話が二回、みんなに知られていたことがあって。あの人、受信範囲内にいる全員の通話を聴いてるんじゃないかしら。うちの家電（いえでん）は母がケアハウスに入ったときに解約しちゃったの。使わないものにお金を払っててもしょうがないでしょ」

　わたしはちょっと体をこわばらせたが、すぐにくつろいで見えるよう努力した。「あなたの家って、ここから四ブロック離れてたわよね？」シンフル住民のなかにわたしとハリソンの通話を聞くことができる人がいるなら、緊急用の携帯は捨てて、使うのはメールだけにする必要がある。

「ええ」アリーは答えた。「どうして？」

「あら、アイダ・ベルとガーティは携帯で話す内容に注意したほうがいいんじゃないかって思ったただけ。あのふたりはいつも何かたくらんでるでしょ」

「ああ、ふたりともミスター・ウォーカーのことは知ってるわ。だからたいてい曖昧な話し方をするのよ。直接会って話をしているときは別だけど」

「それなら、ふたりともそのことをわたしにも話しておいてくれたらよかったのに。わたしが彼女たちの秘密をばらしてしまう可能性もあったわけだから」

アリーが声をあげて笑った。「どんな秘密をばらす可能性があったのか、訊くのも怖い感じね。思うに、アイダ・ベルとガーティはミスター・ウォーカーを避けるようになってすごく長いから、あなたに話すのを忘れてたんじゃないかしら。あと、彼のアンテナが受信できるのは三十メートルかそれぐらいまでだと思うわ。危険なのは近所に住んでいる人だけ」

わたしは立ちあがってコーヒーを注ぎ、それからまた腰をおろした。「それで、あなたが携帯では話せなかったことって何?」

「町長とヴァネッサのフォントルロイ夫妻が今晩ディナーにフランシーンのところへ来たの。シーリアの友達ふたりが夫妻と話しにテーブルに寄ったんだけど、あなたの名前が聞こえてきたから、あたし、さりげなく、できるだけそばまで行ったのね」

「好意的な話じゃなかったみたいね」

「シーリアの友達は、町長の力でカーターにあなたを逮捕させたがってるの。あなたが犯人だってことはシンフル住民の誰もが知っている、迅速に行動しないなら、カーターは能力がないことを理由に解雇されるべきだ、そして保安官選挙に立候補することは絶対に許しちゃだめだって言ってた」

ため息。予想はしていたことだけれど、住民の行動は思った以上に速いようだ。「町長はなんて答えたの？」

「ふたりを落ち着かせようとしてた――まだ一日しかたってないし、カーターにはきちんと仕事をする時間を与えないと、何もかも法廷で争われることになりかねないって。でもヴァネッサの意見は違ったわ。シーリアの友達に賛成して、あなたが野放しになっているかぎり、シンフルでは安心して生活できないって」

わたしはぐるりと目をまわした。

「そうなの」とアリー。「ヴァネッサってとことん嫌な女なのよ。彼女はフォントルロイの二番目の奥さんで――フォントルロイが前の奥さんと別れて新しく手に入れた人なの。夫より十五歳は年下」

「当てさせて――シーリアの姉妹が最初の妻なんでしょ」

「そ。だから町長はつねにシーリアとのあいだに波風が立たないようにしてるの。大騒ぎになると困るから。シーリアの姉妹は慰謝料を受けとるとすぐに町を出たわ。以来、シンフルの地は二度と踏んでない」

複雑な事情に考えをめぐらせて、わたしは顔をしかめた。「町長は新しい妻に耳を傾ける？それとも彼女は単なるお飾り？」

アリーはため息をついた。「ばかなのよね、あの町長。最初はヴァネッサにのぼせあがったんだと思う。婚前契約書にサインしなくてもいいって言ったくらい。弁護士は絶対にサインさせてほしいと思ってたのに」

「町長ってお金持ちなの？」

「一族のお金が少しあったのよ。でも最初の奥さんと離婚したときに半分持ってかれたから、もうそれほどじゃないわ――とは言っても、それだって彼女がフォントルロイとの結婚生活で耐えたことに比べたら少ないんだけど」

「それじゃいまの妻が出ていくことになったら、残された財産の半分を持っていくってわけね」

アリーはうなずいた。「いまはたいして残ってないはずよ。彼女、自分がお札を刷ってるような調子で使うから。町長だって、シンフルじゃものすごく高額なお給料を受けとってるわけじゃないし」

「要するに、あなたはそのトロフィーワイフ（男性が社会的地位を誇示するために獲得する若く美しい妻）が町長に圧力をかけて、カーターに圧力をかけさせるんじゃないかと心配なわけね」

「シーリアおばさんもいるから。おばさんはニューオーリンズから戻ってくるなり、騒ぎまくるはずよ。誰かが逮捕されるまで、町長は安心できないでしょうね。そしてあの人たちが逮捕を求めているのは間違いなくあなた」

「最終的にはこうなることを予想してたけど、わたしたちとしてはもう少し時間があるんじゃないかと期待していたのよね」

アリーがぱっと顔を輝かせた。「それじゃ、自分たちで捜査をしてるのね？　よかった！」

「ああ、そんなんじゃないの」慌てて言いつくろおうとした。「わたしはそんなことできる柄じゃないし」

「そうかしら――あたしからすると、すごく観察眼が鋭いし、暗い路地では絶対に遭遇したくない相手よ。それにあなたにはアイダ・ベルとガーティがついてる。あのふたりは一筋縄じゃいかないもの。あたし偶然なんかじゃないって信じてる、マリーをめぐる事件が解決できたのは。あなたたち三人があの事件にどっぷりかかわっていたってことに、お給料一年分を賭けてもいいわ」

　すごく悩んだ。アリーにだけは、嘘をつくと後ろめたさを感じてしまう。でも、彼女を巻きこみたくないという気持ちもある。結局、一部本当のことを話すのが最善と判断した。

「聞いて。あなたに嘘はついたりしない。この町の住民に濡れ衣を着せられるのを、なんにもせずにただ待つなんてことはわたしはしないわ。でもあなたを巻きこみたくないというのが正直な気持ちなの。あなたは、わたしがいなくなったあともこの町で暮らしていかなきゃならないでしょ。もし誰かが今夜、あなたを見かけていたら？　あるいは、わたしがあなたを撃ってしまっていたら、もっとまずいことになってた。そうしたら、わたしの弁護にはプラスにならなかったでしょうね」

　アリーはフーッと息を吐いて椅子にもたれた。「あなたの言うとおりなのはわかるけど、ああ、癪にさわる」

「あなたがよくない陣営についてると思われるのはまずいわ、アリー。パンジーがあなたのいとこだってことを考えると特に」

「でもあなたたち三人は事件を調べてるのね？」

「ええ。いくつかの手がかりを追ってるところ」

「力になりたいの」わたしが反論するより先に彼女は片手をあげた。「誰にも言う必要ないわ。というより、集団リンチするような人たちからあたしも味方だと思われていれば、より情報が入ってくると思うの。情報を集めて、あなたたちに知らせられる」

どう返事をしようか迷った。良心が命じるのはノーと答えて、このごたごたが解決するまでわたしと距離を置くように言うこと。でも理性ではアリーは戦力になると感じていた。わたしたちの戦力はそんなに豊かじゃない。

「慎重にやると約束する？」

「約束する」アリーは答えた。「手始めとして深夜にボートに乗るのはなしにするわ。また何か伝える必要があったら、どこかよそへ車で行って電話をかける」

「いいわね。それと人から情報を引き出そうとするのはやめて。耳をそばだてて報告するだけにして。誰にも疑いを持たれたくないから」

この要請に関して、アリーはあまり嬉しそうに見えなかったけれど、一理あると判断したようだった。「いいわ。質問はしない。音声で起動するレコーダーになる。それで、もう当たりはついてるの？」

「まだ憶測の域を出てないんだけど」どうやって情報を手に入れたかは省略して、国税庁絡みの問題について短く説明し、パンジーがそんな高額の税金を滞納することになった理由をわたしたちがどう考えているか部分的に話した。

アリーが目を見張った。「うわ。あたしもそこまでは予想してなかった。ていうか、パンジーが風俗産業で働いていたってことは大いに信じられるんだけど、彼女に対して男性がそこまでのお金を払うってことが理解できない」

わたしもうなずいた。「特に彼女に会ったことがあるとね」

「それで、これからどうするの?」

「パンジーの家主を突きとめて、立ち退きについてもう少しわかることがあるかどうかやってみるつもり。家主がパンジーに相当頭にきていて、役に立つ情報を漏らすかもしれないでしょ。でもそのあとは手がかりがあんまりないのよね。本当に役立ちそうなのは、パンジーの得意客の名前なんだけど。怒れる妻がひとりかふたりいるはずだから」

「あたしもそう思う」アリーはテーブルをトントンと叩きながら、額にしわを寄せて考えこんだ。「パンジーは絶対にリストを作っていたはずよ。うぬぼれ屋なうえにばかだったから、作っても問題ないって考えたにちがいないわ。高校時代、寝た相手を全員リストにしてノートにつけてたもの。スタミナとテクニックで格づけまでして。相手にガールフレンドがいたら二ポイントがプラスされるの。結婚してたら三ポイント」

わたしはあきれて首を横に振った。「もっと前に殺されてなかったのが不思議だわ」

「気になるんだけど」アリーは眉を寄せた。「立ち退かされてたなら、パンジーの家財はどこにあるのかしら」

わたしは肩をすくめた。「立ち退きの際に没収されたのかも。あるいは、パンジーが抜け目なく、どこか保管場所へ移したか。あるいは、こっちへ戻ってくることを考えて、すべて売り払ったか。どうして？　リストは家財と一緒にあると思うの？」

アリーはしばらく無言でいたが、ゆっくりと首を振った。「いいえ。こっちへ持ってきたはずよ。達成感を確認できるものとして。自作のプライドくすぐり器」

わたしはうなずいた。「あなたの話からすると、その可能性が高そうね。でも、そういうものはカーターがすべて証拠として持っていってるはずよ。彼女がリストを作っていて、こちらに持って帰ってきていたとしたら、ほかの証拠と一緒に保安官事務所で鍵をかけてしまわれているはず」

あすの夜、保安官事務所に侵入して証拠を調べてみる計画だということは黙っておいた。でもこれで、カーターが押収したパンジーの持ちもののなかにリストがあるか探してみるべきだということが明らかになった。

「いいえ、保安官事務所にはないわ！」アリーが勢いよく立ちあがってわたしの肩をつかんだ。満面に笑みを浮かべている。「パンジーは、シーリアがこっそり嗅ぎまわるのが好きだってことを知ってた。リストは隠しておいたはずだし、あたし、彼女の隠し場所がどこか知ってる」

わたしは脈が少し速くなり、希望がふくらんだ。「どこ？」

「クロゼットの緩んだ床板の下。日記と格づけノートをしまってたのはそこだもの」

「ああ」希望がしぼんだ。「シーリアが留守にしているあいだ、あの家は州警察が警備してるわ。でも、たとえシーリアがいたとしても、わたしをなかには入れてくれないだろうし、パンジーの寝室となったらますますありえない。アイダ・ベルとガーティも玄関ドアを通れないでしょうね。ふたりはわたしの味方だから」

「そうね」アリーも同意した。「でも、あたしなら入れてもらえる。身内だから」

「彼女にあまり好かれてても信頼されてもいない身内でしょ」わたしは指摘した。

「そうだけど、シーリアは南部式の作法に反したことは絶対にしないの。帰れとは言わないわ、あたしは血縁者として作法にかなったことをしているだけだから。シーリアがシンフルに戻りしだい、訪ねていって家の掃除や料理を手伝うって言うわ……お葬式でパンジーに着せる服を選んであげるって言ってもいいかも。シーリアは喜ばないだろうけど、嫌とは言わないはず」

わたしは笑顔でアリーを見あげた。希望がまたふくらみだした。もしパンジーがリストを作っていて、それを持って帰ってきていて、さらにアリーがそれを入手できたら、容疑者リストが手に入ることになるかもしれない。

〝もし〟だらけだけど、わたしは賭けてみることにした。


前夜もかなりの夜更かしをしたにもかかわらず、気が立っていて寝坊はできなかった。わたしは六時にベッドから飛び出た。シンフルの町と対決する気満々……だったが、きょうは日曜日であることを思い出した。それは長くやたらと退屈な礼拝と、わたしがドレスを着なければならないことを意味する。ドレス着用については習慣となりつつあり、わたしとしては嬉しくなかった。昨夜インターネットで新作コンバットブーツを見つけたときには喉から手が出そうになった。

やたらと早く目が覚めたうえに、この一週間はデザート類を食べすぎもいいところだったので、朝のランニングに出かけることにした。ランニングは納屋みたいに太ってしまうのを避けるためと、近隣の位置関係を頭にたたきこむための両方に役立つ。昨夜Ｇｏｏｇｌｅマップで関係各所の位置を確認しておいたけれど、生の映像として頭に入れておきたかった。

たっぷり一時間走ったので、近所を少なくとも十周はした。告白すると、六周目以降は数えるのを忘れてしまった。ガーティによれば、家が近接して建つシンフル郡区（タウンシップ）の外、人がめったに通らない農道沿いにも住んでいる人は多いそうだが、わたしとかかわりのある主要人物はみな、ダウンタウンの北側地区に住んでいた。

ランニングから戻ると、家の位置関係や道路の状態、生け垣をはじめとした使える隠れ場所、そして犬のいる家——少なくとも犬の吠え声が聞こえた家——を書き出した。シーリアの家がある通りを実際に走るのはやめておいた。わたしを非難する材料は、住民にこれ以上与えないほうがいいと考えて。でも隣のブロックからでも通りの様子はしっかりつかめた。

メモができ、それを隠すと、洗濯をすませ、朝食を作って食べ、メイクをしてドレスを着て、午前八時に玄関ポーチに現れたガーティを迎えた。

ノックもしないうちにドアが開いたので、ガーティが驚いて後ろに飛びのいた。

「もう起きて……ドレスまで着てるなんて」

「何時間も前から起きてたの。ここにいるかぎり、教会に行くのはある種の義務なんじゃないかと考えていたけど、きょうはなおのことそうなんじゃないかと思って」

ガーティがうなずいた。「きのうの夜シーリアが帰ってきたわ。葬儀は今週行われるはずよ。でもきょうの礼拝でパンジーのためにロウソクがともされるでしょうね」

「それじゃ……テニスシューズは必要なし?」わたしがシンフルに着いた翌日は日曜日で、そのとき教えられたのが、礼拝終了後にフランシーンのカフェに先に着いたほうの信者グループが、日曜限定で数量も限定のバナナプディングを確保できるということだった。うまく丸めこまれたわたしは、最後の祈禱のあいだにテニスシューズに履き替え、代表選手としてメインストリートを疾走した。〈シンフル・レディース・ソサエティ〉が特等席とデザートの特権を手に入れられるように。シーリアはGW側の選手だったが、おニューのナイキを履いてもわたしに勝てるわけがなかった。

「きょう競走するのは慎みに欠けるでしょうね」ガーティがやや間を置いて答えた。あまりに落胆した顔つきだったので、笑ってしまった。

「大丈夫よ」わたしは彼女の背中をパシパシと叩いた。「夏のあいだに日曜日はまだ何度もあるし、フランシーンはバナナプディングを作るのをやめたりしないから。きょうわたしが走ったら、ヴェトナム戦争よりも深刻なことになるかもしれない」

「あなたの言うとおりね。きょう礼拝が終わったら、シーリアにフランシーンのカフェに一番乗りさせてあげるぐらいはしないと」

「それと、彼女の娘を殺したのが誰か突きとめること」

「それならまかせてちょうだい。じゃ、用意はいい？　聖歌隊の練習が始まる前にアイダ・ベルと話したいの」

「万端整ってるわ」

# 第10章

礼拝は陰鬱なものになるだろうと予想していたが、実際そうなった。確かにシンフルのバプティスト信者とカトリック信者は独自のミニ聖戦を戦っている最中だけれど、殺人事件は皮相なことを保留にする。牧師は聖書から引用をしたのち、やさしさに関するキリスト教徒の責任について説教を始めた。

しばらく耳を傾けたあと、わたしは気がそれて捜査のことを考えだし、最後の祈禱のために起立するようガーティに肘でつつかれたときもまだ同じことを考えていた。

〈シンフル・レディース・ソサエティ〉はバナナプディング戦争を一時停戦にしたけれど、ガーティとわたしは一番後ろの信徒席に座っていたので一番に表に出た。カトリック信者はまだ外に出てきていなかったため、わたしたちは道を渡ってカトリック教会側の歩道の端に立った。ほかの〈シンフル・レディース・ソサエティ〉のメンバーも聖歌隊のローブをしまうとすぐやって来た。

わたしたちは一列に並び、無言で待った。

鐘が鳴り響き、教会の扉が開いた。最初に出てきたのはシーリアだった。全身黒ずくめでわたしが見たことのない女性にもたれかかっている。

年齢五十いくつか。体脂肪率四〇パーセント。シーリアにそっくりなので身内にちがいない。シーリアはほんの一瞬立ち止まり、アイダ・ベルの顔を見た。アイダ・ベルはわたしたちの先頭に立っており、シーリアにうなずいてみせた。次の瞬間シーリアはわたしを見つけて目を見開き、それからすがめた。あごに力が入ったのが見えたが、彼女はくるっと向きを変えるとフランシーンの店へ向かって歩きだした。シーリアの仲間が列を成して行進していくとき、わたしは数人からにらみつけられた。

「わたしはランチに行かないほうがいいかもしれない」アイダ・ベルに言った。「シーリアと仲間たちのわたしを見る目つき、見たでしょ。トラブルが起きたら、注目を集める結果になるだけだわ」

アイダ・ベルはかぶりを振った。「行かなかったら、有罪に見えちまうよ」

「彼女たちはすでに有罪と考えてるみたいだけど」

「それなら、確証を与えるようなことをする理由があるかい？」アイダ・ベルはＧＷたちの後ろから歩道を歩きだし、〈シンフル・レディース・ソサエティ〉の面々も彼女のあとを追った。

「アイダ・ベルの言うとおりよ」ガーティがわたしの肩に手を置いた。「ふつうのことをするのをやめたら、火に油を注ぐだけ。不愉快な状況なのはわかるけど、選択肢はないわ。今度のことを乗り越えたかったらね」

「わかった、それなら」わたしはため息をつきたくなるのをこらえて〈シンフル・レディース・ソサエティ〉のメンバーのあとを追った。アイダ・ベルとガーティはこの町と住民のことを誰よりもよく知っている。彼女たちが最善と考えるなら、反論する理由はない。でもフランシーンの店に着くまでのあいだずっと、いい結果にはならないのではないかという不安が頭の隅から離れなかった。

ふだん礼拝後のバナナプディング競走の勝者のために取っておかれる、正面の窓際の〝良い〟テーブルには、GWたちが座っていた。フランシーンは早々と彼女たちにバナナプディングの盛られた深皿を配っている。わたしは深皿をうらやましげに見ながら、店の奥寄りのテーブルについた。

「ランナーの後悔?」腰をおろしながらガーティがささやいた。

「もしかしたら少し」わたしは認めた。

「大丈夫。来週はあたしたちがプディングを食べるわよ」

「譲歩は一週間で充分? その、南部の作法やら何やらからして?」

「あたしたちはイタリア人じゃないもの。それにあたしは死んだ人の悪口を言うつもりはないけど、特に日曜日はね、こう言っておきましょうか。みんなが悼んでいるのはシーリアのためであって、コミュニティの貴重な一員が失われたと考えているわけじゃないの」

わたしの肩とテーブルに影が差したので見あげると、トレイにアイスティーを載せたアリーが立っていた。

「いらっしゃいませ」彼女はにっこり笑ったが、次の瞬間トレイごとアイスティーをわたしにぶちまけた。

驚き、困惑して、はじかれたように立ちあがると、先ほど教会からシーリアを支えて出てきた女性を、アリーが呆然として見つめていた。突然、すべて納得がいった。彼女がアリーの背後に歩み寄り、わたしに向かってトレイをひっくり返したのだ。

彼女はわたしをにらみつけた。「いい度胸してるじゃないの――あたしのいとこの前にいけしゃあしゃあと出てくるなんて。それに今朝、あたしが車の給油をしに出たとき、あんたがジョギングしながらシーリアの家から遠ざかっていくのを見かけたわ。シーリアを悲しませることならもう充分やったでしょ？　家の前で勝ち誇らないといられないわけ？」

「シーリアの家がある通りには一度も足を踏み入れたことがないわ。だから、わたしを見たなんてありえない」

「ジョギングしながらあの通りから遠ざかっていくのを見たのよ」

わたしは宙に両手をあげた。「彼女の家は町の西の端にあるでしょ。東に向かってジョギングしていたら、必ず彼女の通りから遠ざかる形になるわ」

「ルブランク保安官助手にちょっとでも良識があれば、あんたはいまごろ留置場にいるはずなのに」彼女は目をすがめた。「それとも、保安官助手になんらかの賄賂を使ってるのかしら。その見栄えのいい金髪と無邪気そうな青い目で、ほかのあんまり頭のよくない人間は騙せるかもしれないけど、あたしにはあんたの正体がわかってるから」

必死に冷静さを保った。たったいま娼婦もしくはふしだら女呼ばわりされたのは間違いない。どちらのつもりだったのかはちょっとわからないけれど。思わず両手に力が入り、右脚がとっさに数センチ後ろにさがって、攻撃の構えをとった。

わたしに続いて立ちあがっていたアイダ・ベルが、シーリアのいとこの肩越しにこちらを見てかぶりを振った。次の瞬間、背中がフォークでつつかれたかと思うと、ガーティがわたしの横から顔を出した。

「そこまでにしときなさい、ドロシー」ガーティは言った。「そんなことしてもシーリアのためにならないわよ。それにおたがいわかってるでしょ、誰かを逮捕する根拠があれば、カーターは逮捕するわ」

「誰かに背中を押してもらう必要があるんじゃないかしらね」ドロシーは言った。「ルブランク保安官助手の職が安泰なのはいかがなものかって、フォントルロイ町長に言ってみようかしら」

「あなた、間違ってるわよ」とガーティ。

「そっちほどじゃないわよ……人殺しのくず人間の味方をしたりして」

くるっと背中を向けると、ドロシーは店の正面側へとのしのし歩いていった。フォークがカチャッという音も聞こえない。店内の誰もが凍りつき、何人かはフォークを持ちあげたまま固まっていた。ドロシーが椅子に腰をおろすとき、シーリアは隣でわたしを見つめていたが、その鼻持ちならない顔にはうっすらと笑みが浮かんでいた。

「これで拭いて」気まずい沈黙を破って、アリーが言った。

エプロンのポケットからふきんを取り出し、こちらに差し出す。

「見せものは終わりだよ」アイダ・ベルが宣言した。「みんなランチを再開しな」

人々の頭がくるっと後ろを向き、それぞれ食事とさっきまでしていた会話に戻るふりをした。みんなアイダ・ベルを真剣に恐れているか、極度に衝突嫌いの人々であるかのどちらかだろう。前者という気がする。

ふきんで顔を拭いても、プールの水をスポンジで吸いとろうとするようなものだった。

「もっと大きいのを持ってくるわ」あたりの悲惨な状態に、アリーはぞっとした顔になったままだった。

「ううん、必要ないわ」わたしは答えた。「ふきんじゃどうにもならないから。家に帰ってシャワーを浴びることにする。わたしが来たせいでこんな片づけが必要なことになってごめんなさい」

アリーの顔が同情から曇った。「あなたのせいじゃないわ。〈シンフル・レディース〉の誰かにあとでランチを届けてもらうわね」

「ありがとう」

「あたしたちも一緒に帰るわ」ガーティが言った。

「いいえ。あなたたちは残ってランチを最後まで食べて」

アイダ・ベルが眉をひそめた。「あんたがひとりになると、何か起きた場合にアリバイがないことになる」

わたしは肩をすくめた。「わたしが殺したいと思うような人は全員ここでランチを食べてるから、問題ないわ。またあとで」

メインストリートをはずれ、自分の家の近所に入るまではどうにかいらだちと屈辱をこらえたものの、そのあと最初に目に入ったもので足が折れそうにないものを蹴ってやった。それは――なかなかふさわしいことに――再選を目指すフォントルロイ町長の木製の看板だった。

看板が砕け散ると気分がましになったが、ほんの少しだった。シーリアのグループがわたしに目を光らせていたら、偽装を守りとおすのは絶望的だ。正体を暴かれたら、モロー長官がどうにか見つけられたところへ移るしかなくなる。新たな場所で一から始めることを考えると、気持ちが落ちこんだ。

認めたくはないが、わたしはここがちょっと気に入っていた。確かに、来る前は死ぬほど嫌がったけれど、酔っ払いと間抜けと人殺しを気にしなければ、それほど悪いところじゃない。アイダ・ベルとガーティは、平均的な市民とは絶対的に異なるわたしの考え方、反応のしかたを理解してくれる同志のようなところがある。アリーとのあいだには、わたしにとって初めての民間人……そのうえ女性との友人関係が芽生えつつある。

　ほかの土地へ行けば、わたしはいまより安全になるかもしれないが、おそらく存在価値を失うだろう。シンフルでは仕事とは別の理由から、わたしにいてほしいと思ってくれる人がいると感じられるようになってきた。そんなふうに感じるのは、母を亡くしてから初めてのことだ。

「本来なら私有財産損壊で切符を切るところだ」ルブランク保安官助手の声が後ろから聞こえた。「だが、おれもあのくそったれには我慢がならない」

　わたしは作り話や否定をしようともせず振り返った。「わたしを逮捕勾留したほうがおたがい楽なんじゃないかしら」

　カーターは眉をつりあげた。「何か特別な理由があって言ってるのか?」

「目が見えないの?　わたしが十杯分のアイスティーを身にまとって歩いているのは、ファッションを通じて何か主張したいからだと思ってる?」

「フランシーンの店でアクシデントがあったようだな」

「ふん、アクシデントなんかじゃないわよ。ドロシーって名前のむかつくおばさんがアイスティーの載ったトレイをまるごと、わたしに向かってひっくり返したんだけど、それは全部あなたのせいだから」

「いったいなんでおれのせいなんだ?」

「ドロシーに言わせると、わたしがまだ逮捕されていないのは、あなたに見逃してもらっているからにほかならないんですって。よき町シンフルではおそらく違法なあれこれと着衣ゼロになることを賄賂にしてね――彼女はそれをカフェにいる人全員の前で言い放ったってこともつけ加えておく」

カーターはにやりと笑った。「で、あんたはそれが気になるのか?」

「要するに彼女はわたしを人殺しのふしだら女……あるいは娼婦と呼んだのよ。こういう状況だとどっちの言葉が当てはまるのかわからないけど」

「ふむ、奉仕と引き換えに対価を受けとっているわけだから、娼婦になるんじゃないか」

彼をにらみつけてやった。

「おいおい、目的を持ったビジネスウーマンであることは確かだぞ。取引として考えると、おれの対価が高くついてるがな」

「もしもし? わたしは何をさせても一流なのよ。そこまで身を落としたことはないけど、もしそういうことになった場合は保証する。ルイジアナ州の輝ける町シンフルの保安官助手なんて地位より、ずっと価値があるってね」

カーターはわたしにぐっと近づくと、胸にかかった濡れた髪にさわった。ドレスのネックラインのすぐ上の敏感な肌に彼の指が軽く触れた。

「それじゃ、逮捕したほうがいいかな。おれはたぶん、もっといいものを手に入れる運命にあるんだ」

思いがけないほてりが体の中心から一気に広がり、神経の端までちりちりした。一歩後ろにさがりたいという衝動に圧倒されかけたけれど、その場から動かず踏んばった。

「逮捕するつもりなら」穏やかな声が出せてよかった。「いましたほうがいいわよ。その権限があるうちに」

カーターは眉をひそめた。「どういう意味だ?」

「ドロシーはあなたの職務遂行能力、というかその欠如について町長さんと話をするつもりだから。さらに噂じゃ、彼女と同じ意見の人がほかにもいるみたい。だから、彼女たちがアイスティー以外のものをひっくり返しはじめる前に、殺人犯を見つけたほうがいいわよ」

「それなら、おれたちふたりの評判が傷つけられないうちに仕事に取りかかったほうがよさそうだな」

わたしはばかばかしいと言うように手を振った。「わたしには傷つけられる評判なんてないから」

カーターはさらに近づいてきて、声を低くした。「それなら、おれを買収する件をもう一度検討したほうがいいんじゃないか。失うものは何もないんだから」

ウィンクをしてからくるっと背中を向け、メインストリートのほうへと歩きだした。わたしは歩き去る彼を見送った。非の打ちどころがない均整の取れた後ろ姿に思わず見ほれてしまう。たくましい肩から筋肉質の長い脚まで、戦闘向きの体だ。きっと超優秀な海兵隊員だったにちがいない。

わたしは勢いよく向きを変え、家へと歩きだした。ルブランク保安官助手がきわめて巧みである可能性が高い、そのほかの作戦行動へと心がさまよっていかないうちに。冷たいシャワーと新たなプランが必要だ。シーリアと仲間たちからの攻撃に無防備にならないで、人前に出ているにはどうしたらいいか。

# 第11章

「問題発生」わたしは居間の窓から外をのぞいて言った。

シンフルの町に夕闇が迫りつつある。アイダ・ベルとガーティとわたしは、暗くなりしだい保安官事務所に侵入し、パンジーのファイルを調べる予定だった。

アイダ・ベルが後ろに来た。「どうした?」

わたしはブラインドの隙間を広げ、通りの反対側にいる年寄りの馬とさらに高齢の乗り手を指差した。「監視」

アイダ・ベルが外をのぞく。「まったく、勘弁しとくれ」

くるっと後ろを向くと、キッチンでテニスシューズに履き替えているガーティを大声で呼んだ。

「カーターがリー保安官を通りの向こうに配置した」

ガーティが慌ててやって来た。クロシェ編みのセーターを着ながら。

「あたしは黒いパーカーって言ったんだ」とアイダ・ベル。「やるのは侵入。葬式に行くわけじゃないんだよ」

「短い時間で用意するにはこれが精いっぱいだったのよ」ガーティは言った。「おそろいの黒い帽子もあるの」

アイダ・ベルがぐるりと目をまわした。「そりゃよかったね。つかまったときは、最高にファッショナブルな顔写真(マグショット)を撮られるだろうよ。フォーチュンは黒いパーカーをなんとか用意したってのに」

「ふたりとも」わたしは口を挟んだ。雑貨店にあったサイズの合う黒いパーカーは、習慣からわたしが一枚残らず買い占めたということは言わずにおいた。「いまはもっと大きな問題があるの、覚えてる?」

ガーティが窓際まで来てちらりと外を見た。「大丈夫。一分ちょうだい」

わたしがアイダ・ベルの顔を見ると、彼女は肩をすくめ、ガーティは急いでキッチンへと戻っていった。一分後、電子レンジがチンと鳴ったかと思うと、間もなくガーティがクッキーの載った小さな皿とミルクの入ったグラスを持って廊下を戻ってきた。

「誰かドアを開けてくれる?」彼女は訊いた。

わたしがドアを開けてあげると、ガーティは通りを渡っていき、リー保安官と話しはじめた。

「ミルクとクッキーが賄賂になるなんて本気で考えてるの?」わたしは訊いた。

「知るわけないだろう」アイダ・ベルが答えた。

ガーティは手振りでリー保安官に馬から降りるよう言っている。危なっかしい動作で数分かかったが、保安官は向かいの家の庭にどうにか降り立った。さらに二分かけて苦労しながら馬を木につないだのち、今度は二分よりも長い時間をかけて木にもたれる格好で腰をおろした。

ガーティがミルクとクッキーを渡すと、彼は満面の笑顔になった。ガーティは振り向いて手を振りながら、急ぎ足でこの家へ戻ってきた。なかに入るやいなや、居間の壁にもたれ、息を整えようとした。

アイダ・ベルが何か言うより先に手をあげた。

「わかってる」息が切れていた。「もう少し体を鍛えないとね」

わたしはあきれて首を振った。「ガーティが代表選手で、バナナプディング競走に勝てたことってあったの?」〈シンフル・レディース・ソサエティ〉のそのほかのメンバーは聖歌隊に入っているため、出走できない。ガーティは音痴なので出走は可能だが、勝利の可能性は大いに欠いている。

「あんたが来る前は」アイダ・ベルが説明した。「そのときだけ、誰かが――っていうのはたいていあたしだったんだけど、聖歌隊の合唱から抜けたんだよ。いまは週に二度のトレーニングを義務づけようかと考えているところでね。このごろメンバーがやわになってきてるから」

メンバーのほとんどが体力のピークを過ぎ、下り坂に入って久しいという事実は指摘せずにおいた。でも、競争相手の体力もたいして変わらないことを考えると、すべて比較の問題なのだろう。

「わからないんだけど」目前の問題に話を戻した。「保安官にミルクとクッキーを渡したらどうなるって言うの？」

「効果が出るまでちょっと待って」ガーティは言い、窓際に寄るよう手を振った。

外をのぞくと、向かいの家並みに日が沈むところだった。街灯がまたたきながらつき、保安官がミルクを飲みほし、地面に置いた皿の上にグラスを重ねる様子が照らし出された。

「よおく見ていてちょうだい」とガーティ。「一、二、三……」

四まで数えないうちにリー保安官の頭が一度こっくりと揺れたかと思うと、次の瞬間には胸まで傾き、全身から力が抜けた。馬も乗り手にならい、木にもたれると目をつぶった。

わたしは一瞬パニックを起こし、ガーティが保安官を殺したのだと思ったが、すぐにここはシンフルであってイラクではないことを思い出し、考え直した。

「ミルクに咳止めシロップを混ぜたの？」

「まさか！　そんなもったいないことしないわよ」

「ミルクとクッキーが保安官を眠りこませたって言うつもり？」

「温かいミルクとクッキーがね。あたしクッキーを焼くたび、保安官のところへ少し持っていくことにしているのよ。奥さんをずいぶん前に亡くして、彼女のお手製のクッキーをとっても懐かしがってるから。いつも二枚か三枚食べたところで居眠りを始めるんで、あたしは静かに帰ってくることにしてるの。きょうはいつもよりさらに寝入るのが早かったわ」

「当然だよ」とアイダ・ベル。「保安官の就寝時刻を二時間過ぎてるからね」

正確に言うなら、リー保安官は就寝時刻どころか、平均寿命を何十年も過ぎている。しかし、それを指摘するのは失礼に当たると判断した。「どれくらい眠りつづけるの？」

ガーティは肩をすくめた。「朝までね。雨が降ったり、誰かが起こしたりしないかぎり」

「それじゃ出発しましょ。雨が降りだしたり、お向かいさんが自分ちのオークの木に馬と乗り手がもたれて寝てるのに気づいたりしないうちに」

アイダ・ベルのボートがこの家の裏を流れるバイユーに停めてあったので、わたしたちは勝手口から表に出ると小さな平底のボートに乗りこんだ。バイユーはメインストリートの東側裏を流れているため、保安官事務所の真裏にボートを着けることができ、人に見られるリスクを減らすことができる。

ガーティはボートの真ん中のベンチに座り、クロシェ編みの黒い帽子をかぶった。アイダ・ベルは帽子の花模様を一瞥（いちべつ）して、やれやれと首を振った。わたしはにやつきそうになるのをこらえた。アイダ・ベルがダウンタウンに向かってボートを出した。

保安官事務所の真裏にある栈橋に事務所のボートが停まっており、建物の裏手の投光照明が栈橋をぼんやりと照らしている。アイダ・ベルは自分のボートを保安官事務所のボートの横に着けて隠した。三人とも事務所のボートに乗り移ってから栈橋にあがる。

「警備システムの暗証番号はわかってるけど、なかへはどうやって入るの？」わたしは訊いた。

「マートルから鍵を預かってるとか？」

アイダ・ベルは首を横に振った。「マートルが持ってるのは正面の入口の鍵だけだ。それにカーターは毎晩、帰る前に裏口を確認するから、マートルが鍵をかけずにおいても意味はない」

建物の裏手を走る厚みのある生け垣にわたしは目をやった。「頼むから、三人で二階の窓から侵入するつもりだなんて言わないで」

「三人で二階から侵入する必要なんてないよ」アイダ・ベルが答えた。「あんたが窓まで持ちあげてくれれば、あたしがあんたとガーティを裏口からなかに入れる」

わたしなしではこの計画を実行できないとアイダ・ベルが言い張った理由が突如、納得いった。「梯子を持参するんじゃだめだったのよね」

「何かまずいことになった場合、梯子から足がつく。持って逃げられるわけないから」

わたしなら持って逃げられたと思うが、アイダ・ベルの考え方も理解できた。急いで逃走しなければならなくなり、梯子を置いていったら、カーターに真相がばれてしまうし、持って逃げれば、ボートに乗るときに運搬上の不都合が生じる。

「わかった。それじゃ始めましょ。高齢保安官が目を覚まして、わたしたちがいなくなったことをカーターに知らせる前に」

ガーティが暗証番号の書いてある紙を持って裏口に行き、わたしは顔の前で両手を構え、事務所の裏を目指して生け垣を通り抜けた。長袖と手袋を着用していてよかった。とがった枝のせいで肌が傷だらけになるところだった。

アイダ・ベルがわたしの横に立ち、ガーティに親指をあげてみせた。ガーティが暗証番号を打ちこむと、なかからビーッという音が聞こえた。わたしは前かがみになって両手を組み合わせ、アイダ・ベルが足を載せられるようにあぶみを作った。

足が載せられるやいなや、わたしは腕をぐっと引きあげ、彼女をまっすぐ上に投げあげた。アイダ・ベルのバランス感覚がすぐれていることを祈りながら。足が手を離れるとすぐ、くるっと向き直って彼女の足をつかみ、アイダ・ベルが窓枠をつかんで、窓を開けるあいだ支えていた。最後にひと押しすると、彼女は窓の桟を乗り越え、建物のなかに入った。

ドスンという音と、床に当たって何かが壊れる音がした。わたしはびくっとして、壊れたのがアイダ・ベルではないように祈った。二秒ほどすると彼女は窓枠の上に顔を出し、わたしに手を振った。わたしはもう一度生け垣を通り抜け、裏口でガーティと合流した。CIAのミッション中のように、即座に高度の警戒モードに入っていた。

裏口の横でガチャンガチャンという音が聞こえ、わたしはとっさに9ミリ口径をつかもうとしたが、今回は持ってきていないことを思い出した。ガーティが息を吞み、彼女とわたしが階段から身を乗り出すと、ごみ箱のなかから毛皮に覆われた顔がのぞいた。

「アライグマだわ」ガーティがささやいた。

シンプルに着いてすぐ、わたしは屋根裏部屋でアライグマに遭遇した。CIA工作員は〝敵を知れ〟が信条なので、すぐにリサーチをした。うるさいし迷惑ではあるようだが、なかなかかわいい生きものなので驚いた。でももっと驚かされたのはその器用さだった。神がアライグマよりも大きな人食い動物に、親指とほかの指でものをつかめる手を与えなかった理由は明らかだ。

すでに果てしない時間そこに突っ立っている気がして、腕時計を見たが、アイダ・ベルを窓へと投げあげてからまだ一分しかたっていなかった。ガチャガチャという音が聞こえたかと思うと、アイダ・ベルが勢いよくドアを開け、なかへ入るよう手を振り動かした。

懐中電灯を使うのはリスクが大きすぎると前もって話し合っていたので、三人ともケミカルライトを持参していた。柔らかな緑色の光は明るくはないが、何かにぶつかったりせずにオフィスのなかを動きまわるには充分だった。

「さっき何か壊したでしょ?」目立つものや高価なものではなかったことを祈りながら、わたしは尋ねた。

「グラスをひとつ割っただけだよ」アイダ・ベルが答えた。「ここを出るときに破片を拾って持って帰るから」

わたしはうなずいた。「ファイルはカーターのオフィスにあるんでしょうね」

「そうだと思う」とアイダ・ベル。「こっちだ」

ガーティとわたしはアイダ・ベルについて短い廊下を進み、オフィスに足を踏み入れた。

「手分けしてファイルを捜しましょ。わたしはファイルキャビネットを開ける」

わたしはナイフを取り出して金属製のキャビネットを開けにかかり、アイダ・ベルとガーティはデスクと背の低い棚を検(あらた)めはじめた。わたしのようなスキルを持つ人間にとって、キャビネットを開けることなどお茶の子さいさいで、ほんの数秒後にはファイルにつぎつぎ目を通していた。

捜しているものがここにはないとわかるまで、長くはかからなかった。「見つかった?」わたしはキャビネットの抽斗(ひきだし)を閉め、ふたたび鍵をかけた。

「何も」ガーティが答えた。

「こっちもだ」とアイダ・ベル。

くずかごに手を伸ばし、封筒を一枚拾いあげた。「ニューオーリンズの検死官からよ――クーリエ便で届けられてる」

「それなら、報告書はどこ？」ガーティが訊いた。

アイダ・ベルがかぶりを振った。「どうやら、あたしたちはカーターを見くびっていたようだね」

「家に持って帰ったのよ」わたしは言った。

アイダ・ベルがうなずいた。「そうらしいね」

体に恐怖が走った。明らかにカーターは誰か――たぶんわたしたち――が事件に関する情報を得ようとするのを見越していた。コンピューターのパスワードを変え、情報はすべてクーリエ便で届けられるようにし、ファイルは自分がオフィスを出るときに持ち帰ることにした。

「警備システムの暗証番号を変えなかったのはなぜ？」わたしは訊いた。

アイダ・ベルが眉をひそめた。「さあ」

「筋が通らない」わたしは言った。「ほかのことはこれだけ手間をかけてるのに」

アイダ・ベルが青ざめた。「はめられた。あたしたちが侵入して十秒後には警備会社からカーターに電話がいったにちがいない」

ガーティが目を見張った。「逃げなきゃ」

わたしは封筒をくずかごに戻し、オフィスチェアを入ってきたときと同じ向きに直した。

「落ち着いて。アイダ・ベル、二階へあがって割れたグラスを拾って。それから窓から出るのよ。わたしが下で待ってるから。ボートはガーティが出す」

カーターのオフィスから出たところで、彼のモンスター・トラックが事務所の前で停車する音が聞こえた。

「急いで！」ガーティが叫んで裏口へと突進した。

出会ってから初めて、アイダ・ベルがパニックを起こした顔になった。

「グラス――窓から？」

「忘れて」わたしは彼女の腕を引っぱり、ガーティのあとを追って廊下を走りだした。「こっちがつかまらなければ、カーターは何も証明できないわ」

アイダ・ベルの足音が後ろから聞こえ、わたしに遅れることほんの数秒で裏口から外に飛び出した。ガーティはすでにバイユーへ向かって走っている。正面の入口で鍵のガチャガチャいう音が聞こえた。

「ボートまでたどり着けないよ」アイダ・ベルがささやいた。

何年もの訓練がものを言い、わたしは階段の手すりを飛び越えて地面におりた。ごみ箱をつかんで階段を駆けのぼると、アイダ・ベルが頭のいかれた人間を見るような目つきでわたしを見つめているのは無視した。戸口にごみ箱を横にして置き、ふたを開けた。

アライグマが飛び出したかと思うと、オフィスへと突進していった。わたしがドアを閉めるやいなや、アイダ・ベルが行動に移り、ごみ箱を持ちあげて元の場所に戻した。わたしは金属の細い手すりの上にのぼり、非常灯がまたたいて消えるまで電球を緩めた。芝生を照らすのは近隣の建物から差すぼんやりした明かりだけになったので、手すりから飛びおり、バイユー目がけて走った。

保安官事務所から大きな衝突音とカーターの罵声が聞こえたが、わたしは振り返る時間を惜しんだ。ガーティがボートを岸に寄せていたので、アイダ・ベルに続いてわたしも飛び乗った。アイダ・ベルの走力と機敏さに驚きながら。

着地するやいなや、ガーティがボートを後ろ向きに発進させたので、わたしは船底にひっくり返った。ボートの縁から顔を出したところで、ガーティがギアをチェンジし、バックするときに起こした大きな波にまっすぐ突っこんでいったため、水がザブンとかかってきた。わたしはとっさに頭をさげ、目が水浸しになるのをぎりぎりで避けられたが、そのほかの部分はそれほど幸運に恵まれなかった。

アイダ・ベルが座っていたベンチからタオルを取り出し、わたしに向かって投げるとふたたびドスンと腰をおろしてボートに必死につかまった。わたしがびしょ濡れになったことをガーティがなんとも思っていないのは明らかで、速度をわずかも落とすことなく、まるで酔っ払いのようにくねくねと猛スピードでボートを疾走させていく。彼女が眼鏡をかけていないという事実については考えたくもない。

保安官事務所の裏口が勢いよく開き、なかからの光が戸口を照らした。アライグマが飛び出してきたかと思うと、木立へと一直線に走っていった。カーターはドアを閉めるためにいったん立ち止まったが、すぐ桟橋に向かって走りだした。

わたしは脈拍が猛烈にあがった。

「カーターにつかまる」アイダ・ベルのちっちゃな船外機では保安官事務所のボートの怪力モーターに歯が立たない。

「あんたの家にはあたしたちが先に着ける」アイダ・ベルは言ったが、表情は険しかった。

「でも、なかへ逃げこむのは間に合わない。それにわたしはびしょ濡れよ」

「なかへ逃げこむ必要なんてない」アイダ・ベルが答えた。「予備の計画があるから」

わたしは目をつぶって祈りを捧げた。ほっとしたらいいのか、不安になったらいいのか。

「パーカーを脱ぎな」とアイダ・ベル。

見ると、彼女はすでにパーカーを脱ぎ、自分とガーティの手袋と一緒にごみ袋に突っこんでいた。わたしはパーカーと手袋を脱ぎ、両方を袋に突っこんだ。アイダ・ベルがごみ袋に小さな錨を入れ、口をしばり、バイユーの真ん中に投げ入れると、それはたちまち沈んで見えなくなった。

「右!」アイダ・ベルがガーティに向かって叫んだ。

くるっと振り返ると、ちょうど岸が猛スピードでわたしの顔に迫ってくるところだった。ガーティがモーターを切るとわたしはボートのへりをつかみ、息を詰めた。ボートは岸に衝突してから、正しい方向へと進みはじめた。いまの方向転換でわたしたちはダウンタウンを離れて住宅地に入った。後ろへと遠ざかる家々を見ながら、あとどれくらいで家に着くか計算しようとした。保安官事務所のボートが轟音を響かせ、ぐんぐん距離を縮めてきている。

「左！」アイダ・ベルが叫んだ。

ガーティが急に左へ舵(かじ)を切り、陸へと直進した。岸が急速に迫ってくるのに、速度を落とす気配はまるでない。

「エンジンを切って！」アイダ・ベルが叫んだが、ほんの少し遅すぎた。

# 第12章

勢いがついていたボートは傾斜した岸にまっすぐ乗りあげ、アザレアの茂みに突っこんでガーティを船外にほうり出した。続いて特に太い幹にぶつかり、今度はわたしが進行方向の芝地に投げ出された。即座に体を丸めて回転し、パンツに引っかかった枝を引き抜くと、わたしはアイダ・ベルを追ってダッシュした。アイダ・ベルはボートから飛び出し、ガーティを引きずりながら岸辺に向かっているところだった。

「急いで！」わたしに向かって怒鳴った。

家ではなく、バイユーへ向かって走る理由がわからない。ルブランク保安官助手がいまにも追いついてくるのに。それよりもっと当惑したのは、わたしがふたりを追いかけている事実だった。まるでそうするのが当たり前であるかのように。

岸辺に着くと、アイダ・ベルは釣り糸をバイユーに投げ入れ、竿をわたしに向かって突き出した。わたしが釣り竿を受けとるやいなや、彼女はもう一本の釣り糸を投げ入れた。振り返ると、ガーティは岸辺に並べて置かれたローンチェア三脚のうちの一脚に座っている。どれもこの家のものじゃないし、午後まではそこになかった。

モーターの轟音に勢いよく首をまわすと、角を曲がってこちらに向かってくる保安官事務所のボートの明かりが見えた。

「座んな」アイダ・ベルが指示した。「あんた、目立ってるよ」

わたしは真ん中の椅子にドサッと腰をおろしたが、これは最悪の予備計画だと思った。三人で釣りをしていたなんて、カーターが信じるわけがない。

少しして保安官事務所のボートがわたしたちから五、六メートルほどのところまで進んできた。てっぺんについている投光器が岸のかなりの範囲を照らし出している。わたしたちが座っている場所も含めて。顔をひと目見れば、カーターがかんかんに怒っているのがわかった。

岸に飛びおりると、彼はアザレアの茂みに半分突っこんだままのアイダ・ベルのボートへとまっすぐ歩いていった。やれやれと首を振り、こちらへ大股に歩いてきた。「いったいどういうつもりだ?」

アイダ・ベルはカーターを見あげたが、当惑した表情があまりにうまかったので、わたしまで騙されそうになった。「どういうつもりって、釣りをしてるんだよ」目を見開いて月を見あげる。「今晩は十八夜じゃないだろう?」

ガーティが椅子から身を乗り出したが、彼女はまだクロシェ編みの黒い帽子をかぶっているだけじゃなく、編み目に小枝が刺さっててっぺんから突き出していた。

「十八夜と日曜日が重なったら、釣りをするのは違法なの」ガーティがわたしに説明した。

そうでしょうとも。

「そういえば、日曜日は働いちゃいけないんだったわよね?」わたしは訊いた。「釣りはしてもいいの?」

ガーティがばかばかしいと言うように手を振った。「釣りは労働とは違うでしょ。それに日曜日に働いちゃいけないっていうのは聖書の教えであって、シンフルの法律じゃないわ。だから罰せられる危険があるとしたら神からで、カーターからじゃないもの」カーターを見あげ、にっこりほほえみかける。

ルブランク保安官助手の表情を見れば、わたしたちが誰を一番恐れるべきかは疑いの余地がなかった。

「ひと晩中ここにいたなんて言うつもりじゃないだろうな」

「もちろん違うよ」アイダ・ベルが憤慨した顔になった。「まず夕食を食べたからね。何か引っかかってることがあるなら、カーター、はっきり言ったらどうだい」

カーターは目をすがめてわたしたちを見た。「たったいま保安官事務所へ行ってきた。二階の窓が開けられ、アライグマがなかを荒らしまくってた。おれが追い出すまで」

「アライグマって油断がならないわね」とわたし。「この目で見なかったら信じられなかったと思うわ、屋根裏部屋の窓を開けられたのよ。びっくり仰天だった、わたしの意見を言わせてもらうなら」

「あんたの意見は訊いてない」カーターは言った。「それにおれは仰天なんてしてないぞ。なぜなら、アライグマが裏口の鍵を開けたわけじゃないという絶対的な確信があるからだ。変更前の暗証番号を使って警報を解除しようとしたはずもない」

「どうして新しい暗証番号を使わなかったのかしら」とガーティ。

「ふざけるな！」カーターが怒鳴った。「あんたたち三人が事務所に侵入したのはわかってるんだ。シンフルのために、留置場にぶちこんで鍵を捨ててやる」

「あたしにもう一度そんな口をきいてごらん」アイダ・ベルが非難のしたたるような声で言った。「あんたの母親に言いつけるよ。さっきも言ったとおり、あたしたちは夕食を食べてから、釣りをしにここへ来たんだ」

「へえ、そうか」とカーター。「それなら釣った魚はどこだ？」

アイダ・ベルは椅子の横に置いてあったクーラーボックスに手を伸ばし、ふたを持ちあげた。身を乗り出したわたしは、なかで魚が三匹跳びはねているのを見て、驚きを露呈しそうになった。アイダ・ベルと彼女の予備計画に関して、評価を正式に修正しよう。彼女は凄腕だ！

カーターは魚を見おろし、次にわたしを見た。「彼女がびしょ濡れなのはどうしてだ？」

父と出かけた悲惨な釣り旅行の映像が、まるできのうのことのように脳裏によみがえってきた。「アイダ・ベルが釣り糸の投げ入れ方を教えてくれようとしたんだけど、わたし、竿ごと投げちゃったのよ。だからバイユーのなかに入っていって、拾わなきゃならなくて」

わたしが作り話をするあいだ、カーターはわたしと目を合わせてじっと見つめていた。しかしルブランク保安官助手の前にいるのは、同等の実力を持つ相手だった。わたしはこの世で最高に危険な男たちを平然と嘘で騙してきた。カーターは頭が切れるが、わたしが騙してきた相手に比べたら素人だ。

どうやら彼のほうも、わたしからは何も引き出せないと判断したらしい。鎖のなかで一番弱そうな箇所、ガーティに注意を向けた。カーターがガーティを観察するあいだ、わたしは胃が少し締めつけられた。ガーティのぼんやりとして頭のよくないおばあさんぶりは、どこまで本物でどこまで演技なのかまだ決めかねていた。

ガーティはじろじろ見られていることにまるで気づいていない様子で、釣りに集中しきっているかのように釣り糸をゆっくり引き寄せた。ルブランク保安官助手は彼女に近づき、目を険しく細めた。

「同じく、釣りをしてるだけだと言い張るつもりなんだろうな」

ガーティはカーターを見あげたが、その当惑した表情はアカデミー賞並みの出来だった。

「目の前で実際に釣りをしているのに、どうして嘘だと思うわけ？　あなた、釣った魚だって見たでしょう」

「釣りをするときはいつも帽子をかぶるのかな?」

「耳が冷えるのよ」

「気温は三十度以上ある」

「年取るとね、血が薄くなるの」

「なるほど」帽子から小枝を一本引き抜き、ガーティの顔の前に突き出した。「それじゃ、これはなんだ? カモフラージュか? 魚にその帽子が見えたら、餌に食いついてこないとでも心配してるのか?」

ガーティは小枝をカーターから引ったくり、帽子に差し直した。「アザレアの葉は蚊よけになるのよ」

「この町で三十年近く暮らしているが、そんな話は一度も聞いたことがない。しかし一番興味深い点は、あんたが生け垣の小枝を身にまとうことにしたのが、アイダ・ベルのボートが芝地に乗りあげ、生け垣に突っこんでいるのが見つかったのと同じ晩だってことだ」

ガーティがくだらないと言うように手を振った。「あれはボート泥棒に盗まれないよう隠しただけよ」

ルブランク保安官助手が目を丸くした。「シンフルにはボート泥棒なんていないぞ」

「先週〈スワンプ・バー〉からボートが盗まれたでしょ」とガーティ。

ルブランク保安官助手は目をつぶり、首を横に振った。「あんたたちのボートが盗まれるわけがないだろう、犯人はあんたたちなんだから」

彼の言うとおりだったので、もう少しで噴き出しそうになった。咳をしてなんとかごまかしたが、手で口を隠そうとしたとき、何かがわたしの釣り糸を引っぱった——それも強く。アイダ・ベルが投げ入れる前に見たけれど、餌はついていなかったから、空の釣り針に食いつくほどばかな生きものがいるということだ。ひょっとしてシンフルの水こそ、この町の住民がそろいもそろってふつうではない原因なのだろうか。

「引きが来てるんだけど」わたしは言った。

「やったじゃないの！」ガーティが飛びあがって手を叩いた。

アイダ・ベルは一瞬わたしと同じくらい当惑して見えたけれど、すぐ落ち着きを取りもどし、勢いよく立ちあがって指示した。

「竿のこことここをつかんで」そう言いながら、わたしの手を正しい位置まで持っていく。「それから後ろに引いて魚を引っぱるんだ。竿を少しさげて、釣り糸を巻きとる。魚が水から出るまで続けて。それとカーター、邪魔だよ、そこからどきな！」

カーターは脇にどいた。思いきりむっとした顔になったものの、何も言わなかった。コツがわかると、わたしは竿を引いて釣り糸を巻きとり、また竿を引いて釣り糸を巻きとり、また同じことをくり返した。

やれやれ、釣りって退屈。

このあくび誘発イベントを今世紀中に終わらせるため、わたしは竿をできるだけ後ろまで引っぱった。運の悪いことに、釣り糸はもうそんなに残っていなかった。

糸の端がバイユーから、魚をくっつけたまま飛び出したかと思うと、岸に向かって飛んできた。それまでわたしを見ていたカーターが、まさにそのタイミングで前を向き、空飛ぶ魚を顔で受けとめた。

わたしは恐怖でその場から動けなくなってしまい、この状況にふさわしい謝罪の言葉を何ひとつ思いつけなかった。アイダ・ベルが声をあげて笑いだし、ローンチェアにあまりに勢いよく座ったので、椅子がひっくり返って芝生の上に投げ出されたが、それでも笑いは止まらなかった。ガーティがすぐさま跳びはねる魚をつかまえようとしたものの、つかもうとするたび、魚は彼女の手からするりと抜け出した。

片手で頬をぬぐったカーターは、怒りの言葉を吐かずにいられないほど憤然としていた。「いいか、先週あんたたちが〈スワンプ・バー〉でボートを盗んだって証拠がなくても、今夜保安官事務所へ侵入したって証拠もなくても、おれが正しいのはわかってるんだからな」指を突きつけ、わたしたち三人をじっと見つめた。居心地の悪い時間が流れる。「一度しか言わない——捜査には絶対に首を突っこむな！」

勢いよく向きを変えて帰ろうとしたが、二歩も歩かないうちにわたしたちの背後から男性の声が聞こえた。

「ルブランク保安官助手？」この家の裏庭を急ぎ足でやって来ながら、その男性は大きな声で言った。「あんたの声が聞こえたと思ったんだ」

いつもの堅苦しいスーツとネクタイという格好ではなかったが、向かいの家に住む男性だとわかった。

「そうです、ミスター・フォスター」ルブランク保安官助手は答えた。「どうしました？」

ミスター・フォスターはわたしたちの前で足を止めると、腰に手を置いた。そのせいでスウェットパンツの裾が持ちあがり、ニワトリの脚みたいなふくらはぎが半分ほどあらわになった。

「うちの前庭に大人ほどの大きさの、馬の糞が残ってるんだがね。保安官事務所としてはあれをどうしてくれるんだ？」

わたしはどうしても自制できず、口を挟んでしまった。「日曜日に馬が芝生に糞をするのは違法じゃないの？」

「じゃないわよ」帽子で魚をつかまえることに成功したガーティが、連続殺人犯（シリアルキラー）のような笑みを浮かべて言った。「違法になるのは道でしたときだけ。芝生でした場合はただの失礼」

アイダ・ベルがうなずいた。「それがよその家の芝生だったらなおのこと」

ルブランク保安官助手はわたしたちをにらみつけてから、くるりと方向転換をし、通りに向かって歩きだした。ミスター・フォスターを引き連れて。

ガーティは魚を釣り針からはずし、クーラーボックスのなかのほかの魚と一緒にしてから腰をおろした。アイダ・ベルは芝生から立ちあがってローンチェアを起こし、ふたたび腰をおろした。たったいま泣くほど大笑いをしたせいで頬が濡れている。わたしはいますぐ家に入ってシャワーを浴び、〈シンフル・レディース・ソサエティ〉咳止めシロップをあおり、消音ヘッドホンをしてベッドに入りたかった。でも時刻はまだ十時で、小心者のわたしとしては、ルブランク保安官助手が今夜もう一度訪問しようと考えたときに備え、ひとりになりたくなかった。

　そこでため息をつきながら、ローンチェアにもう一度座った。いったいいつになったらわたしは学習するのだろう。ガーティとアイダ・ベルの絶対確実な計画に引きずりこまれてはいけないと。

「釣り糸を投げてやろうか?」アイダ・ベルが訊いた。

「やめて！　さっきの釣り針には餌もついてなかったのよ。このあたりの魚は住民に劣らずいかれてるわ」

「たぶんそのとおりよ」ガーティが同意した。

「あんたさ」アイダ・ベルがわたしを横目で見ながら言った。「男を引っかけるテクニックをなんとかする必要があるね」

「なんですって?　わたしが……」

　ガーティもうなずいた。「アイダ・ベルの言うとおりよ。男の顔を魚ではたくなんて、五〇年代からセクシーじゃないわ」

　アイダ・ベルがまたおかしそうに笑いだした。「フォーチュンは伝統主義者なのかもしれないね」

　ガーティがほほえんだ。「それか、見た目よりも年取ってるとか」

「確かに見た目よりも年取ってるわよ。あなたたちと知り合ったせいで五十歳は年取ったわ」

　わたしはぐったりと椅子にもたれて目を閉じ、もう三十秒ほどふたりがわたしを……引きつづき笑いのタネにするのをほうっておいた。それから上半身を起こすとふたりを見た。

「情報を手に入れる方法がもうない」

たちまちふたりは陽気ムードから真剣モードに切り替わった。

「考えてたんだけどね」アイダ・ベルが言った。「封筒に書いてあった検死官の名前、覚えてるかい？」

「ええ」わたしは答えてから、ぎょっとした。「だめよ！　検死官事務所に侵入するのはだめ。ニューオーリンズ市警はカーターみたいに手加減してくれないから」

「侵入する必要はないと思うんだ」アイダ・ベルはそう言ってポケットから携帯電話を取り出した。

「検死官事務所に知り合いがいるの？」そういう単純なことであってくれと祈りながら訊いた。

「いや」アイダ・ベルは答えた。「でも副業として葬儀社を手伝ってる人間を知ってるんだ。遺体はニューオーリンズで埋葬の準備をしてからシンフルへ送り返されるはずだからね」

「アイダ・ベルはジェネシスのことを言ってるの」ガーティが説明し、アイダ・ベルは立ちあがると、携帯で話をしつつわたしたちから離れた。

「美容師のジェネシス？」

ガーティはうなずいた。「彼女は演劇やなんかの芸術分野でもメイクを担当するって話したでしょ。でね、シンフル住民の大半が利用する葬儀社があるんだけど、そこの重役がジェネシスが担当した舞台を観て、メイクアップ・アーティストについて問い合わせてきたんですって。

ふつうより手がかかる案件に関して、ジェネシスに大金を支払ってくれるそうよ」

わたしはやれやれと首を振った。わたしだってふたりに劣らず動揺しないタイプだが、それでも死体にメイクを施すことを考えると、少し顔をしかめずにいられなかった。「でも、パンジーの遺体がどういう状態かはわからないでしょ。彼女はふつうよりも手がかかる案件じゃないかもしれないじゃない」

「そのとおりだ」アイダ・ベルが戻ってきて言った。「だがジェネシスはシンフル出身でパンジーのことも知ってるから、葬儀社の重役を説得できるかもしれない。シーリアへの特別の厚意として死に化粧を施させてほしいってね。ちょっと待っておくれ」

もう一度携帯電話を取り出し、わたしたちから少し離れたところに立った。

「そういえば」わたしはガーティを振り返った。「この魚たちはどうするの？」

ガーティはクーラーボックスを残念そうに一瞥(いちべつ)してため息をついた。「ほんとにいいマスなんだけど、ウォルターのところの生け簀に戻さないとだめでしょうね」

「ウォルターのところから盗んできたの？」

「いいえ。ウォルターのところから借りてきたの。それに一匹余計に返すんだから。フェアってもんでしょ」

わたしは返事をしようとして口を開いたが、何も言うことを思いつけなかった。

アイダ・ベルが携帯電話をポケットにしまってこちらに戻ってきた。「ジェネシスはあす朝一で葬儀社の重役に電話するそうだ」

「この件にこれ以上人を巻きこんで平気？　アリーがすでにあした、パンジーのクロゼットに忍びこむって危険を冒すことになってるのよ。わたしのために誰かが困ったことになるのは嫌なの」

「ジェネシスはやりたいからやるんだ」とアイダ・ベル。「まったくね、まだシンフルに住んでたら、ジェネシスもあんたに劣らず容疑者としてにらまれてただろうよ。パンジーとかなり揉めた過去があるからね」

「当てさせて。パンジーがジェネシスの恋人と寝たんでしょ？」

「恋人たちよ」とガーティ。「複数形」

わたしは宙に両手をあげた。「四十歳以下の男性でパンジーと寝たことがない人っているの？」

ガーティは額にしわを寄せて考えこんだ。「確か……いえ、だめ、卒業ダンス(プロム)の夜に……あの子は……違った、お葬式の大失態があったし。いないわね、あたしの知るかぎり」

「あたしも思いつかないね」アイダ・ベルがそう言ってから眉を寄せた。「カーターは例外かもしれないけど」

ガーティの目が大きく見開かれた。「そうだわ。パンジーはちっちゃいころからカーターを追っかけてたけど、カーターのほうはあの娘に絶対近づかないようにしてた。カーターが入隊したのは、シンフルから逃げ出すためだけじゃなく、パンジーから逃げ出したかったからだって考えた人もいたくらい」

わたしは眉をひそめた。「それってふたりから見て変じゃないの？　だって、わたしは彼女をよく知らないし、好きでもなかったのは間違いないけど、パンジーはたいていの男が――少なくともひと晩は――相手にしたいと思う外見だったわよね」

アイダ・ベルがうなずいた。「男ってやつはケバいのがほんとに好きだからね」

ガーティが非難するような目で見た。「死んだ人について、そういう言い方はするべきじゃないと思うわ。礼儀に反するわよ」

ばかばかしいと言うように、アイダ・ベルは手を振った。「礼儀正しくするのは五〇年代にやめたんだ。それに歴史を書き換える気はないんでね。フォーチュンが窮地に立たされてるとあっちゃとりわけ。パンジーを憎んでた人間はおおぜいいたけど、そのなかの誰がついにあの娘を殺すに至ったのか、あたしたちで突きとめなきゃならないんだから」

「礼儀正しさってこの町では過大評価されてるし、供給過剰よ」わたしは言った。「足りないのは真実」

「みんなに説教してやっておくれ」とアイダ・ベル。

「もともとの疑問に戻ると」わたしは先を続けた。「ティーンエイジャーだったカーターは、どうして確実にものにできる相手を避けたのか？」

「ガールフレンドがいたのよ」とガーティ。

「いなかったよ」アイダ・ベルが反論した。「いたら、あたしが覚えてるはずだ。あたしの頭はほんの少しも鈍っちゃいないからね」

「彼女はシンフルに住んでなかったの」ガーティが言った。「覚えてるかしら、高校時代、カーターは毎週末ニューオーリンズまで出かけていったわ」

「建設現場でバイトをしてたからさ」アイダ・ベルは言った。「いつもおあしを持って帰ってきた」

ガーティはうなずいた。「ええ、でも建設現場での仕事に洗車したてのピックアップトラックで行く必要はないわよね。カーターは毎週金曜の午後になると私道で年季の入ったトラックを洗って、ぴかぴかに磨きあげていたわ」

アイダ・ベルは眉をひそめた。「あんたの言うとおりかもしれないね。その後どうなったんだろう?」

「若いころの恋なんて、終わる理由は何百とあるわ」ガーティはそう言ってため息をついた。

アイダ・ベルはうなずいた。「でも、たいていは人生に息の根を止められちまうんだよ」

わたしはもう一度椅子にもたれ、バイユーに目をやった。アイダ・ベルのいまの発言が気になる。彼女は昔、誰かを愛したことがあったのだろうか? ひょっとして相手はシンフル住民の誰かで、アイダ・ベルが絶対になれないような古風な妻を望んだとか? あるいはヴェトナムから帰還できなかった兵士、もしくは帰還後に故郷の生活に戻ってしまった兵士とか?

さらに、認めたくはなかったけれど、カーターと秘密の恋人のことが気になった。カーターは彼女に振られたのだろうか? 手に入らなかった未来について考えるのがつらくて、逃げるために入隊したのだろうか?

わたしには理解できないことだらけだ。わたしは一度も恋愛をしたことがない――どんな気分になるのかもわからない。母は愛していたけれど、死んでしまった。父のことは愛していたけれど、わたしを愛してくれなかった。わたしは子ども時代に愛というものを人生から抹殺してしまったのだろうか？　父のことを引きずり、自分の将来を暗くしてしまったのだろうか？

釣り竿を拾って針をバイユーに投げ入れた。

疑問がいくつもある。でも、いまはまだ答えをすべては受けとめられそうにない。

# 第13章

二時間も前に目が覚め、家のなかを行ったり来たりしていたとき、携帯電話が鳴った。ディスプレイを見ると――雑貨店からだ。アイダ・ベルかガーティがウォルターにわたしの番号を教えたにちがいない。

「おはよう、サンシャイン」電話に出たわたしに、ウォルターが言った。

わたしは笑顔になった。ウォルターのことは本当に好きだ。好きな男性から電話がかかってきて、サンシャインなんて呼ばれたら、ほほえまずにいるほうがむずかしい。「おはよう、ウォルター。何かわたしに手伝えることがあるかしら？」

「あんたが手伝えることじゃなく、おれが手伝えることだ。今朝配達の車で何が到着したと思う？」

「ジープのバッテリー？」

「当たりだ。あんたが忙しくなけりゃ、スクーターをそっちにやってジープを引っぱってこさせるよ。きょうの午前中にバッテリーを交換させるために。あのジープはしばらく動かしてなかったからな、エンジンオイルも交換して、ざっと点検をさせたいんだ。あんたがよければ、やつはいま手が空いてるんだが」

「ぜひお願い」

わたしはすでにショートパンツとタンクトップに着替えていたので、キッチンカウンターに携帯電話を置き、嬉しくてにこにこしたままテニスシューズを履いた。マージの遺産には旧式のジープ――まだジープが男っぽくて無骨な乗り物だった時代、都会のヤッピーが好む流行の通勤手段などではなかった時代のモデル――が含まれていた。長いこと放置されていたため、バッテリーがだめになってしまっていたが、わたしがシンフルに到着する少し前に、ウォルターが新しいものを注文しておいてくれたのだ。自分で運転できる車が早く欲しくてたまらない。アイダ・ベルのコルベットに乗るときの五百万項目に及ぶルールと、ガーティの眼鏡着用拒否のおかげで、移動手段はずっと懸案事項だったのだ。

正面側の窓から外をのぞいていると、レッカー車がこのブロックを三周した。家屋番号の記された巨大な鉄板がガレージの入口の上にかかっており、扉はすでに開け放たれてレッカー移動の必要なジープが見えていることを考えると、いささか当惑させられた。でも、日差しがまぶしいか、スクーターは読字障害であるのかもしれなかった。レッカー車が四周目に入ったところでようやく、わたしは玄関から出ていき、注意を惹くために手を振った。彼は急ブレーキをかけ、レッカー車をバックで私道に入れてから、わたしにあいさつするために車を降りた。

身長百七十五センチ。体重六十キロ……二十代前半。腕にはそこそこの筋肉。ニワトリみたいな脚。脅威レベル1……レッカー車に乗っている場合に限って。

わたしはスクーターを二十歳ぐらいと判断したが、外見は十五歳ぐらいで、行動は十二歳児のようだった。こちらが名乗ると口をぽかんと開けたままになったので、なかに小鳥が巣を作ってしまうのではと心配になった。彼がシンフルで必要とされる作法の覚書を持っていないのは明らかだった。握手を交わすあいだずっと、わたしの胸をじっと見つめていたから。彼の手の振り方が激しくなったところで、社交的なあいさつを切りあげる潮時だとわたしは判断した。

「何か手伝う必要はあるかしら?」そう訊いたとたん、いまのは含みのある質問だったと思った。

スクーターはガレージをのぞいて言った。「いや。バックで駐車しておいてくれたから、牽引するのは楽です」

レッカー車に戻り、ジープの正面まで車を移動させた。わざわざバックで駐車できるような運転可能な状態なら、レッカー車に来てもらう必要はなかったという事実は説明せずにおいた。スクーターは一度にたくさんの情報を処理できるタイプに見えないし、わたしがひとりで移動できるようになるかどうかはひとえに彼にかかっているので、彼のたったふたつしかない脳細胞は仕事に使ってもらうのがベストと判断した。

スクーターがジープを持ちあげるのを見ながら、そのスピードと巧みさにいささか驚いた。どうやら彼の技能は自動車まわりに限定されているらしい。

「いま忙しくなかったら」ジープを牽引していく準備ができると、スクーターが言った。「ウォルターがあんたに会いたいそうです。焼きたてのコーヒーケーキがあるって言うよう言われました」

〝ウォルターが会いたいそうです〟で、もうわたしの心は決まっていたが、コーヒーケーキがあると聞いて訪問の魅力がさらに増した。ウォルターのほうからわたしに連絡をくれたことはこれまでなかったし、会いたいと言ってきたのは間違いなくこれが初めてだった。好奇心が頂点に達した。

「よかったら、店まで送りますよ」スクーターはやたらに期待のこもった声で言った。

まあいいか。シンフルじゃ、スクーターにとってわくわくすることなんてあんまりないのだろう。二ブロックほどわたしの胸の谷間を見つめて、彼が幸せな一日を過ごせるなら、こちらも善行を積むことになる。それにわたしはシンフルの残りの住民に大人気というわけじゃないし、この見るからに子どもっぽい男性からの崇拝でも、ちょっといい気分になれる。

「頼むわ。家に鍵をかけてくるからちょっと待ってて」

家の鍵をかけ、バッグを手に戻ったときもスクーターは口が裂けそうなくらいににやにやしていた。わたしの前に飛び出してきて車高の高いレッカー車の助手席側のドアを開けた。助手席に乗りこむときに彼におしりをじろじろ見られるのはわかっていたけれど、後ろ向きに乗りこみでもしないかぎり、それは避けられないことだった。

わたしがシートベルトを締め終わっても、スクーターはまだうっとりとにやけたまま突っ立っていた。わたしは彼の顔の前で手を振った。「コーヒーケーキが待ってるわ。出発しましょ」

「かしこまりました」そう言うと、彼は運転席側に走ってまわり、大急ぎで乗りこんだ。

一瞬、スクーターが私道から猛スピードで飛ばし、雑貨店までをドラッグレース並みの速度で突っ走ったらどうしようかと心配になったが、私道と道路の境のくぼみをゆっくり越えた彼は、メインストリートに向かって節度ある速度で走りだした。店の前でわたしをおろすと、修理工場のある角へと車を走らせた。わたしが店のなかへ完全に入るまで、スクーターが角を曲がらずにいるのが見えた。

ウォルターはいつものカウンターの奥に座っていて、わたしが入っていくと手を振った。大きな笑顔を浮かべて自分の前のスツールを指し示す。

「これ以上ないタイミングだ」レジの横のカウンターに置かれたコーヒーポットを指差した。

「たったいまコーヒーが入ったところでな」

「それならとっとと始めましょうよ」スツールに座りながら、わたしは言った。「ケーキを切って」

奥の部屋に姿を消したかと思うと、ウォルターは厚切りのコーヒーケーキをふた切れ持って戻ってきた。それ以上待つことのできなかったわたしは、彼がコーヒーを注いでいるあいだにケーキをひと口食べた。ふんわりした生地にシナモンの香りがほのかに漂うみごとな焼きあがりで、わたしは喜びのあまりため息をついた。

ウォルターがコーヒーをわたしの前に置いた。「気に入ったようだな」

「このケーキ、わたしがいままでに食べたなかで最高においしいわ。それってすごいことよ、シンフルに来てからおいしいものをいっぱい食べてるから」

ウォルターは笑顔になった。「この町の女性陣に比べると、あんたは喜ばせるのがずっと簡単だ」

「わたしの弱点をスクーターに教えないでね。毎日コーヒーケーキを持って訪ねてきそうだから」

ウォルターは声をあげて笑った。「スクーターは少々鈍いところもあるが、ことエンジンとなると腕っこきだぞ。それに、この件に関しちゃ、おれもあいつの好みに賛成だ。いいやつだよ。相手としちゃ悪くない……特にシンフルじゃな」

わたしはコーヒーをひと口飲み、首を横に振った。「どんなにいい人でも、興味はないの」

「どうして？　いい男とデートするのに問題があるか？」

「わたしが叩きのめせそうな相手はだめなの――原則として」

「それじゃ、おれは脱落だな」

「あなたは例外にしてあげる」

「はん。あんたみたいな女を四十年以上追いかけてきたがな。おれが手に入れたもんと言えば、たこだけだ」

わたしは一分ほど彼を観察した。ショーン・コネリーとまではいかないけれど、かっこいい男性だ。たぶん笑顔と、人と接するときのくつろいだ態度がいいのだと思う。つまり、彼はかっこよく、大いにわたし好みの皮肉っぽいユーモアの持ち主で、そのうえこの町の主要な商店のオーナーだ。アイダ・ベルが彼を拒みつづける理由がどうしても理解できない。魅力的で向こうはその気である男性とつき合わずにいるのは、〈シンフル・レディース・ソサエティ〉の舵取り役をやめたくないからだけじゃないはずだ。そうよね?

「不思議なんだけど」疑問を自分の胸だけに納めておけなくなって訊いた。「アイダ・ベルのほうは関心がないとわかってるのに、どうして彼女を追いかけつづけるの?」

「アイダ・ベルのほうは関心がないなんて、誰が言った?」ウォルターはにやりと笑った。「関心はしっかりあるさ。頑固ってだけでね」

「あなたたちを侮辱するつもりはないけど、おたがいが亡くなる前に彼女の気持ちがほぐれるよう祈るわ」

コーヒーを飲んでいたウォルターはむせ、ゼエゼエ言いながら笑った。「あんたの物言いはまったく新鮮だな。腹に一物あったり、礼儀正しいのは見せかけだけって人間が多い町じゃ」

「わたしにコーヒーケーキをご馳走してくれてるのはそれが理由?」

ウォルターは真顔になって首を横に振った。「あんたを誘ったのは、この町における恋愛の可能性なんて楽しい話をするためじゃないんだ」

気持ちが沈んだ。甘いものでわたしを釣ろうとしたなら、たぶんいい話ではないはずだ。

「はっきり言ってくれてかまわないわ」彼が感じているにちがいない気まずさをやわらげられればと思った。「もう何を聞かされても驚かないから」

ウォルターはうなずいた。「確かにそうだろうな」息を深く吸いこむと、カウンターの上に身を乗り出した。店にいるのはわたしたちふたりだけであるにもかかわらず。

「金曜日の夜十時ごろ、肉屋のショーティと修理工場んとこの脇道に立っててな、バイユーででかいアリゲーター二匹が喧嘩してるのを見物してたんだ。そのとき、ショーティの店の入口に置いてある木のマットをハイヒールで踏む音が聞こえてきた。続いてパンジーの話し声が」

「誰と話してたの？」わたしは訊いた。

ウォルターは首を横に振った。「ほかには誰もいなかったから、ひとり言だったんじゃないかな。パンジーは昔から自分の声が好きだった」

「彼女、わたしのことを話してたのね？」

「誰の名前も口にしなかったが、こんなふうにののしってた。絶対に思い知らせてやる、あの女がどこの岩の下から這い出てきたのか知らないが、金髪のつけ毛と一緒に逃げ帰らせてやるってな」

なるほど。わたしに関する最高の褒め言葉というわけではないけれど、罵詈雑言というほどでもない。「聞こえたのはそれだけ？」

「いや。パンジーが電話をかけるのが聞こえてきて、次に言ったのは〝今夜十二時にうちに来て。取引について話し合わなきゃいけないことがあるから〟だった。そのあとハイヒールがカツカツと遠ざかっていった」

一気に元気が出てきた。「すごくいいニュースじゃない！　パンジーの携帯電話を調べて、誰に電話をかけたのか確認するだけですむわ。そうすれば、わたしへの疑いは晴れる」

「そう簡単にはいかないんだ」ウォルターが言った。「カーターが鑑識と話してるのが聞こえてきてな。パンジーの携帯電話は捜索中で、まだ見つかっていないようだ」

くそっ！　とアイダ・ベルなら言うだろう——かんばしくない。

カウンターを挟んで座っているウォルターを見ると、惨めさの極みのような顔をしていた。

「後ろめたく感じたりしないで、ウォルター。カーターには話すしかなかったでしょ。いまは殺人事件の捜査中で、彼はあなたの甥っ子なんだから」

ウォルターはぐっと背筋を伸ばして眉をひそめた。「カーターにはなんにも話してないし、これからも話すもんか。おれは殺人犯を見分けるぐらいの目はあるつもりだが、あんたに人が殺せるわけがない」

「ありがとう」わたしはほほえんだ。本当のことを知ったら、仰天するだろうけど。

「しかし、間抜けのショーティが罪悪感を持っててな、話しちまうんじゃないかと思うんだ。おれに何か言わせようとしたんだが、こっちは知らんぷりをしてやった。右耳が詰まっててなんにも聞こえないと言ってな。あいつは通報者になりたいってだけなのさ」

「たいていの人は、今回みたいなことにかかわりたくないと思うものよ」

「保安官事務所に話をしたりすりゃ、それこそかかわりになるってもんだろう。だんまりを決めこんだところで誰の害にもならん」

わたしは眉を寄せて、ウォルターが偶然聞いたという会話について考えをめぐらせた。「わからないわ。だって、パンジーは最初、明らかにわたしをののしっていた。でも、すぐにギアチェンジをして、電話をかけた。彼女が真夜中に取引の話をしたいと思う相手って誰かしら？それにどんな取引？」

「それについちゃ、ずっと頭を絞ってるんだが、何も浮かばなくてな」

「でもその相手が殺人犯ってことよね」

ウォルターがうなずいた。「そのようだな」

「パンジーはシンフルから何年も前に出ていった。ここの住民の誰かとのあいだにどんな取引があるって言うの？」

「最初に思い浮かんだのは強請(ゆすり)だが、おれはあの娘も母親も、昔からあんまり高く買ってなかったからな」

パンジーが国税庁とのあいだにちょっとした問題を抱えていたことを考えると、強請というのはかなりいい線をいっていそうだ。「苦しい立場に追いこまれていたのが誰か、思い当たるふしはある？」

ウォルターはかぶりを振った。「男なら誰でも可能性がある。パンジーが町に戻ってきて以来、シンフルに住む男の大半は、後ろをびくびく振り返っちゃ、かみさんにちょいときつくしがみついてたはずだ。パンジーなら何人もの男の首根っこを押さえられるネタを持ってただろうよ」

「払うお金のある人はいる？」

「何人かは持ってるな。ロス水準の金じゃないが、高校時代にパンジーが遊んでた男のなかには、ニューオーリンズの建設現場で働いているやつがいる。いい家に住んでピックアップトラックや釣り用ボートを持つだけの金を稼いでる。かみさんたちを働かせずにな」

「それじゃパンジーは、そのうちのひとりからのお金じゃリッチになれなくても、全員を強請れば、ひと財産持ってシンフルをあとにできたかもしれないわけね」

ウォルターはうなずいた。「そのとおりだ」

わたしはフーッと息を吐いた。「でもどうやったらそれを証明できる？」

「最高難度の質問だな」

入口のドアベルがけたたましく鳴った。ウォルターが入口のほうに目を向けると、眉をひそめた。「町長のかみさんだ」声を低くして言う。

勢いよく振り返らずにいるには自制心を総動員しなければならなかった。町長が所有する財産の半分の価値があるという女を見たくてうずうずする。実際はそんな価値などないほうに何を賭けてもいい。

ハードウッドの床にコツコツとヒールの音が響き、ようやく音の主がわたしの隣で止まった。見あげると、まねをして失敗したマリリン・モンローのそっくりさんが非難がましい目でこちらを見ていた。

　とてもくたびれた四十代半ば。体重は六十キロ強。でもきっと五十キロ弱と嘘をついているはず。つけ毛につけ爪。目の色も鼻も胸も偽物。ほかに何が偽物かは神のみぞ知る。

　町長はいったい何を考えてたの？

「残念だわ」そう言って、彼女は鼻にしわを寄せた。「あばずれがいるところじゃ買いものをしないことにしてるの。だから、帰ってもらえるかしら。そうしたらあたしの買いものができるから」

　わたしはスツールから立ったりしなかった。もし立ったら、彼女を引っぱたいてしまいそうだ。「あばずれのレッテルを人に貼ろうだなんて、いい度胸してるじゃない、第二夫人さん」

　彼女は顔を真っ赤にしてわたしをにらんだ。「帰ってくれって礼儀正しく言ったのに。今度は命令よ。ここから出ておいき。さもないと保安官を呼ぶわよ」

「そこまでだ、ヴァネッサ」ウォルターが言った。「この前確認したとき、ここはおれの店だったからな」

　ヴァネッサはくるっと向き直ってウォルターをにらみつけた。「ミセス・フォントルロイと呼んでちょうだい」

「いや、違うな。間抜けなハーバートが離婚した相手がミセス・フォントルロイだ。あんたはまったくの別物だろう。おれがあんただったら、ヴァネッサで手を打っとくよ。おれにとっちゃ一番ぶしつけじゃない呼び方なんでね」

ヴァネッサは目を大きく見開き、息を呑んだ。「ハーバートに言ってやるから、見てらっしゃい。かわいそうにシーリアは娘が死んで嘆き悲しんでいるってのに、あんたはここでパンジーを殺した犯人にケーキをご馳走してやってるとはね。まるでお祝いしてるみたいじゃない」

「殺人犯が誰かわかってたら、いまごろカーターが逮捕してるはずだろう」ウォルターは言った。

ヴァネッサはくるっと向きを変えると入口まで大股に歩いていき、ドアを乱暴に閉めて立ち去った。

「あんなこと言わなくてもよかったのに。わたしのためにあなたが面倒に巻きこまれたら意味ないわ」

「あんたのためだなんて誰が言った？　ふん、女に威張り散らされるのが好みなら、いまごろアイダ・ベルがおれのイチモツをバッグに入れて持ち歩いてるよ」

わたしはにやりと笑った。たとえ恋に夢中でも、ウォルターは間抜けにはなっていないようだ。

スクーターが店の横のドアを開け、首を突っこんだ。「ミス・モロー？」

「フォーチュンと呼んでちょうだい」

スクーターは照れくさそうな笑顔になった。「ジープ、乗れるようになりましたよ」

わたしは腕時計を見た。「仕事が速いわね。すごいわ」

耳の先を赤くして、スクーターはうつむいた。「おれが正面に車をまわします。代金はウォルターのところにつけといてください」

「あいつの修理の腕はたいしたもんだし……」ウォルターはわたしを見て眉をつりあげた。

「それでも興味はないの」

ウォルターは肩をすくめ、修理代金を店の台帳につけた。「訊いとくに越したことはないと思ったんでね、あんたは好みがうるさいタイプだとわかっていたが」

「シンフルにいるあいだはずっと恋人なしで過ごす運命みたいね、わたし」

ウォルターはあごをこすりながらわたしの顔をじっと見た。「そうなるかもしれないし、ならないかもしれない」

「たったいま、わたしのことを好みがうるさいって言ったばかりじゃない」

「うん。だが、シンフルにはあんたみたいな相手をうまく御せる男がふたりいるんじゃないかと思ってな。ひとりはもちろんおれだが、まあそれは三十年前のことだ。しかしおれの甥っ子なら——あいつならあんたの相手にぴったりだ」

「カーター？」わたしは首を横に振った。「まさか。彼は頭が固すぎるし、それに殺人事件の容疑者なんかとつき合ったら、世間体が悪いでしょ」

ウォルターはため息をついた。「まあ、その問題はあるな。だが、きっとお似合いだぞ——あんたとあいつがくっついたら。カーターにとっちゃ、自分の思いどおりにできないことがあるっていう、人生初の経験になるだろう。それでもあいつがなんとかしようとするのを見るのはおもしろいだろうな」

「あなたの期待に応えられなくて、心から申し訳なく思うわ」

「はん。申し訳ないなんてこれっぽっちも思っちゃいないくせに」ウォルターはスツールから立ちあがって、正面の入口を指した。「行こう。車まで送るよ、帰るときにあんたがこの町の人間から失敬なことを言われたりしないようにな」

わたしはスツールからひょいとおり、店の戸口に向かったが、頭のなかではヴァネッサ・フォントルロイとの会話がまだ渦巻いていた。ジープに乗りこんだらすぐ、ガーティに電話して緊急会議が必要だと言わなければ。パンジーの消えた携帯電話がすべての答えを握っている。携帯電話をなんとしても見つけなければ。

# 第14章

わたしは携帯電話をぎゅっと握りしめ、テーブルを挟んで向かいに座っているマリー、ガーティ、そしてアイダ・ベルを見た。マリーは心配そうな表情を浮かべている。ガーティはわくわくした表情。アイダ・ベルは戦闘準備が整ったという表情。わたしの顔にはその三つが混ざった表情が浮かんでいるはずだ。わたしたちは全員、シーリアの家がよく見えるマリーの家までこっそりと来ていた。

「迷いはない?」わたしは一ブロック先に駐めた車のなかにいるアリーに訊いた。「絶対の確信がないかぎり、あなたに危険は冒してほしくないの」

「もう百回は訊いたじゃない、フォーチュン」アリーが言った。「あたしの答えは変わらないわよ、たとえあと百回訊かれても」

「わかった、わかった。わたしはただちょっと神経質になってるだけ。粘りすぎないって約束して。シーリアに手伝いを断られたり、つかまらずにパンジーの部屋に入るのがむずかしそうだったりしたら、無理はしないで。みんなでほかの方法を考えましょ」

「約束する」アリーの声にかすかないらだちがにじみはじめた。

「キッチンに入る機会があったら、何かふつうじゃないところがないか探してみて。具体的には……」わたしは途中で口をつぐんだ。床に血痕がないかどうか探してほしいなどと言うのは配慮がなさすぎる。

「わかってる」アリーがきびしい声で言った。

「こっちは準備ができてるわ。これからスマホのスピーカーとミュート機能をオンにするから、わたしたちにはそっちの声が聞こえるけど、そっちにわたしたちの声が聞こえることはなくなる。携帯電話をシャツのポケットに入れておくのを忘れないで。そうしないとあんまり多くを聞きとれないはずだから」

「了解。パンジーのクロゼットの窓はマリーの家のほうに向いてるの。なかに入ったら合図するから、注意して見てて」

　わたしは深く息を吸ってからフーッと吐き出した。「わかった。作戦開始」

わたしたちは全員窓の外をのぞき、通りを走ってきたアリーの車がシーリアの家の前で停車するのを見守った。アリーは後部座席に手を伸ばしてキャセロール料理を取り出し、歩道を通ってシーリアの家の正面玄関に向かった。呼び鈴を鳴らすと、二秒ほどしてドアがぱっと開いた。

「なんの用?」スマホ越しにシーリアの声がとどろいた。

「こんにちは、シーリアおばさん」とアリーの声。「チキンキャセロールを持ってきたの——おばさんの好きな。きょうは仕事が休みだから、何かできることがあればと思って」

「あたしはたったひとりの子どもを亡くしたのよ。あんたにできることがあるわけないでしょ」

「本当に残念だわ、シーリアおばさん。たいしたことができないのはわかってるけど、クリスチャンとして、うちの母の娘として、良心が咎めるのよ。おばさんがつらい思いをしていることを知りながら、一日家でじっとしてたら」

数秒間、スマホが沈黙したので、わたしたちは全員息を詰めていたと思う。

ようやく、シーリアがため息をついた。「あんたとはいつも意見が一致するとはかぎらないけど、アリー、あんたのお母さんの育て方は間違ってなかったようね。あたしの兄弟から礼儀を学んだんじゃないってことは確かだわ。神よ、彼の魂を休ませたまえ。それじゃ、なかにお入りなさい」

「やった!」わたしは大きな声で言い、アイダ・ベルとハイタッチをした。

「彼女、うまいわね」とマリー。

ガーティもうなずいた。「クリスチャンって手札は、シーリア相手だと必ず効果があるのよ。彼女はシンプルで最悪の偽善者だけど、その正体がばれるのに耐えられないから」

アイダ・ベルがぐるりと目玉をまわした。「秘密ってわけでもあるまいに」

「シーッ」わたしは言った。「ふたりがまた話してる」

「あんたにできることがないって言ったのは本当よ」シーリアが言った。「ＧＷのみんなとあんたが持ってきてくれたキャセロールのおかげで、一週間は食べるものに困らないわ」

「掃除を手伝えるんじゃないかと思って来たの。それか着せるものを選ぶ手伝いとか……おばさんにできるかしらと思って。だって……」

「今朝、パンジーのスーツケースの中身を見てみたんだけど、適当なものは一枚もなくて。クロゼットにある服を調べてみようと思っていたところよ。パンジーが家を出るときに残していったものを。教会用の古いドレスならいいんじゃないかと思うのよ。ピンクのとか」

「パンジーは昔からあのピンクのドレスが大好きだったものね」とアリー。「あたしが見てみてもいいけど？　ふさわしそうな服を見つくろって、一階へ持っておりるわよ」

「そう言ってくれるのはありがたいけど、一日キッチンに座っててもしかたないし」シーリアが言った。「一緒に行くわ。ほかの人の、特に若い人の意見が聞けるのはありがたいわね」

「シーリアったら、いいこと言うじゃない」わたしは彼女にも結局のところ心があるのかもしれないと驚いて言った。

「あんたはパンジーほどファッションセンスがよくないけど」シーリアが言葉を継いだ。「それでも役には立ってくれるでしょ」

「自分で台なしにするんだよ、あの女は」アイダ・ベルが言った。

しばらく声が聞こえなくなったかと思うと、木の階段をのぼるくぐもった音が聞こえてきた。

わたしたちは正面の窓からひとっ飛びで、隣家の二階の窓が見える横の窓へと移動した。

「パンジーの部屋は家の裏側にあるの」マリーが言った。「夜になると窓から這い出して、トレリスを伝って下までおりてきてたわ、あの娘」

「よく見える」わたしは言った。「大きい窓がたぶんベッドルームね。だから、右の小さいほうがクロゼットにちがいないわ」

スマホから雑音が響いたあと、ふたたびアリーの声が聞こえてきた。「ピンクのドレスはみんな出すわね、おばさんが見られるように。パンジーはピンクの薔薇のネックレスをまだ持ってた？　おばさんが卒業記念にあげたやつ。あれをつけたらすてきなんじゃないかしら」

「アクセサリーケースのなかはまだ見てないの」シーリアが答えた。「あんたがドレスを調べてるあいだに見てみるわ」

わたしたちは全員、小さな四角い窓に目が釘づけになった。少しして片手が突き出され、こちらに向かって親指をあげてみせた。

「合図よ」わたしは言って、アイダ・ベルとガーティに手を振った。

ふたりはバッグをつかむとマリーの家の裏手に向かった。一ブロック先にガーティの車が駐めてあるのだ。二分して、わたしは腕時計を確かめた。

「ふたりはいったいどこ?」

マリーが下唇を噛んだ。「アイダ・ベルが車を取りにいって、家に近い場所でガーティを拾うほうがよかったわね、きっと。ガーティは本当にエクササイズが必要だわ」

わたしはため息をついた。計画を立てる際に、ガーティがまったく体を鍛えていない点を考慮しておかなかった自分が腹立たしい。「アリーがピンクのドレスの捜索を引き延ばしてくれるよう祈るしかないわね」

「アリーならできるわよ」とマリー。「機転がきくし有能な娘だから。あなたとよく似てる。あなたたちが仲よくなったのも不思議じゃないわ」

アリーがいま巻きこまれているのがスパイ活動である点を考えると、マリーの発言は本人も気づいていないところでさらに的を射ている。

ようやくガーティのキャデラックが角を曲がって走ってきた。ガーティが駐車をしてから、アイダ・ベルと一緒にシーリアの家の玄関へと歩きだすとわたしは脈拍が速くなった。

「うまくいくよう指を重ねて祈って」わたしは言った。「シーリアがふたりをなかに入れなければ、アリーがリストを見つける時間が稼げないかもしれない」

マリーは左手の指を重ね、右手でブラインドの隙間を広げた。「アイダ・ベルが話してる」

ややあって言った。「シーリアがドアを開けたにちがいないわ」

わたしはエンドテーブルに置いてあったスマホを手に取り、耳の近くまで持っていったが、聞こえるのはアリーがものを動かすときのガリッとかドンッという音だけだった。

「ふたりはまだ玄関にいる?」

「ええ」マリーが答えた。「話しはじめてからしばらくたつけど。シーリアはもうふたりをなかへ入れていいころよ」

もうっ!

「あった!」アリーの声が携帯から響いた。

わたしが慌ててミュートを解除しようとしていると、アイダ・ベルとガーティが玄関に向かって焼き菓子を突き出すのが見えた。シーリアにとって、わたしの友人たちは南部式作法を実践する対象外であるらしい。アリーがわたしと一緒にいるところを見たのがカーターだけでよかった。さもなければ、アリーも玄関で追い返されていただろう。

いまは彼女を無事に脱出させることが課題だ。

「急いで」わたしは声を殺して言った。「シーリアはアイダ・ベルたちをなかに入れようとしない。ふたりはもうすぐ帰ってくるしかなくなる」

「急いでるんだけど、床板が元に戻らなくて」

「ドンッて踏みつけて、それから音をごまかすのに上の棚にあるものを何か落とすのよ。とにかく急いで!」

ドスンという大きな音が聞こえたあと、アリーの声がふたたび電話の向こうから聞こえてきた。緊張した声だ。「ジーンズの裾が板のあいだに挟まっちゃった」

「それなら引き抜いて!」

「そんなことやってみてるに決まってるでしょ。びくともしないの。ああ、嘘、シーリアが二階にあがってくる。なんとかして！」

「アイダ・ベルに電話して！」わたしはマリーに向かって叫んだ。

マリーは自分の携帯電話をつかむとアイダ・ベルに電話をかけ、携帯をわたしの前に突き出した。

「シーリアの家に戻って」わたしはマリーの携帯に向かって言った。「アリーはリストを見つけたんだけど、床板にパンツの裾が挟まって抜けなくなっちゃったの。急いで！」

窓の外をのぞいていると、アイダ・ベルがきびすを返し、玄関に向かって突然走りだした。

ガーティが口をあんぐり開けて見つめている。

「アリー」わたしは携帯電話に向かってひそひそ声で言った。「いる？」

隣家の窓を見あげながら、自分の脈がものすごい速さで打っているのを感じた。ドアの呼び鈴をシーリアが無視したらどうする？　アリーがパンジーのリストを握っている現場を見つかったらどうする？　シーリアがそのリストは娘のイメージを傷つけると考えたら、家の外には絶対に出そうとしないだろう。たとえ娘を殺した犯人を見つけるのに役立つとしても。所詮、彼女はわたしが犯人だと決めつけている。だから彼女からすれば、何も失うことにならない。

クロゼットの窓が開けられるのが見えたので、わたしはマリーの腕に手を伸ばした。次の瞬間、窓から小さな物体が飛び出してきたかと思うと、マリーの家とのあいだの芝地に落ちた。

わたしがあまりに強く腕を引っぱったので、マリーはもう少しで倒れそうになった。「アリーがリストを窓から投げ落とした！　ガーティに電話して」

　マリーはガーティに電話して携帯をもう一度わたしの前に突き出した。

「アリーが窓からリストの書かれた日記帳を投げ落としたの」わたしはガーティに言った。

「家の横にまわってそれを拾って。シーリアには見られないように」

　わたしが思ったよりもずっと速いスピードでガーティが走りだした。スカートにドレスシューズという格好で、いつもの巨大バッグをさげていることを考えればなおのこと。日記帳に近づくと、彼女は走りつづけながら片側に体を傾けた。ファンブルしたボールをつかまえるラインマンをまねるつもりなのは明らかだ。

　でもガーティの場合、それは全米フットボール連盟（NFL）の試合のようにスムースにはいかなかった。

　日記帳に手を伸ばしたとき、巨大なバッグが肩のところでぐるんと回転し、後頭部に勢いよくぶつかったため、ガーティは顔から芝生に突っこむ形になった。

「痛っ！」とマリーが叫んで顔をしかめた。

　全速力で芝生に突っこんだことなどものともせず、ガーティは日記帳の上ででんぐり返ったかと思うと、回転しながら日記帳をつかんでよろよろと立ちあがり、マリーの家の裏庭に向かって歩きだした。警官から逃げる酔っ払いみたいな足取りで。

　ガーティをなかに入れるために、マリーは勝手口へと急いだ。わたしが正面の窓に飛んで戻ると、アイダ・ベルが歩道をずんずんと歩いてくるところだった。彼女はそこで立ち止まり、あたりを見まわした。ガーティはいったいどこへ行ったのかと不思議に思っているのだろう。キャデラックは空っぽのまま縁石寄りに駐まっているから。

「アイダ・ベル、車――」わたしが家の前を指したとき、マリーが急いで居間に戻ってきた。薄汚れて足を引きずっているガーティを引き連れて。

マリーは窓の外を一瞥するや、ガーティの後ろにまわって玄関から押し出し、アイダ・ベルと車のあいだに立たせた。アイダ・ベルを賞賛しないわけにいかないだろう。ガーティが顔を真っ赤にして足を引きずり、服は破れてバッグに芝生の塊をくっつけているにもかかわらず、アイダ・ベルは眉一本動かさずにすたすたと歩いていき、車に乗りこんだ。スパイとして、彼女はずば抜けて優秀だったにちがいない。

わたしは携帯がスピーカーになっていたのを思い出し、耳に当てた。アイダ・ベルの二度目の訪問が、アリーに床板から抜け出す時間を稼いでくれているといいんだけど。

「まったく、いい加減に――ギャアアアアアアッ！」

続いて大音響がとどろいたため、わたしは慌てて携帯を頭から遠ざけたが、あまりの音量のせいで耳鳴りがした。マリーが即座に口を押さえ、わたしはこのたくらみがばれてしまうのを避けるために急いでミュートをオンにした。

「いったい全体どうしたっていうの？」シーリアの声がとどろいた。

「知らないうちに靴紐が床板に挟まっちゃってて。ここから出ようとしたら足が動かなかったの。倒れないようにハンガーパイプをつかんだんだけど、結果はパイプがまるごとあたしの上に落ちてきて。でもいいニュースは、パンジーが気に入ってたピンクの薔薇のドレスが見つかったってこと」

「クリスチャンとしては」シーリアの声には不快感がはっきりと表れていた。「あんたに悪気はなかったと思うべきでしょうけど、もう帰ってちょうだい。あんたが訪ねてきてから、ストレスが増したわ。キッチンの床にパンジーが倒れているのを発見してからよりも。あんたとあのおせっかいなふたりにかかったら、心穏やかな一日なんて送れっこないわ」

「本当にごめんなさい、シーリアおばさん。あたしにできることがあったら、知らせてちょうだいね」

「身内としての義務は果たしてもらったわ。本当にあたしの力になってくれるつもりなら、頼むからうちに近寄らないで。あんたがしたことといえば、あたしの仕事を増やしただけよ」

「ピンクのドレスも見つけたわよ」

わたしは首を横に振った。アリーったら、こんなに失礼なシーリアの前でどうして陽気な声が出せるのかしら。とはいえ、きっと長年の修練のたまものにちがいない。階段をおりるくぐもった音が聞こえ、二秒ほどしてアリーがシーリアの家の外に姿を現した。

「クロゼットのことはごめんなさい」彼女は言った。

「はいはい。いいからもう帰って」ドアがバタンと音を立てて閉まる。

アリーは首を横に振ってから、急いで自分の車に乗りこんだ。車を発進させるのとほぼ同時に、電話の向こうから彼女の声が聞こえてきた。

「お願い、日記帳を拾ったって言って」

「ガーティが拾ったわ」

「よかった！　もう散々だった。あたし、スパイになったら最低ね」

わたしはほほえんだ。「あら、わからないわよ。窓から日記帳を投げたのは機転がきいてたし、その場でもっともらしい作り話ができた。靴紐のくだりは天才的だったわ」

「そんなんじゃないの。あれは高校のときに実際にあったことなのよ。シーリアおばさんも絶対に覚えていたはず。あのとき、うちの母はきょうのおばさんに劣らずものすごく怒ったから」

わたしは声をあげて笑った。「それならなおさら天才的よ、その度合いがさがるんじゃなく」

「〝天才的〟って気に入ったわ。そうだってことにしておく」アリーはくすくす笑った。

「キッチンには入った？」

「ええ、でも変なところはひとつも見当たらなかった。昔と同じリノリウムの床のままだったから、モルタルやハードウッドと違ってしみやなんかが残らないし。ごめんなさい、そっちに関しては力になれなかった」

「謝らないで。きょうの収穫は全部あなたのおかげなんだから。パンジーの携帯電話は見当たらなかったわよね？」

「抽斗（ひきだし）やなんかを調べることはできなかったの。でもそういうところは保安官事務所のほうで間違いなくもう調べてるはずだし。携帯はクロゼットにもなかった」

「うーん。それじゃ携帯についてはもう少し考えてみないとだめそうね」

「あなたの家に行って、あたしも日記帳を一緒に読むのは危険すぎるわよね」

「ええ、それは賢明じゃないと思う。でも何かわかったらすぐ電話で知らせるって約束するわ」

「了解。さて、血圧のあがりすぎで心臓発作を起こさないうちに、家に帰って熱いシャワーと強いお酒を一杯やることにするわ。まだお午にもなってないのにね。信じられない」

アリーの言葉を咀嚼し、彼女にとっていまのことがどれだけ日常の範囲を超えた行動だったのか理解するのにほんの少し時間がかかった。わたしは彼女にとって大切な存在なのだと感じると同時に後ろめたさも覚えた。「こんなことしてくれて本当にありがとう、アリー」

「何言ってるの。友達ってこういうときのためにいるものでしょ」

わたしは笑顔のまま携帯電話をポケットにしまった。

「アリーは無事?」マリーが尋ねた。

「ええ」

クロゼットで何が起きたか、マリーに説明した。彼女はこれ以上無理という大きさまで目を見開いたかと思うと、くすくす笑いだした。

「やれやれ」マリーは片手で顔をあおいだ。「アリーとガーティのおかげで、さっきのことは笑える失敗の連続だったのね。わたしを助けてくれたときもこれぐらいいろいろあったの?」

わたしは彼女の顔をまじまじと見た。「アイダ・ベルとガーティから何も聞いてないの?」

「ええ。それに、わたしがその話を持ち出すと、ふたりとも必ず話題を変えるのよ」

「ははん。それはありとあらゆるいかれたことにわたしを巻きこんで、その事実を認めたくないからよ。こうしましょ――このパンジーの一件が片づいたら、ふたりで食事とお酒を楽しむの。そのときあなたの友達ふたりがどれだけ常軌を逸してるか話してあげる」

マリーがにっこり笑った。「楽しみね。でもどうしてかしら、あなたから何を聞かされても驚かない気がするわ」

「どうしてかしら、わたしもそんな気がする」

# 第15章

「これ以上待たせないでおくれ」アイダ・ベルがパンジーの日記帳を持つわたしの手を指して言った。「ここへ来る途中で見せてくれって言ったんだけど、ガーティときたらそいつを放そうとしなくてさ。ここまで片手運転、眼鏡なしだったんだよ。フォントルロイ町長の選挙用看板を四本倒して、タイヤもひとつパンクさせたはずだ」

「あたしはそんなことしてません」ガーティが反論した。

網戸(スクリーンドア)の向こうをのぞくと、ガーティのキャデラックがやや曲がって駐車されているのが見えた。「なるほど。そうね、家まで歩いて帰るつもりじゃなかったら、ウォルターに電話したほうがいいかも」

ガーティは外に目をやった。「もうっ」

バッグを開けようと手を伸ばし、くっついていた芝生の塊をつまんだ。わたしがドアを開けてあげると、彼女はそれを芝生の上に落とし、続いて携帯電話を捜した。

「何か飲みながらにしましょ」わたしはキッチンへ行こうと手振りで示した。

三人分のアイスティーを注いでガーティがウォルターとの電話を終えるのをいらいらと待ち、それから日記帳を開いた。ようやく中身に目を通しはじめる。

「何が書いてある?」アイダ・ベルがせっついた。

「推測は当たってた──パンジーはエスコートサービスで働きはじめたのよ」わたしは言って、さらに何ページかめくった。「でも、オーナー──女性──とうまくいかなかったみたい」

「いかないに決まってるだろ」とアイダ・ベル。

「独立すればもっとお金になるとパンジーは考えた。どうやらクライアントを何人か連れていったみたいね」

「そういうことって許されるの?」ガーティが尋ねた。

アイダ・ベルが目玉をぐるりとまわした。「売春業界に競業避止条項があると思うのかい?」

「裁判沙汰になるようなことは好まないでしょうね」わたしは言った。「でも、パンジーの元雇い主はクライアントを連れて逃げられて、頭にきたにちがいないわ」

「パンジーの行き先を突きとめて殺すほど?」

わたしは顔をしかめた。「それはないいんじゃないかしら。可能性が高いのは、元雇い主がパンジーを国税庁に突き出した張本人ってほうね」

アイダ・ベルがうなずいた。「筋が通るね。競合相手を排除してクライアントを取りもどせる。自分の手を汚さずに」

「国税庁はわざわざパンジーの収入の出所を突きとめたの？」ガーティが訊いた。「それともマリーが言ってた帰納ナントカってのを計算しただけ？」

「帰属収入だよ」アイダ・ベルが訂正した。

ガーティは手をひょいと振った。「なんでもいいけど。妥当な質問でしょ」

「ええ、それにいい質問だわ」わたしは言った。「国税庁がお金の出所を突きとめようとしたなら、不安になった男か頭にきた妻、あるいはその両方が邪魔をしたかもしれない」

「つまり、客のひとりがパンジーから国税庁に名前を出されることを心配して、それを阻止しようとした可能性があるってわけだね」アイダ・ベルが言った。「あるいはすでにパンジーは名前をあげていて、国税庁が男たちから事情を聴取したために、殺人を犯す潜在性のあった妻が刺激されちまったとか」

「そのとおり」

わたしは日記帳をめくり、連綿と続くパンジーの不平不満に目を通していった。こんな生活はフェアじゃない。わたしはもっと活躍できていいはずだ、ハリウッドの人間はわたしをつぶそうとする、云々かんぬん。そんな調子が数えきれないほどのページにわたって続いていた。

とうとうわたしはトランプひと組分ぐらいのページをまとめてめくりだした。余白のあるページを探して。そういうページは、延々と続く自画自賛が終わってわたしたちの求める情報が始まっているしるしかもしれない。日記帳の終わり近くにようやく求めていたものが見つかった。

「名前が三つ」わたしはふたりに読んで聞かせた。「どれか聞きおぼえはある？」

ふたりとも首を振った。

「有名な俳優でも監督でもないわね」とガーティ。「でもロスには映画業界に関係なくてもお金持ちはいっぱいいるし」

「この三人について何かわかるか調べてみましょ」わたしはノートパソコンに手を伸ばした。

最初の名前を打ちこんだところ、一ページ分の件数がヒットした。「この人はリストから削除」最初のリンク先に飛び、中身に目を通してわたしは言った。「八カ月前に亡くなっているし、結婚してなかった」

「どのみち容疑者は絞りこめたほうがいいものね」とガーティ。

わたしはうなずいて次の名前を打ちこんだ。「これもだめ。この人物は六カ月前にフランスに引っ越してる、パートナー――男性――と」

アイダ・ベルが眉をつりあげた。「関係なしだね」

「最後のひとりよ」わたしは言って名前を打ちこんだ。

アイダ・ベルとガーティがテーブルに身を乗り出した。

「どうだい？」アイダ・ベルが訊いた。

「この男が犯人かも」わたしはおなかの底から興奮が湧きあがってくるのを感じた。「プロ並みのアマチュア・マラソン選手で、ビヴァリーヒルズで美容整形医をしてる」

ガーティが口笛を吹いた。「大金を稼いでるにちがいないわね……それに、パンジーがあの新しいオッパイをどうやって手に入れたかがこれでわかったわ」

「その男、結婚してるのかい？」アイダ・ベルが訊いた。

慈善イベントに関するニュース記事をクリックすると、わたしはにやりと笑った。「ええ、してる。それに奥さんは政界とつながりのある資産家一族出身」

「マリア・シュライヴァーが奥さん？」ガーティが訊いた。「彼女はターミネーターと結婚してたと思ったけど」

アイダ・ベルが目玉をぐるりとまわした。

「ケネディ家の一員じゃないわ」わたしは言った。「でも、カリフォルニアではかなりの影響力を持つ家よ」

「失うものの多そうな男ね」ガーティが言った。

わたしはノートパソコンをくるっとまわして、体格にしては胸がやたらと大きいやせっぽちの金髪女の画像をふたりに見せた。「これが奥さん」

「なんてこったね。パンジーにそっくりじゃないか」アイダ・ベルが言った。「カリフォルニアじゃ運転免許を取るのに頭を金髪にして、胸にインプラントを入れる必要があるのかい？」

「ブレントウッドに住んでたらたぶんね」とガーティ。「記事にはそこに住んでるって書いてあるわ」バッグに手を突っこんで携帯電話を引っぱり出した。「プリペイド携帯よ。その男のクリニックに電話して、最近街を離れたことがあったかどうか訊けるわ。アイダ・ベルと一緒に用意してる携帯――緊急事態のためにね」

わたしはガーティから携帯電話を受けとったが、どういう緊急事態を想定して、発信源の突きとめられない携帯電話を持っておくことにしたのかは尋ねず、美容整形医のクリニックの番号を打ちこんだ。

「もしもし」受付係が出ると、わたしは言った。「先週ドクター・ライアンと、ある仕事の件で日程を決めることになってたんです。先生が金曜日に電話をくださるはずだったんですけど、いただけませんでした」

「申し訳ございません」女性の受付係は言った。「ドクター・ライアンは金曜日の午後、ニューオーリンズで開かれる外科学会に出席するためにこちらを出まして。非常に急いでいたものですから、たぶんうっかりしてしまったんだと思います」

「わかりました。いつ戻られますか？」

「水曜日にはクリニックに戻る予定です。アポイントメントをお取りしましょうか？」

「いいえ、結構です。またこちらから電話しますから」電話を切りながら、わたしは興奮を抑えられなかった。「この男、外科学会に出席するために金曜日にニューオーリンズへ出発したって」

「学会を調べな」アイダ・ベルがノートパソコンに向かって手を振った。「ホテルで開かれるなら、そこに泊まってる確率が高いだろう」

ニューオーリンズで開かれる医学系の会議を検索したが、先週末開かれたものは一件も見つからなかった。検索ワードの組み合わせをいくつか変えてみても、結果は同じだった。

「会議っていうのは嘘だったみたいね」わたしは言った。

アイダ・ベルの電話が鳴りだし、リンキン・パークの曲がキッチンに響きわたった。

ガーティが耳を手で覆う。「どうしてほかのみんなみたいにジョージ・ストレイト（アメリカのカントリーミュージック歌手）の着信じゃだめなの？」声を張りあげて訊いた。

アイダ・ベルは手を振って一蹴した。「ジェネシスからだ」そう言って電話に出た。

アイダ・ベルがうなずいたり、驚きの声をあげたりするあいだ、ガーティとわたしはじっと待ち、電話が終わったときには好奇心のせいで爆発しそうになっていた。

「ジェネシスはパンジーの遺体に死に化粧を施せることになった。どういうメイク用品を持っていけばいいか知りたいからと言って、きょうの午前中に遺体を見せてもらったそうだ」

「彼女、パンジーがどうやって殺されたか訊いたって？」わたしは尋ねた。

アイダ・ベルは首を横に振った。「訊く必要はなかったそうだ。首に紫色になった手の痕がふたつ残ってたから」

ガーティが口笛を吹いた。「絞殺はたいてい個人的な動機を指すわね」

「あるいはプロの仕事か」わたしは言った。「シーリアが二階にいたってことを忘れないで。犯人は静かにやる必要があった」

アイダ・ベルが眉を片方つりあげた。

「職業上心得ておくべき危険だから」わたしは言った。

「ふむ」とアイダ・ベル。「考え方として、愉快じゃないが妥当だね。とはいえ、あたしたちの第一容疑者がこれといった理由もなくこの州に来ていることを考えると、当てはまらない。だって、パンジーを殺すために誰か雇ったなら、この男はロスに残り、できるだけ多くの人間の前に出るようにするはずだ」

「パンジーが彼の手にかかったと考えるならそうね。でも、妻が誰か雇ったとしたら？」

ガーティがうなずいた。「資産家っていうのはスキャンダルを嫌うものね。最大級のスキャンダルを巻き起こすのはたいてい彼らなんだけど」

「だけど」アイダ・ベルが言った。「妻が殺し屋を雇ったなら、やっぱり夫が人前に出るようにするはずだよ」

「夫に罪をなすりつけたかった場合は別だわ」わたしは指摘した。「夫がパンジーを追ってニューオーリンズに行こうとしているのを知って、一石二鳥になると思ったのかもしれない」

アイダ・ベルが感心した顔でわたしを見た。「あんた、犯罪者心理をすばらしくよく心得てるね」

「すべて憶測にすぎないわ」わたしは指摘した。「忘れないで、彼がニューオーリンズに来てるっていうのは、受付係がそう言ったってだけ。本当にこっちへ来たのか、いまもまだいるのか、確かなところはわからないわ。気が変わってフィジーへ行ったかもしれないでしょ、自分には手に負えない事態だと考えて」

「あたしだったらフィジーにするでしょうね」とガーティ。

「それじゃ、わたしがリッチな美容整形医だったら、ニューオーリンズのどのホテルに泊まる?」わたしは訊いた。

「ザ・リッツ・カールトン」アイダ・ベルとガーティが声をそろえて答えた。

ノートパソコンでザ・リッツ・カールトンを検索し、ガーティのプリペイド携帯でホテルに電話をかけた。

「もしもし、〈コピー・エクスプレス〉のジーンと言いますけど」フロントのスタッフに言った。「ドクター・ライアンあての小包があるんです。でも住所を書いた人の字が読みにくくて。そっちまで届ける前に、本当にそちらのホテルに泊まってる人かどうか確認したいんですけど」

「はい」フロントのスタッフはきびきびしたプロらしい声で答えた。「ドクター・ライアンはこちらにお泊まりです。フロントに届けていただければ、わたくしどもからお渡しします」

「よかった。助かります」わたしは電話を切った。「大当たり」

ガーティが椅子に座ったまま跳びはね、手を叩いた。「あたしたちったらなんて賢いのかしら」

「ああ、でもこの情報をどうするつもりだい?」アイダ・ベルが尋ねた。

ガーティは手を叩くのをやめて眉を寄せた。「そこまで考えてなかったわ」

「カーターに知らせなきゃだめでしょ」わたしは言った。

ガーティが不安そうな顔でアイダ・ベルをすばやく見た。「なんとなく、カーターはそんなによく思わない気がするんだけど」

「あたしもだ」アイダ・ベルが賛成した。「それに、本当のところ何がわかったって言うんだい？　ドクター・ライアンって男は身長が百五十センチもなくて、十歳の女の子みたいな手をしてるかもしれないじゃないか。こいつが犯人じゃなかった場合、あたしたちのやってることが、無駄にカーターにばれることになる」

「ニューオーリンズまで行って、彼の手を見てくるといいかもしれないわね」ガーティが提案した。

「冗談じゃないわ」わたしは言った。「ライアンが犯人だった場合、彼に見られたら危険よ。ことによるとシンフル住民について詳しく調べてる可能性もあるし、わたしたちはそろって五つ星ホテルを利用するタイプに見えないし。黙らせるためにすでに女をひとり絞め殺してる男なら、あと二、三人絞め殺さないともかぎらないでしょ」

「でもこいつが犯人じゃないとはっきりすれば」アイダ・ベルが反論した。「カーターにこっちの企業秘密を明かす必要はなくなるし、失うものはあたしたちの時間と、誰かさんの」ぐるりと目玉をまわしながらガーティを見る。「尊厳がちょっぴりってところじゃないかね」

「バッグがもちそうにないわ」アイダ・ベルの厭味にはまるで気づいていない様子で、ガーティが言った。「さっきの芝生で留め金がだめになっちゃったから」

「わたしはカーターにこの町から出ないように言われてるんだけど」アイダ・ベルの計画にはメリットがある――特に〝カーターのレーダーに引っかからないようにする〟という面で――

ということは認めずに言った。

「あなた、土曜日にあたしたちとマッドバグへ出かけたじゃない」ガーティが指摘した。

「マッドバグへ行ったことはカーターに知られてないもの」わたしは言った。「知られなければ大丈夫」

「そのとおり」アイダ・ベルが満面に笑みを浮かべた。

わたしは椅子にぐったりともたれた。負けだ。ガーティとアイダ・ベルはわたしが一緒に行こうが行くまいが、この男がどんな手をしているか確認しにいくだろう。わたしだって好奇心に勝てるわけがなかった。ドクター・ライアンがどんな手をしているか、この目で見たい。

彼が人の首を絞められるぐらいに大きな手をしていて、パンジーを絞め殺す力がありそうに見えたら、カーターに容疑者として通報できる。彼はわたしたちが干渉したことに頭でお湯が沸かせるほど怒るだろうが、成果に反論はできないはずだ。

「いいわ」わたしは言った。「このドクターの手を確認しましょ。でも、どんな形でも彼に接触はしない」わたしはふたりに指を突きつけてみせた。「わかった?」

「一点の曇りもなく」とアイダ・ベル。

「ガールスカウトの名誉に賭けて」ガーティはピースサインを作った。

どういうわけか、大丈夫という気がしなかった。

# 第16章

　ザ・リッツ・カールトンの近くの駐車場でガーティのキャデラックから降りたのはちょうど二時をまわったときだった。最後にもう一度、計画を確認しながら、わたしたちは歩道を歩きだした。

「わたしが小包を持ってフロントデスクまで歩いていく」わたしはガーティがこのミッションのために用意した、茶色い紙で包まれた空箱を持ちあげた。「サインが必要だと言って。運がよければ、ライアンは部屋にいるかもしれない」

「あたしがエレベーターのそばで待ち、彼がおりてきたら」ガーティが言った。「フォーチュンに帰るよう合図をする。フロントデスクのスタッフがフォーチュンを指差すより先に」

「あたしはフロントデスクのそばに立ってる」アイダ・ベルがすかさず言った。「友達を待っているふりをして。そしてやつがフロントに近づいてきたら、手をよく見る」

「即興の行動はなしだから」わたしは言った。「何か問題を起こせば、ホテル側は迷わず警察を呼ぶわ」

　ふたりともうなずいたが、それでもまだ安心はできなかった。

　ホテルに着く直前に、わたしはアイダ・ベルが貸してくれたバックパックから野球帽を取り出し、ポニーテールを押しこんでかぶった。次にミラーサングラスをかけ、チューインガムを口にほうりこむ。深く息を吸ってからふたりにうなずいてみせ、ふたたび歩きだすとホテルに入った。

わたしは贅沢な生活が好きな人間ではないけれど、高級家具と大きな観葉植物が置かれたロビーはなかなか雰囲気がよかった。髪を引っつめにした堅苦しい感じの中年女性が、フロントデスクに近づいていくわたしを見て目をすがめた。このホテルには用のない人間だと見切ったのは明らかだった。

「ドクター・ライアンに届けものです」顔に退屈した表情を張りつけ、わたしは言った。

「わたくしがお預かりします」中年女性がカウンターの奥から手を伸ばした。

「サインをもらわなきゃならないんですけど」わたしはそう答えてからガムをパチンと鳴らした。

中年女性は手を引っこめ、顔をしかめたが電話に手を伸ばした。「お部屋にいらっしゃるかどうか確認します」

わたしはカウンターにもたれてガムを嚙んだ。ガーティがホテルにすっと入ってきてエレベーターのほうへ向かう。二、三秒後、アイダ・ベルも入ってきて入口近くに留まり、こちらの合図を待った。

少ししてフロントデスクのスタッフが言った。「ドクター・ライアン、フロントデスクに小包が届いております」

彼女は送話口を手で覆い、眉をひそめてわたしを見た。「何も届く予定なんてないとおっしゃってるけど」

わたしはラベルを指差した。「ザ・リッツ・カールトンに宿泊中のドクター・ライアンてここに書いてあります。ドクター・ライアンがふたり泊まってるんですか？」

「いいえ、でも――」

「それなら、その人です」

「送り主が誰か教えてもらえれば……」

「無理です。あたしの仕事は小包を渡されて、それを届けるだけ。お金がもらえれば、誰からの荷物かなんて関係ありません」

わたしをじろりとにらんでから、フロント係は送話口から手をはずした。「お待たせしました、ドクター・ライアン。送り主はわからないそうです。こちらで受けとっておくところですが、ご本人のサインが必要だと申しておりまして」

ややあってフロント係は電話を切った。「いまいらっしゃるそうよ」

「よかった」わたしはフロントデスクから体を離し、アイダ・ベルに合図するため帽子のつばに触れると、ロビーをぶらぶらと歩いていき、観葉植物を指差して立ち止まった。「ねえ、これって本物？」フロント係に大きな声で訊いた。

誓ってもいい。彼女の括約筋が収縮したのがわかった。「そうよ。お願いだから、手を触れないで。ダメージになるかもしれないから」

「仰せのままに」わたしは観葉植物から手を離し、もう少し玄関に近いところまで歩いていった。フロント係はわたしが遠ざかるほど気が休まるようだ。ここまでは計画どおり。

アイダ・ベルがぶらぶらと歩きだし、フロントデスクから一メートル弱ほどのところで立ち止まった。フロント係がふたたび不愉快そうな表情を浮かべ、アイダ・ベルを見た。「何かご用でしょうか？」

「友達を待ってるんだ」

「よろしければ、お友達のお部屋にお電話をして、お客さまがお待ちだとお伝えしますが」

「まだチェックインしてないんだよ。いっつも遅刻する友達なんでね」

フロント係はいぶかしげな顔になった。「そちらに座り心地のよい椅子がございます」そう言って指し示したのは、彼女に劣らず堅苦しそうで、心地よさとは無縁に見える椅子だった。

「あたしは痔があるんだけど、患部が触れないようにする例のドーナツ形のやつね、あれを持ってきてないんだ」アイダ・ベルは答えた。「問題がなけりゃ、ここに立っていたいんだよ」

フロント係は青くなった。「もちろん結構です、お客さま」と答え、きょうの午後はいかれた人々を相手にする運命とあきらめたようだった。

エレベーターのほうを見やると、ガーティが巨大なバナナの鉢植えの後ろで監視の位置に就いていた。彼女の着ているのが葉の色になじむダークグリーンのワンピースでよかった。なぜなら、そこはただ立っているには怪しい場所だったから。フロント係の目がそちらの方向にさまよいだしたので、わたしはフロント係の視線とガーティがストーカーみたいな隠れ方をしていることにアイダ・ベルが気づいて、何か気をそらすことをしてくれないかと期待した。でも、アイダ・ベルはスマートフォンで何か読むのに集中している。

わたしがフロントに行くしかないかと思ったとき、年配の男女が正面玄関から入ってきた。後ろからボーイがついてくるが、彼がカートで運んでいる荷物を見ると、ホテルへ引っ越してくるつもりかと考えたくなるほどの量だった。女性のほうはデスクに着く前からフロント係に指図を始め、オーケストラの指揮者さながらに宙で両手を振り動かした。指には一本残らずとても大きく、きわめて悪趣味な指輪がはまっていたが、すべて本物であるのは間違いなかった。首に巻いている毛皮——いまは六月なのに——も然り。

何か大きくて白いものが視界の端で動いたため左を向くと、ふかふかした白いサウナローブを着てそろいのスリッパを履いた男性がロビーを歩いてくるところだった。彼が身に着けているものから視線を顔へとあげたところ、困った事態になったことがわかった。

ドクター・ライアンだ。

わたしは即座に正面玄関から逃げ出しかけたが、それはフェアではない気がした。わたしたちの計画とは異なる展開になったことにアイダ・ベルとガーティはまだ気づいてもいない。彼はガーティが隠れている方向に向かって歩いており、バナナの葉の後ろからのぞいているガーティがパニックを起こして目を見開いたのが、わたしのいる位置からでも見てとれた。

彼女が愚かなことをしでかさないよう、心のなかで祈りを捧げはじめたが、〝お願いです〟の先を言うより先に、ガーティがやらかした。

ドクター・ライアンがすでにロビーにいることをわたしたちに伝えようとしたのか、わたしが逃げられるように彼を足止めしようとしたのかはわからない。でもガーティは同時に両方をやってのけた。バナナの鉢植えの後ろから突然、飛び出したのだ——少なくとも、飛び出そうとしたことだけは確かだ。いつも必ず持ち歩いているやたら大きなバッグが鉢植えの端に引っかかってしまったので、ふつうならそれで彼女の突進は止まったはずだった。でも、まるでおしりに火がついたような飛び出し方だったため、巨大な鉢植えをひっくり返すことに成功した。

鉢植えとガーティはもろとも床に倒れ、あたりに葉っぱと土をまき散らし、ところどころで悪態をつきながら、ドクター・ライアンの足元で停止した。わたしはこの機に乗じて逃げ出すべきだったが、空箱を持ったまま動けなくなってしまった。アイダ・ベルをすばやく見ると、柱のように固まっていて、彼女も何も考えられない状態だとわかった。フロント係は数秒間呆然としていたが、慌ててデスクの後ろから出てきた。

ドクター・ライアンはすぐさまガーティを助け起こそうと身を乗り出した。ガーティは漫画の登場人物さながら葉っぱや鉢植えの土を大量にまき散らしつつ、手足をバタバタ振り動かしていた。たぶん土が入らないようにするためだろう、両目をぎゅっと閉じて。ライアンが身を乗り出したとき、何かつかまるものを探していたガーティは、彼のロープのベルトをつかんで起きあがろうとした。残念ながら、ロープの結び目は、重さ二十キロ近いバッグを持ってパニックを起こしている高齢者の重みに耐えることを想定していなかった。そのためベルトが完全にほどけてしまい、ドクター・ライアンの体はわたしたちが確認しにきたよりもずっと広い部位があらわになった。

　フロント係がヒイッと叫び、いったいなんの騒ぎかと振り返った例の年配の客は悲鳴をあげて大理石の床に倒れ、気絶した。

　アイダ・ベルとわたしは同時に茫然自失の状態から抜け出し、ガーティを助け起こしに駆けつけた。ガーティはいまやライアンのローブの裾をぎゅっと握りしめており、絶対に放そうとしなかった。見るからに慌てたライアンはローブを引っぱり、必死に体を隠そうとしながらガーティに放せと叫んでいた。わたしが彼女の体をつかむと、ガーティは何度かまばたきをしてから目を開け、上を見あげた。運の悪いことに、見あげた先にあったのはライアンの丸見えのアレで、彼女はフロント係の例にならってヒイッと叫んだ。

　ようやくガーティから解放されたライアンはローブをかき合わせるとエレベーターへと全力で駆けだした。いくらか落ち着きを取りもどしたフロント係はガーティをにらみつけた。「警察を呼びます」と彼女は言った。

「こちらは訴えるわ」ガーティがやり返した。「あんなところに鉢植えを置くなんて、ありえないでしょ。あたしは腰を骨折していたかもしれないのよ」

　アイダ・ベルがガーティに歩み寄った。「大丈夫かい？　もうチェックインしていたとは知らなかったよ」

　ガーティはばかばかしいと言うように手を振った。「こんなホテルに泊まるもんですか。人に危害を加える植物が置いてあったり、ロビーに裸の男がいたりするなんて。あたしをヒルトンに連れてってちょうだい」

アイダ・ベルはうなずくと、いまだに目がよく見えないらしいガーティを連れて玄関へと向かい、ホテルから出ていった。フロント係はいらだちと嫌悪感をあらわにしてわたしを見た。

「あとでまた来ます」わたしは言った。「男性のオールヌードを見るのは仕事のうちに入ってないんで。この件、セクハラで苦情を申し立てますから」

最後にもう一度フロントデスクをちらりと見ると、年配カップルの男性のほうがリベラーチェ（派手な衣装で知られたアメリカのピアニスト。一九一九―八七年）そっくりの女性を床から助け起こしているところだった。フロント係が宣言どおりに警察を呼ぶ前に、わたしは足早にホテルをあとにした。

外に出るとすぐに通りを渡ってアイダ・ベルとガーティから離れた。万が一ホテルから誰かが見ていたときのために。ビルの建ち並ぶ通りを次のブロックまで急ぎ足で歩き、次のブロックの端まで行ってから駐車場へと引き返した。わたしのほうが遠まわりをしたので、車にはアイダ・ベルとガーティが先に着いており、ガーティはウェットティッシュをひと箱使って顔から土汚れを落とそうとしているところだった。目のまわりから始めたらしく、いまは白黒逆のアライグマみたいになっている。運転はアイダ・ベルがすることになったのがせめてもだ。

「誰かに見られる前に早く出発しましょ」わたしは言った。

アイダ・ベルがギアを入れてアクセルを踏みこみ、タイヤをきしらせながら駐車場をあとにした。ハイウェイに入るまで、わたしは誰にも見られないよう後部座席で体を低くしていた。植木鉢の土とウェットティッシュのせいで、ガーティの顔は茶色の縞模様になっており、さながら三日間のジャングル・ツアーから帰ってきたところのように見えた。

「さて、計画したとおりにはいかなかったけど、善良なるドクター・ライアンはパンジーを絞め殺せたはずだってことが確認できたわ。手は充分大きかったし、怒りに駆られたら、ふだんの二倍か三倍の力が出たはずよ」

「あたしは手は見なかったわ」とガーティ。「でも彼、足は小さかった。足が小さい男についてよく言われることを、ここでくり返す必要はないわよね」

「ああ、ないよ」アイダ・ベルが賛成した。「じかに見たからね」

「あれは美容整形手術でも治せないんでしょうね」とガーティ。

アイダ・ベルがうなずいた。「でも、あんたがつかんだのがアレじゃなかったのはせめてもじゃないか」

ガーティは手で顔をあおいだ。「もう、考えただけで顔が熱くなるわ！　正面から見ちゃっただけでも嫌だったのに。目に土が入ってても、かなり衝撃的な光景だったわよ」

わたしは目を丸くした。職業柄、わたしはセックススキルの面で表彰されるほど豊富な経験は持たないけれど、ガーティがどれだけ年上かを考えると、あれほどたいしたことのないモノに衝撃を受けるなんて信じられなかった。

「でも、あの……まさか」わたしは言った。「ガーティも……その、過去に見たことはあるのよね？」

ガーティがむっとした顔でこちらを見た。「若いころにはいっぱい見てます。でも、顔にあれほど近いところでは長年見てなかったから。あなたもシンフルじゃいかに男性を選べないか、わかるぐらいはこの町に来て時間がたってるでしょ」

　わたしは笑った。ごもっとも。

「丸出しヌードの話は置いとくことにして」アイダ・ベルが言った。「困ったね」

　わたしの顔から笑みが消えた。「そうね。カーターにこの情報をつかませないと。できればドクター・ライアンと彼の大きな手がニューオーリンズを離れる前に」

　ガーティが目を丸くした。「きょうのこと、カーターに話すつもり？」

「まさか！」そんなことをしたら、どんな恐ろしい事態になるか想像もできない。「神さまがいるなら、きょうのことを知るのは、わたしたち三人とドクター・ライアン、フロント係――彼女にとっては一生トラウマになるでしょうね――それと、あの気絶した女性とその夫だけよ」

「あのちっこいばあさんが気絶するところを見られただけでも」アイダ・ベルが言った。「すべては無駄じゃなかったと言っていい。でも、あんたの言うとおりだ。カーターはあの日記帳の存在と、ドクター・ライアンが近くまで来てたってうさんくさい事実を知る必要がある」

「あの日記帳を、カーターのトラックか郵便受けにメモと一緒に置いてくるって手があるわ」ガーティが提案した。

　わたしはため息をついた。「そう単純にはいかないのよ。裁判であの日記帳を証拠にするには、どこからどうやって手に入れたかを誰かが証言する必要がある。この場合は、アリーが隠し場所を知っていて、日記帳を持ち出したと認めなければならないでしょうね」

ガーティが眉をつりあげた。「あなた、ほんとにたくさんテレビを観るようになったのね」

「そのおかげだったらよかったんだけど、残念ながらそういう法律上のこまごました決まりごとのせいで、司法省が追及できなかった案件がいくつかあったの。特にわたしみたいな人間が証拠を手に入れた場合に」

「証言することは許されるんだろう?」アイダ・ベルが訊いた。

「いいえ。CIAとしては、工作員が犯罪の証拠に遭遇するたび、有能なメンバーを失うわけにはいかないから。本来のミッションと関係ない犯罪のときはとりわけ。われわれは入手したものを渡して、犯罪を証明する手段がほかに見つかるよう期待するけど、それ以上できることはほとんどないの」

「癪(しゃく)にさわるわね」とガーティ。

「それにアリーを面倒な立場に立たせたくないわ」わたしはため息をついた。「今回のことはわたしの考えが足りなかったみたい」

「大丈夫よ」ガーティが言った。「きっと何か手があるわ」

わたしはうなずいたが、カーターのレーダー上にドクター・ライアンを浮上させるには、アリーが軽窃盗を自白するしかないとわかっていた。

篤い友情の基礎になる類いのことじゃない。

シンフルの手前八キロほどのところで、アイダ・ベルが車を路肩に寄せ、わたしは再突入のための位置――トランクのなか――に就いた。わたしが町を離れるところを誰かに見られるリスクは冒せなかったため、町を出るときと戻るときはトランクのなかに隠れることでアイダ・ベルたちと話がついていた。家までは十キロ程度の距離だから、そんなにたいへんなことじゃないと思えるだろう。わたしのような体型の人間にとっては特に。残念ながら、ガーティの年代ものキャデラックは古代ローマの剣闘士(グラディエーター)よりも多くの戦傷を負っており、独特な難題があった。

まず、トランクの底は半分ほどが錆びついていて、わたしは片側に留まっていなければ、錆びた部分を突き破って道路に落ちる危険があった。次に、トランクのドアに小さな問題があり……ほうっておくと開いてしまうのだ。最初、ガーティはバンパーにつないだバンジーコードでドアを固定していた。ところが、フロントバンパーを散々な状態にした例のリス事件から今朝までのあいだに、バックバンパーが完全になくなってしまうような何かが起きたようだった。

わたしの家に迎えにきたとき、トランクのドアはダクトテープで押さえてあった。でも簡略化のために、いまわたしはトランクの片側に身を丸め、ドアを閉じておく用のロープを握りしめている。シンフルまでのでこぼこ道を走りながら、車がこぶに乗るたび、トランクとロープとわたしは三十センチほど跳ねあがった。

トランクのなかですでに何時間もあちこちにぶつかりつづけている気がしていたとき、パトロールカーのサイレンが聞こえてきた。追われているのが自分たちでないように祈ったが、一秒ごとにサイレンが大きくなってくる。とうとう車が右側に寄ったかと思うと、ジャリジャリという音が聞こえ、アイダ・ベルが路肩に停車したのがわかった。

「とにかく冷静にね！」ガーティが大きな声で言った。

「わめくんじゃないよ！」アイダ・ベルがわめいた。

わたしはそろそろと前進し、壊れた鍵穴から外をのぞいた。最悪の予感が的中した――カーターがトラックから降り、キャデラックのほうへ歩いてくる。

「ごきげんよう、ご婦人方」彼は言った。「どこへ出かけていたのか、教えてもらえるかな？」

「教える気分じゃないね」アイダ・ベルが答えた。

「もう一度訊こう」とカーター。「どこへ出かけていたのか、教えてもらおうか」

「あんたには関係ないことだろ」アイダ・ベルが言った。

「そうよ」ガーティが口を挟む。「別に法律に違反してるわけじゃないし」

「さて、それはどうかな。なぜなら、この車はおそらくなんらかの法を犯しているはずだから。しかし、この車を停めたのは、あんたたちがミス・モローの失踪について知っているか、かかわっているか、その両方じゃないかと思ったからだ」

「フォーチュンが失踪？」アイダ・ベルの驚いたふりはみごとだった。

「エイリアンにさらわれたのかもしれないわね」ガーティがふたたび口を挟んだ。

「むしろ」ルブランク保安官助手は言った。「おれに嫌がらせをするのが楽しいらしい、老婦人ふたりに連れていかれたんじゃないかな」

「いったいなんの話かね」アイダ・ベルが言った。

「老婦人って誰のこと?」ガーティがやり返す。

やれやれ。

「それじゃ、何もたくらんでいないなら」ルブランク保安官助手は言葉を継いだ。「トランクを開けても問題はないだろうな」

「令状は持ってるのかい?」アイダ・ベルが訊いた。

いいぞ、その調子!

「必要かな?」ルブランク保安官助手は尋ねた。「令状がおりるのを待つあいだ、あんたたちをここに留め置いてもいいんだぞ。二時間ぐらいかかるかもしれないし、そのころにはおれたち三人とも、かなり腹が減ってるだろうな。トイレに行きたくなるのは言うまでもなく。しかし、そのほうがいいと言うなら……」

「なるほど」アイダ・ベルが言った。「でもポティート判事はカンクンに行くと嘘をついて脂肪吸引をしてもらいにいってる。ぜんぜん日焼けをしないで、体のゆさゆさがちょっと減って帰ってくるだろうから、誰でも嘘に気づくんじゃないかと思うけどね。オブリ判事はミシシッピの愛人の家に滞在中だけど、かみさんにはバトンルージュで開かれる法学会議に出席すると言ってある」

おみごと!

数秒間トランクに伝わってきたのは沈黙だけで、わたしはルブランク保安官助手の顔に浮かんでいるであろういらだちと動揺の表情を想像してにやりとした。

「いいだろう」とうとうルブランク保安官助手が言った。「ふたりとも帰っていい。だが、最後にひと言。ミス・モローをシンフルの外へ連れ出したことがわかったら、絶対にただじゃすまないからな」

「はいはい」アイダ・ベルはそう答えると、車を発進させた。

わたしは安堵のため息をついた。が、それは一秒早すぎた。

# 第17章

弱くなっていたトランクの床板が裂け、わたしは路肩へドサリと落下した。ついにトランクの底が抜けたことなどまったく気づいていないアイダ・ベルは、猛スピードで車を走らせ、わたしの上に砂利と土をまき散らした。

わたしは怪我をしないように両手で頭を抱えたが、すぐに上から影が差したのを感じた。見あげると頭にきているのが一目瞭然のルブランク保安官助手がそこにいた。

「あんたを留置場に入れるべきか、精神科病院に送るべきか、どっちだろうな」

いまこの瞬間は、わたし自身どちらが正解かわからなかった。

「複数の選択肢がある問い?」わたしは訊いた。「それなら三つ目の選択肢もあるのかしら?」

彼は手を差しのべて、わたしを立ちあがらせた。「ああ、選択肢3はおれがあんたたち三人を逮捕して留置場にぶちこむってやつだ。ポティート判事が秘密の脂肪吸引から復帰するか、オブリ判事の愛人が飽き飽きして判事を追い返してくるまでずっと」

後ろからキキーッというブレーキの音が聞こえたので振り返ると、キャデラックが停車し、すぐにバックしはじめるのが見えた。

ルブランク保安官助手はやれやれと首を振った。「これだけは言えるな——あのふたりは沈みかけた船を見捨てない」

一メートルほど離れたところに車を停めると、アイダ・ベルはガーティと一緒に車から飛びおり、わたしのところへ駆けつけた。ルブランク保安官助手はふたりを一瞥してから、ガーティの茶色い縞模様になった顔を二度見した。

「怪我はしなかったかい?」アイダ・ベルが訊き、ガーティがわたしのまわりを歩きながら腕をあげさせて怪我がないか検めた。

「大丈夫——ちょっと埃っぽくなってるけど」

「手から血が出てるじゃないの」ガーティが言い、わたしに見えるところまで手のひらを持ちあげた。

「ほんの擦り傷よ。すぐ治るわ」

「死んでたかもしれないんだぞ!」ルブランク保安官助手が怒鳴った。「アイダ・ベルがハイウェイを時速百キロで飛ばしてるあいだに、トランクから落ちたらどうなってたと思うんだ」

「あら」ガーティが言った。「あたしの車は時速百キロなんて十年以上出してないわよ」

ルブランク保安官助手は怒りの目つきになった。「時速三十キロだって、彼女は重傷を負ったかもしれないんだ」アイダ・ベルとガーティに向かって指を突きつける。「あんたたちふたりについては自殺願望があるか、分別をすっかりなくしたかのどちらかだと、とっくの昔にさじを投げていた。だがいまは啞然とさせられている。シンフルに来たばかりの人間を、どうやったらつぎつぎ悪ふざけに引っぱりこめるんだ」

「あら、そんなの簡単よ」とガーティ。

アイダ・ベルが彼女を肘でつついた。「あたしたちはマッドバグの骨董品屋へ出かけようってフォーチュンを誘っただけだよ」

「へえ、そうか」ルブランク保安官助手はほんのわずかも納得したように見えなかった。「それならどうしてこんなに汚れた顔をした人がいるんですかね」ガーティを指差す。

「ああいうお店って掃除が行き届いてないの」ガーティが言った。「棚のてっぺんにあったクッションに手を伸ばしたら、古ぼけたキルトの山と埃が一緒に降ってきたのよ。ウェットティッシュで拭きとろうとしたんだけど、筋になっちゃって」

ルブランク保安官助手は目をすがめた。「何も悪事をたくらんでいないなら、どうしてミス・モローはトランクに隠れていたのかな」

わたしは両手を宙に突きあげた。「あなたから町を離れるなと言われたからよ。でもわたしはアイスティーを使った身体的な攻撃を受けたり、間抜けからの言葉による攻撃を受けたりってことにもううんざりなの。間抜けがうじゃうじゃいるんだもの」

「まったくだ」

「フォーチュンの言うとおりよ」

アイダ・ベルとガーティが同時に言った。

「本当のことを言うと」ガーティがルブランク保安官助手に言った。「フォーチュンがシンフルから出たとあなたが知ったら、それもあたしたちと一緒にね、きっと大騒ぎする（ユア・パンティーズ・イン・ア・ワッド）ってわかっていたの。でもフォーチュンは絶対に町の外で息抜きしたほうがよかったし、あたしたちはそうさせてあげたってだけよ」

ルブランク保安官助手は眉をつりあげた。「おれのパンティだって？」

ガーティはどうでもいいと言うように手を振った。「ボクサーショーツ、ブリーフ……ふん、あなたはノーパンの可能性もあるのかしらね。このごろ流行（はや）ってるらしいから」

「へえ、そうか。それじゃ、その骨董品屋に電話をしたら、きょうあんたたちが来たって証言が得られるんだろうな」

「そんなこと、わかるわけないだろう」アイダ・ベルが言った。「ああいう店の店員は、売りものと同じぐらい年取ってるからね。向こうの記憶力は保証できないよ」

「あたしたちを逮捕か何かするつもり？」ガーティが訊いた。「それなら、マリーに電話をかけてライフタイム（〝女性のためのテレビ〟がキャッチフレーズのケーブルテレビ局）で放送される映画を録画しておいてもらわないと」

ルブランク保安官助手はわたしたちの顔をそれぞれ数秒間ずつ見つめた。しかし、彼が相手にしているのは訓練を受けたプロ一名と、わたしがこれまでに会ったなかで最も優秀な退役の嘘つき二名だ。ほんのわずかでもぼろを出したりしなかった。

とうとう、彼は勢いよく息を吐いた。「何をたくらんでるか、白状したほうが身のためだぞ。必ず突きとめてやるからな」

「あたしたちは息抜きをしてきただけさ」アイダ・ベルが言った。

ガーティがうなずく。「夏の青葉も楽しみながら」

わたしは噴き出しそうになるのをこらえ、うなずいた。

「負けたよ」彼は言った。「車に乗りこんでシンフルへ戻るんだ。三人とも座席に座って」まっすぐわたしを見る。「もう二度とシンフルを離れるな。今回のパンジーをめぐるごたごたが解決するまでは。わかったか?」

「了解」わたしはそう答えて車へ急いだ。

車が発進すると、わたしはルブランク保安官助手を振り返りながら確信した。いまの一件で、アリーにとっては事態がますます厄介になってしまった。


電話でアリーと連絡がつくまでに一時間かかった。彼女は緊張を緩める目的で釣りに出かけ、アリーの場合それはすなわちボートの上で居眠りするという意味だったので、スマホが鳴っても聞こえなかったのだ。パンジーの日記からわかったこととニューオーリンズへの遠征について短くかいつまんで話した。ドラマティックな詳細は省いて。

「本当に悪いと思ってるわ、アリー」わたしは言った。「あなたを巻きこむつもりはまったくなかったんだけど、法廷で証拠を認めさせる必要が出てきたら、ほかに方法はなさそうなの」

「いいのよ」アリーは言った。「最終的にはすべて明るみに出るとわかってたから」

「必ずそうなるというわけじゃないわ。法廷で争うことにならないかぎり、必要ないもの。ルブランク保安官助手と内密に話し合う段取りをしないと。どうしても必要になるまで、この件は伏せておいてくれるよう彼を説得できると思う」

「これ以上あなたが煩わされるようなことは避けたいの」アリーが反論した。「カーターには、何もかもあたしが考えたって言うわ」

「だめ。あなたにそんなことはさせられない」

「あら、あたしもあなたにそんなことをさせるつもりはないわ。あなたはすでに容疑者なんだし、結局のところ日記を盗んだのはあたしで、考えたのもあたしなんだから。協力者がいたなんて、カーターは知る必要なし」

「せめてわたしも一緒に行かせて。あなたひとりでカーターと話すなんてだめよ。だって、わたしのためにやってくれたことなんだから」

「どうかしら……あなたとあたしが保安官事務所に一緒に入っていって、カーターと話したいと言ったら、みんなに変だと思われるんじゃない？」

わたしは顔をしかめた。彼女の言うとおりだ。

「ちょっと待って」そう言って、アイダ・ベルとガーティに状況を説明した。

「雑貨店の奥の部屋にみんなで集まればいいさ」アイダ・ベルがすぐさま言った。「あたしがウォルターに電話をかけて、段取りするよ」

「不正行為のために場所を提供するなんて、ウォルターは嫌がらない？」〝みんなで〟の部分にはあえて反論しなかった。アイダ・ベルと議論しても無駄なだけだ。

「しょっちゅうやってることだからね」アイダ・ベルは言い、携帯でウォルターの番号にタッチした。

アイダ・ベルがウォルターの店で日常的にどんな不正行為を行っているのかは知りたいとも思わなかった。そこで、彼女が電話を終えるのをただ待った。

「いますぐ来ていいってさ」アイダ・ベルが言った。「アリーにボートで行って、裏口から入るように指示しな。あたしたちは正面から入ればいい。両方そろったら、ウォルターがカーターに電話する」

「全部聞こえた？」わたしはアリーに訊いた。

「ええ。そっちへ向かうわ。日記帳を忘れずに持ってきて」

「わかった」わたしは電話を切った。「ガーティ、あなたのバッグ、雑貨店まで日記帳の重みに耐えられそう？」

「寿命は残りわずかだけど、なんとかもつと思うわ」

「よかった。それじゃあなたの車にもう一回乗せて。マージのジープは覆いがないでしょ。雑貨店まで行く途中、また頭のいかれた住民に襲撃される危険は冒したくないの」

ガーティがバッグに日記帳を突っこむと、わたしたちは出発した。

ウォルターの店にはこちらが先に着いた。何も訊かれずに奥の部屋へ案内されたので、わたしの好奇心は頂点に達した。彼は言った。「カーターに電話するときは言ってくれ」

ウォルターが出ていくと、わたしはアイダ・ベルを見た。

「わたしたちがここでこんなふうに集まる理由を、彼は尋ねないの？」

「当たり前じゃないか」とアイダ・ベル。「あたしたちが何をたくらんでるかは知らないほうが身のためだ。そうウォルターはとっくの昔に学んだんだよ」

ガーティもうなずいた。「知ってると、証言を求められるかもしれないものね」

「ぜひ教えてほしいんだけど、人が証言を求められるようなことに、あなたたちふたりはどれくらい頻繁にかかわってるの？」

「さあ、数字はよくわからないねえ」アイダ・ベルが曖昧に答えた。

「週に一度かそれ以上ね」とガーティ。「密造酒を咳止めシロップとして売ってるのを入れると、毎日ってことになるわ」

「でもウォルターはお店で咳止めシロップを売ってるわよね」わたしは指摘した。

「ええ、でも彼は一度も飲んだことがないの」ガーティが言った。「それなら、いつでも知らなかったって答えられるでしょ」

アイダ・ベルがうなずいた。「知らぬ存ぜぬはシンプルじゃ便利な手なんだ」

わたしはあきれて首を振った。「ふたりとも、ワシントンへ行けばいいのに。あっちの人たちと互角に闘えるわよ」

アイダ・ベルが手を振って一蹴した。「政治家なんて退屈なだけだ。たいていは平均程度の知能しかないし、そこまでいかないやつもいるからね。それに何に衝き動かされているかって言えば私利私欲。作り笑いを見れば弱点がわかるような人間なんて、相手にしてもおもしろくもなんともありゃしない」

彼女の言うことには一理ある。

ドアが開いてアリーが入ってきた。ウォルターが彼女の後ろから首だけなかに突っこんだ。

「電話をかけてもいいか?」

「いいわ」わたしは答えた。先延ばししたところで意味はない。

ウォルターが頭を引っこめていなくなると、ガーティがバッグから日記帳を取り出し、アリーに渡した。

「本当に準備はできてる?」ガーティが訊いた。「先にあたしたちで話を合わせておく必要はない?」

「ないわ!」アリーが言った。「カーターにはあなたたちが協力してくれたことも話す気はないもの。みんなそろって面倒に巻きこまれたって意味ないでしょ」

「でも——」わたしは言いかけた。

「議論はなし」とアリー。

わたしはにやりと笑った。「こんなに強引なあなた、初めて見る気がする」

アリーもにやりと笑った。「あなたはあたしと母の口喧嘩を見たことないものね——母がケアハウスに移る前は特に激しかったのよ」

「アリーのお母さんは本当に扱いにくい人だから」ガーティが言った。「あたしたち、よく言ってたのよ、アリーのお父さんは彼女から逃れるために死んだんだってね。彼女が簡単に追いかけていけない場所はあそこだけですもの。ごめんなさいね、アリー」

アリーは声をあげて笑った。「その話を聞くのはこれが初めてじゃないし、残念ながら、みんなに賛成せざるをえないし。父は本当に人のいい、おとなしくて静かな人だった。父がなぜ母と結婚したのか、いまも不思議。あらゆる点で正反対な人たちだったから」

アリーの顔が曇った。「きょう母と電話で話したの。元町長夫人が母のお見舞いに来てくれたんですって。葬儀に出席するつもりはないと言ってたそうよ」

「うわ」わたしは言った。「姪の葬儀にも来ないくらいなら、町長のことを本当に恨んでるのね」

「理由は言ってたって?」ガーティが尋ねた。

アリーは首を横に振った。「言ったとしたら、母が黙ってることにしたのね。あたしは実の姉妹にどうしてそんなことができるんだろうって、単刀直入に訊いたの。母は、たとえ礼儀上は必要でも、この世にはどうしてもつらくて向き合えないこともあるんだって答えた」

「いまだに傷が癒えないほど町長を深く愛していたとは信じられないがね」アイダ・ベルが言った。

「あの男の財産をどっさり持っていったことを考えるととりわけ」とガーティ。「とはいえ、彼女は昔から変わり種だったわ。その意味ではシーリアとそっくり」

「ああいう人がふたりもいるなんてすてき」わたしは言った。

「シーッ」アイダ・ベルが言った。「カーターが来たんじゃないかね……うん、絶対にあいつだよ」

「さ、いよいよ」ガーティがアリーのほうを向いた。「深呼吸を二回して集中しなさい。答えたくないことを訊かれたら、混乱したふりをするの。必ずうまくいくから」

アイダ・ベルがぐるりと目玉をまわした。「それがうまくいくのは、あんたの場合カーターからうすのろと思われてるからだ。アリーに同じ手加減はしないだろうよ」

「手加減なんて必要ないわ」アリーが言った。「真実は最良の防御だもの」

アイダ・ベルはため息をついた。「ああ、もういっぺん若くなりたいねえ」

ドアがぱっと開いたので、わたしたちは全員勢いよく振り返った。カーターが部屋に一歩足を踏み入れるや、顔をしかめた。

「勘弁してくれ。嫌な予感しかしないぞ」

そう言ってから、彼はアリーの顔を見てため息をついた。「あんたまで引っぱりこまれたって言うのか？　がっかりもいいところだ」

ガーティが口を開きかけたが、アリーが足を踏んで黙らせ、カーターにじりじりと近づいた。

「実を言うと、あたしがこの人たちを引っぱりこんだの」

カーターは眉を片方つりあげた。「いい話じゃなかったら許さないぞ」

「よくはないけど、あなたの捜査に関係あることよ」アリーはそう答えてから、高校時代にパンジーがつけていた格づけリストと寝室のクロゼット内の隠し場所についてカーターに話した。

「そんなわけで」アリーは先を続けた。「パンジーはパンジーだから、たぶん格づけリストをいまもつけているだろう、ロスから持ってきていたら、それは彼女を殺したいと思うかもしれない人のリストとして使えるだろうと考えたの」

「セックス・テクニックを採点されたからって、なんでパンジーを殺したいと思う？」カーターが訊いた。「そもそもどうして格づけリストのことがそいつに知れるんだ？」

「リストのことは知らないと思うわ。でも思い出してみて、パンジーは〝決まった相手がいる〟人を専門にしてたでしょ」

「ああ。だからそのうちのひとりが、パンジーに暴露されるのを恐れたかもしれないと、あんたは考えたわけか？」

「あなたがパンジーと寝たことがあったら、恐れなかった？」

カーターはぞっとした表情を浮かべたので、わたしのなかで彼の評価がほんの少しあがった。

「恐れたな」

「そんなわけで、恐ろしくなった男か、怒りに駆られた妻が第一容疑者になると考えたの」

カーターはため息をついた。「なるほど。それに別の容疑者が出てくれば、ミス・モローは逮捕されないかもしれないしな。シンフルのやかましい一部住民のあいだで、いま盛んに求められていることだが」

アリーはうなずいた。「フォーチュンにはパンジーを殺す理由なんてないし、あたしは彼女がやったなんて、これっぽっちも信じない。でも、なかにはフォーチュンが留置場に入れられないかぎり安心できないって人もいる」

カーターが眉をひそめた。「あんたたちは本気でおれをそこまでばかだと思ってるのか？リンチを求める連中に仕事のやり方を指図されるような？」

「いいや」アイダ・ベルが言った。「だが真犯人を早く見つけないと、あんたが失職する可能性がある。リンチを求める集団の制御がきかなくなる前にね」

カーターの表情は変化しなかったが、あごがわずかにぴくっと動いたのを見てわかった。その事実に彼はすでに気づいていたのだ。認める気はないようだけど。

「とにかく」アリーが言った。「こんな話をしたのは、あたしがシーリアおばさんの家に行って、葬儀のときパンジーに着せる服を一緒に選びたいってふりをしたからなの。クロゼットに入って、パンジーがリストをそこに隠してたかどうか調べるために。結果は、隠してた」カーターに日記帳を差し出す。

それを受けとると、彼はわたしとアイダ・ベルとガーティの顔を見た。「で、あんたたち三人はこの件にまったくかかわっていないと、信じろって言うのか？」

アリーがこちらを向いてにらんだので、わたしたちはこのうえなくとぼけた顔をした。カーターは信じるほどばかではなかったものの、今回も証拠はなかった。

「そういうわけだから、窃盗の罪であたしを逮捕する必要があれば」アリーが言った。「逮捕してちょうだい。抵抗はしないわ」

「逮捕はしない」とカーター。「いまはまだ。しかし、裁判になったら、自分がどういう立場に立たされるか、わかってるのか？　おれに話して、おれに日記帳を探させればよかったじゃないか」

アリーおばさんは首を横に振った。「こんなものが存在することをうすうすとでも勘づいたら、シーリアおばさんは燃やしてしまったはずよ」

「娘を殺した犯人の証拠を隠滅することになってもか？」カーターが訊いた。

「おばさんは嫌な人だけど、現実的な人だもの。何をしてもパンジーを生き返らせることはできないいっぽう、こういうものはコミュニティにおけるシーリアおばさんの立場を永久に傷つけることになる。パンジーがどんな人間だったかは誰でも知ってるけど、ゴシップであるかぎり、おばさんはそれを無視できるし、誰もおばさんの前でその話を持ち出したりしない」

カーターは何も言わなかったが、アリーのおば分析に異論はない様子だった。

「自分のしたことを後悔はしてないわ」とアリー。「もし最初からやり直す必要があったら、同じことをすると思う。法廷で真実を話すのに不都合はないし——この告白についても、実際にとった行動についても。シンフルの住民もそろそろ現実と向き合って、間違った礼儀正しさからものを言うのはやめるべきよ」

「ブラヴォー！」ガーティが手を叩きだした。

カーターの唇がひくついたのは、にやりとしてしまわないよう懸命に努力していたからにちがいない。わたしはそんな努力をしようとも思わなかった。カーターはアリーからわたしたちへと目を向けた。

「となると、大いに疑問なのは」彼は言った。「計画も盗みもアリーがひとりでやったというなら、この告白にどうして三人が立ち会っているのかって点だな」

「それはね、アリーがいま話したことと一致する情報を、あたしたちが偶然手に入れたからだよ」アイダ・ベルが言った。

「情報ってどんな?」カーターが尋ねた。

「パンジーは巨額の税金を滞納してたんだ。エスコートサービスで稼いだ金のね——請求金額からすると、ものすごく高報酬の仕事だったようだ」

「で、そんなことを具体的にはどうやって突きとめたんだ?」カーターの耳が赤くなりはじめた。

「答えるつもりはないよ」とアイダ・ベル。「だが国税庁に問い合わせれば、すべて確認できるはずだ。エスコートサービス云々は日記に書いてあるしね」

「この日記を読んだのか?」驚きの声をあげたカーターは、怒りを爆発させる寸前だった。

「〝捜査に首を突っこむな〟って警告のどこがあんたたち三人には理解できないんだ?」

「そのくだらない日記に、事件と関係あることが何も書いてなかったら、あんたに渡したってしかたないだろう」とアイダ・ベル。「意味もないのに、アリーに盗みを告白させたりするもんかね」

カーターは天井を見あげて息をフーッと吐いた。祈っているのか、十まで数えているのか。ようやく、彼は目を戻した。「つまり、ひそかに自白する場を設けたってことは、日記には留置場にぶちこまれてもいいと思えるようなことが書いてあったって意味だな?」

アイダ・ベルはうなずいた。「パンジーの得意客のひとりは美容整形医でね、そのうえ先週の金曜日からニューオーリンズに滞在してるんだよ。クリニックの受付係は学会に出席するためだと思ってるが、この週末、ニューオーリンズじゃいかなる種類の医学会議も開かれてない」

「すごく怪しいでしょう」ガーティが口を挟んだ。

カーターは目をすがめた。「さっきはニューオーリンズから帰ってきたところだったんだな」

アイダ・ベルがぐるりと目をまわした。「ニューオーリンズからなんて帰ってきてないよ。行き先はさっき言ったじゃないか」

「へえ、そうか。それじゃ、アリーがこの日記を手に入れ、あんたたち三人に渡し、あんたたちはそれを読んでから、骨董屋めぐりに出かけた。そう信じろって言うのか?」

「そうさ」アイダ・ベルが答えた。「まさにそのとおりだよ」

「ほかには何もしなかったのか?」カーターはほんの少しも信じていなかった。

「途中でホットドッグを食べたわ」ガーティが言った。「セブンイレブンのおっきいやつね。その話はしてなかったと思うけど。あたしはストロベリーソーダを飲んで〈レイズ〉のポテトチップも食べたわ。チョコバーも食べたかったんだけど、誰かさんがあたしの健康状態についてあれこれ言うからやめたの」

「あたしはヨーグルトとミネラルウォーターにしたよ」とアイダ・ベル。

「わたしは――」とわたしがふたりに続こうとしたところ、カーターに片手をあげて止められた。

「興味ない」彼は言った。「あんたたちの口から出ることの半分はたわごとだ。残りの半分は嘘。これからおれがどうするつもりか教えてやろう。あんたたち三人をひと晩留置場へぶちこむ。そうしたら、今後は法執行機関の役人からの直接命令に、安易に刃向かったりしなくなるかもしれないからな」

# 第18章

「罪状はなんだい?」アイダ・ベルが腰に手を置き、カーターをにらみつけた。

カーターはにっこり笑った。「罪状なんてなくても、事情聴取のために留置することはできる」

「無期限にはできないよ」アイダ・ベルが反論した。

「そうだな。しかし、おれがひと晩ぐっすり眠って、丸一日しっかり捜査をするあいだは留め置いておける。あんたたち三人の追跡に時間を取られないように」カーターはドアのほうに手を振った。「お先にどうぞ」

　ガーティが目を見張った。「でもアイダ・ベルとあたしは今晩〈ウォーキング・デッド〉のマラソン視聴をしなくちゃ」

「独房でウォーキング・デッドごっこをすればいいんじゃないか」とカーターは言った。

「あたしたちの年を考えると」アイダ・ベルが冷ややかに言った。「それは皮肉にならないね」

「好きなように受けとってくれ」カーターは言った。「二番の独房でじっくり考えればいい。一番にはジュニア・ペトリが入ってて、二日間飲んだくれた酔いを醒まそうとしてるところだからな」

　反論にしろ議論にしろ、この窮地を脱するのに必要なことが始まるのをわたしは待った。ところが、出会って以来初めて、アイダ・ベルとガーティは何も思いつけないようだった。ふたりともただうなずき、ドアに向かって歩きだした。わたしはため息をついて彼女たちのあとに続いた。

　アイダ・ベルがドアノブをつかもうとしたとき、カーターの携帯が鳴った。彼が電話に出るとすぐ、いい知らせではないことがわかった。

「なんだって――冗談だろう！」

　彼はポケットに携帯を突っこんだ。「あんたたち、窮地を脱したみたいだな。どうやら保安官事務所の空調に火がついたらしい」

　次の瞬間、確かに消防車のサイレンが聞こえてきた。

「なんてこと」ガーティが言った。「どうして火がついたの？」

カーターが薄ら笑いを浮かべた。「いまおれの目の前にいなかったら、まずあんたたち三人を疑っただろうな。リー保安官はアライグマのしわざと考えている」

わたしは眉をひそめた。「ここではアライグマにライターを持たせてるの？」

「それは月曜日だけよ」ガーティが言って、わたしの腕をポンポンと叩いた。

「何が原因にしろ」カーターが言った。「空調が使えなきゃ、六月にあんたたちをあそこに留め置くわけにいかない。今回もまんまと逃げることに成功したようだな。しかし、これが最後の警告だ——ひとりでもまた捜査に首を突っこんだら、全員が汗のかきすぎで死ぬことになろうとも、犯人をつかまえられるまで、あんたたちは留置場暮らしだからな」

アリーに指を突きつける。「あんたもだ。こんなに失望させられるとは思いもしなかった。昔からもっと賢い人間だと信じてたからな。こういう仲間とつるんでいいものかどうか、よく考えてみろ。自由か寿命か、その両方ともかを失うことになりかねないぞ」

くるりと背中を向けると、彼はのしのしと部屋から出ていった。残された全員が顔を見合わせ、わたしは留置場に入れてやると言われてからずっと凝らしていた息を吐き出した。留置場に入れられれば、法的な事務処理は避けられない。どこかに姪の名前が突然浮上してきたら、モロー長官はかんかんになり、わたしは中西部のどこかでハンバーグをひっくり返す生活になっていただろう。

「うまくいったわね」とわたしは言った。

アリーは眉をひそめた。「カーターったら、人に助けてもらっておきながら、いつもあんなに不機嫌になるの？　あたしたちは第一容疑者を教えてあげたんだし、もうちょっと感謝されてもいいはずよ」

アイダ・ベルが声をあげて笑った。「そういう考え方を忘れないようにしな、アリー。あたしたち三人と一緒にカーターの不動のブラックリストに載れるよ」

アリーがにっと笑った。「いい仲間と一緒に載れることは確かでしょ」

「そのとおり」ガーティがそう言って、アリーとハイタッチをした。

「あなたに借りができたわ——ものすごく大きな」わたしはアリーに言った。

「借りなんてぜんぜん」彼女は言った。「友達ってこういうときのためにいるものでしょ」

わたしはほほえんだ。まだ信じられない思いがする。首に賞金を賭けられ、偽名を使ってルイジアナくんだりまで来てようやく、友達と呼ぶに値する人たちに会えたなんて。

「フォルジャーズ・コーヒーの宣伝みたいな幸せな空気をぶち壊したくないんだけどね」とアイダ・ベル。「アリーは誰かに見られないうちにここから出る必要がある。最終的には証言台に立つことになるかもしれないけど、それが現実になるまでは、あんた、シーリアと敵対しないほうがいいから」

アリーはうなずき、わたしの体に腕をまわしたかと思うとぎゅっとハグをしたので、こちらはびっくりした。「あたしたちであなたを救ってみせるから」そうささやくと、彼女はアイダ・ベルとガーティに手を振り、部屋からするりと出て裏口へ向かった。

「なんていい娘かしら」ガーティは言い、感動で鼻を詰まらせた。「あたしに娘がいたら、アリーみたいな娘がよかったわ」

「あたしはやめとくよ」とアイダ・ベル。「あの感じのよさがすっかり剝がれ落ちる可能性もある。そんなことになったら耐えられないからね」

ガーティが目玉をぐるりとした。「ホラーだわね」

わたしはにやりとした。「帰りましょ。まだ髪に小砂利が絡まっててむずむずするの」

アイダ・ベルが部屋の外をのぞいた。「誰もいないよ」

わたしたちはそそくさと部屋を出て、店の売り場に入った。ちょうどそのとき、ウォルターが両手をぼろきれで拭きつつ裏口から戻ってきた。

「船着き場でちょいと手間取ってな」彼は言った。

「火事は見えた?」わたしは訊いた。

ウォルターは眉をつりあげた。「なんだかうるさかったのはそのせいか?」

「ええ」わたしは答えた。「どうやらアライグマのせいで保安官事務所の空調に火がついちゃったらしいの。驚きだわ。ここから二軒ぐらいしか離れてないのに、あなたが騒動に気づかなかったなんて」

ウォルターは眉を寄せた。「何かが燃えるにおいはしたんだが、焦げくさいにおいはときどきするんでね、サミーが獣皮をいぶすときに」

ゲッ。わたしはたじろいだ。

「奥の部屋を使わせてくれてありがとう。あなたを巻きこんじゃってごめんなさい」

ウォルターは一瞬ためらってから、わたしの手を握った。「おれは鍵を開けて電話を一本かけただけだ」

「それでも、感謝するわ」わたしは言った。

アイダ・ベルとガーティはウォルターに手を振り、わたしたちはそろって店の玄関に向かった。前髪を払おうと手をあげたとき、嗅ぎ覚えのあるにおいが漂った。わたしは手を――ウォルターと握手したほうの手だ――鼻に近づけ、くんくんと嗅いだ。

ガソリン！

勢いよく振り返ってウォルターの顔をまじまじと見ると、彼はウィンクをしてから商品の補充を再開した。ガーティの車に乗りこむまで待ってから、わたしは驚きの声をあげた。「信じられない。ウォルターが空調に火をつけたのよ」

ガーティもアイダ・ベルも、ほんの少しも驚いたそぶりを見せなかった。

わたしはふたりを見つめた。「知ってたの？」

「そんなことじゃないかとは思ってたわ」ガーティが助手席からこちらを振り返って言った。

「でも、カーターがわたしたちを逮捕しようとしてるって、ウォルターにはわかるはずなかったわよね？」

「ウォルターはあの倉庫部屋の電話をスピーカーにしてたんだよ」アイダ・ベルが言った。

「だからあたしたちの会話を聞くことができた。あの部屋に入るとすぐ、あたしはスピーカーのライトに気がついてね」

「あなたが頼んだの？」

アイダ・ベルはかぶりを振り、キャデラックを発進させた。「そんなこと頼むわけないだろう。ウォルターが聞いてるのをあたしが知ってたら、向こうはこの件に関して知らぬ存ぜぬを通せなくなる」

「アイダ・ベルはね、ウォルターに借りを作りたくないの」ガーティにそう説明されると、こちらのほうがわたしには納得しやすかった。

「でも、アイダ・ベルのためじゃないなら、どうして彼は放火したりしたの？」わたしはすっかり困惑していた。

ガーティは口をとがらせた。「興味を惹かれるところよね。確かなことはわからないけど、ウォルターはあなたが気に入っていて、心配だったんだと思うわ」

「誰かを気に入ったら、パンクしたタイヤの交換を手伝ったり、食べものの差し入れをしたりするものでしょ」わたしは言った。「そういう行為と、罪に問われるようないたずらのあいだには大きな隔たりがあるわ」

ガーティはうなずいた。「思うに、あなたは彼に誰かを思い出させるんじゃないかしら」アイダ・ベルを頭で指す。

「あ」わたしはシートにもたれた。奇妙なことに、納得がいった。

さっきガーティはもし娘を産んでいたなら、アリーのような娘がよかったと言った。そのときは考えなかったけれど、もしアイダ・ベルが娘を産んでいたら、その娘はどちらかというとわたしみたいな娘になっていたんじゃないだろうか。

ウォルターを巻きこまずにすめばよかったと思いながらも、おなかの底がほのかに明るく温かくなるような感じがした。わたしのことを心配してくれる人——頼まれたわけでも、見返りを約束されたわけでもないのに助けようとしてくれる人がいるのはすてきなことだ。

わたしはほほえみ、心のなかで祈った。自分のおじがダークサイドに協力していることを、カーターが突きとめたりしませんように。

わたしはお湯が出なくなるまでシャワーを浴び、そのあとも十分間、冷たい水の下に立っていた。疲れきった心と体に活を入れようとして。信じられないほど長い一日だったが、こんなに早く寝てしまったら、真夜中に目が覚めるのは確実だったし、それは避けたかった。外が暗くなってからのほうが時間がのろのろ過ぎるように感じる。それにすべてが殺伐として見える。ゆっくりと気持ちが落ちこんでいく。

どうしてそんなふうに感じるかはわかっていた。人から言われるほど、わたしは感情と無縁なわけじゃない。ただ、それをまるで一枚の服のように表にまとうことがないだけだ。それにひたることも。善意の人々はときどきそうするよう勧めるけれど。〝痛みを抱えたまま過ごしてみなさい〟〝記憶のなかから自分の中心を見つけだせ〟〝薬を服みなさい〟

誰と話すかにもよるけれど——善意の同僚、ＣＩＡの精神科医、あるいは諜報活動にかかわるニューエイジ信奉者——みんながわたしは自分の感情について、いままでとは異なるアプローチを取るべきだと考えるようだった。わたしはいつも抵抗する。大人になってからというもの、これまでのやり方でうまくやってこられた。

少なくともわたしはうまくやってこられたと思っている。

ところがシンフルに来て以来、疑問が頭をもたげはじめた。この職業とそのために必要とされるライフスタイルのせいで、わたしは感情面で決まりきった型から抜け出せなくなっているのではないかと。仕事上の成功を自分はよくやっているという証にしてばかりで。でも決して人に話せないミッションをいくつも達成したということ以外、わたしの人生には何もないのではないか?

ヨガパンツとTシャツを着て裸足のまま、夕食を用意しに一階におりた。火事にでもならないかぎり、今夜は家にいる予定だし、少しは眠るつもりだった。居間を抜ける途中、夕闇迫る戸外に目をやった。リー保安官が馬に乗って向かいの家に——悪くすればこの家の前庭に——いたりするだろうかと思いながら。

目をすがめずにいられなかった。わたしは間違いなく監視されている。しかし、いたのは馬でもなければ、リー保安官でもなかった。勢いよく玄関ドアを開けると、わたしはカーターのトラックに向かって私道をのしのしと歩きだした。通りを渡ってくるわたしに気づいて、カーターは読んでいた書類をおろすと助手席に置いてあったファイルフォルダーに突っこんだ。

「本気?」わたしは訊いた。「さっきアイダ・ベルたちと一緒に逮捕できなかったから、今夜ひと晩わたしに対してストーカー行為をするつもり?」
「法執行機関が行う場合は監視だ」カーターがむっとした顔で答えた。
「捜査中の犯罪についてわたしは無罪だし、あなたもそれを知ってるんだから、議論の余地があるわね」

彼はため息をついたが、何も言わなかった。よく見ると、カーターがこちらよりも疲れているのがわかったし、それも当然だった。何日も二十四時間休みなしで働いているのに、殺人犯は野放しのまま、シンフル住民の半分はわたしが逮捕されないことに怒っていて、彼はかなりの時間をわたしとアイダ・ベル、そしてガーティを追っかけまわすことに浪費させられている。それ以外の時間に捜査を行っているのは言うまでもない。

カーターの立場に思わず感情移入してしまった。現場に出ているときのわたしは、彼と同じような経験を何度もしている。ミッションは短期で終わる場合もあれば、まともに食事も睡眠もとれないまま、終わりが見えない場合もある。ミッションから戻るたび、回復には何週間もかかる。

「おなか空いてる?」わたしは訊いた。
「なんだって?」カーターは当惑した顔になったが、たぶんこちらの質問が奇妙だったからだろう。
「夕食はすませたの?」

彼はコーヒーと食べかけのプロテインバーを持ちあげたので、わたしの感情移入はいっそう深まった。

「フランシーンのカフェのチキンキャセロールを温めるところなの。なかに入って、少しまともな料理を食べていったら？」

ちらりと残念そうな表情を浮かべてから、カーターは首を横に振った。「それは適切じゃない」

「どうして？　あなたがここにいるのは、わたしが人を殺してまわったりしないことを確認するためでしょう？　あなたがうちのキッチンに座ってれば、わたしが殺そうとできるのはあなただけ。それにシンフルの立派な住民たちは、あなたがわたしを尋問するか家宅捜索をしているんだと考えて、仕事ぶりに理解を示してくれるかもよ」

カーターは首をかしげ、わたしの顔を数秒間観察した。

「何をたくらんでる？」ようやくそう尋ねた。

わたしは両手を宙にあげた。「親切心から言ってるだけかもしれないでしょ。あなたたちが信じてるのとは違って、わたしはとても気立てのいい人間になれるの。ひょっとしたら同情してるのかもしれないわね。ある意味、あなたはわたしに劣らずまずい立場に追いこまれてるから。どちらもそんないわれは何ひとつないのに。あるいはチキンキャセロールを少し食べてもらえなかったら、ひとりで全部食べきって、そのカロリーを消費するのにこれから十年間走らなきゃならなくなるせいかもしれない」

ちょっとのあいだカーターの唇がひくひく震えていたが、ついに彼の顔から笑みがこぼれた。

「住民は、おれがついに北部人犯罪者の取り調べに着手したと考えるかもしれないな」

「ほら、誰もが得するプランでしょ」

　カーターはドアを開け、ファイルフォルダーを脇の下に挟んで車から降りた。トラックにさえ残していこうとしないなら、パンジーのファイルにちがいない。わたしが彼をキッチンへと誘いこみ、その間(かん)にアイダ・ベルとガーティにファイルを盗ませようとするのではないかと考えた可能性ももちろんある。正直言って、ちらっとだが、そうしようかと思った。でも、そうしたらわたしは口で言うよりもちょっとだけいい人間ではなくなってしまう。

　彼の先に立って家に入るとキッチンへ行き、ブレックファスト・テーブルに座るよう言った。コーナーチェアに腰をおろしたカーターは、テーブルの上にファイルを置いた。

「ビールを飲む?」わたしは訊いた。

「このうえなくそそられるが、いまは飲めない」

「そうだった、仕事中だものね。ソーダ水にする?　それともアイスティー?」

「ルートビアなんてないよな」十歳児みたいな期待のこもった表情で、彼は言った。

「実を言うと、わたしの一番好きな飲みものなの。雑貨店にあった二リットル瓶四本を買い占めてきたわ」冷蔵庫からルートビアを出し、背の高いグラスふたつに注いだ。

　カーターはルートビアをごくごくと飲み、窓の外に目をやると、曲がりくねりながらゆっくりとメキシコ湾へ向かう濁ったバイユーを眺めた。わたしはチキンキャセロールを取り出し、大きくふた切れ切り分けてから、温めるためにオーブントースターに入れた。

「あのな」窓の外を見つめたまま、カーターが言った。「シンフルみたいな場所で育つと、あるいは訪ねるだけでもいいが、恐ろしいことが起こるなんて考えもしないものだ」

窓から目を戻し、ちょうど彼の向かいに腰をおろしたわたしを見た。「そりゃ、自然は手強いし、だからハリケーンやトルネードが襲ってくる。それにこのあたりの人間が就く仕事は、多くが危険な要素を含んでる。だが、そういうことはすべて日常生活の一部だ」

「でも殺人は違う」わたしは静かに言った。

「ふだんはな」

わたしはうなずいた。「着いた日に、町を歩きながらこう思ったのを覚えてるわ。ここで何かが殺されるのは、食べものとして用いて、そのあと剝製にするためだけだろうって」

「あるいは殻を取って焼くためか」カーターは小さくほほえんだ。「ああ、昔はそうだった」

「どうして変わったんだと思う？」

カーターは肩をすくめた。「単純な答えは時が流れたってことだろうな。人は前よりも残酷になった——十年前だったらショックを受けたようなことに鈍感になった——昔なら隠されたままだった暗い秘密が、表沙汰になるようになってきた」

「つまり、何十年も前は南部式作法のせいで他人のことを穿鑿（せんさく）しなかったのが、いまは問題行動を隠蔽したり、見て見ぬふりをしたりすることもなくなってきたって言うの？」

「ああ、かなりな」

「それじゃ、あなたはパンジーがとうとう過去のつけを払わされたと考えるわけ？」

「捜査中の案件について話すことはできない。とりわけ容疑者のひとりに対しては」

わたしは目をぐるりとまわした。「いまのはイエスって意味よね。ドクター・ライアンのことは確認した？」

カーターはため息をついた。「質問をやめる気はないんだろうな」

「だって、わたしの自由がかかってるんだから。質問したって責められないでしょ」

眉を寄せて、彼はちょっとのあいだわたしを見つめていた。「ああ。おれがあんたの立場だったら、やっぱり質問しただろう。だから、骨を投げてやるよ。おれの要請でニューオーリンズ市警がドクター・ライアンを勾留した。あすの午前中、向こうに行って尋問してくる予定だ。しかし、たいしたことは聞き出せないだろうな」

「どうして？」

「ホテルを出るより先に弁護士を要求したそうだ」

オーブントースターのブザーが鳴ったので、わたしはチキンキャセロールを取りに立ちあがった。ライアンが弁護士をつけたのは少しも意外じゃない。彼の立場で彼の財力があったら、わたしもそうしただろう。でも、ライアンが殺人容疑で勾留されているかぎり、カーターは問題なく彼の通話記録を見られるだろう。

わたしは料理を載せた皿をそれぞれの席の前に置き、もう一度カーターの前に腰をおろした。チキンキャセロールはひと口食べただけでため息が出た。

「ここにずっと住んでたら、貨物用トレーラーに乗せて移動させられることになりそう」

カーターが笑顔になった。「フランシーンはすばらしい才能の持ち主だ」

「アリーもよ。彼女が二日前に作ったピーチ・コブラーを食べてみて」

「コブラーはおれの好物のひとつだ」カーターはチキンキャセロールをもうひと口食べた。

「あんたとアリーが友達になるとはな。想像もしなかったよ」

「どうして？」

「ひとつにはあんたが元ミスコン女王で、アリーはパンジーとのあいだにいわくがあったからだ。アリーは社交的だが、たいていの司書はあんたより内向的だってことも理由だな」

「それにわたしがメイソン＝ディクソン線（ペンシルベニア州とメリーランド州の境界線で、北部と南部の境目と見なされている）よりも北から来た人間だから？」

カーターはにやりとした。「それもある」

「ミスコン女王の件はね、母の誇張が入ってるのよ」わたしはいつもの作り話をカーターにした。「あれは母の夢で、わたしの夢じゃなかったの。内向的な人間っていうのは確かに当たってる。人ってしゃべってるといらいらさせられるし、しゃべってないときもたまにそういうことがあるから」

「そんなことを言っても、シンフルに足を踏み入れたその日から、アイダ・ベルとガーティ――つまりこの町で一番、人に悪い影響を与えるふたりとつるんでるよな」

「そうだけど、ふたりはわたしの助けを必要としてたから。〝このふたりのおばあさんはいい人たちだし、その友達が殺人罪で訴えられようとしている〟って思ったのよ――力を貸すのが当然でしょ？」

「まんまと騙されたわけだ」

わたしはにやりとした。「いまはそう思うけど、最初からわかるわけなかったでしょ？　ふたりともまったく無害に見えたもの」

カーターはうなずいた。「ところが、気がついたら〈スワンプ・バー〉から逃げる途中で、ごみ袋を巻いただけの格好になっていた」

「そんなこともあったわね。それでも、ふたりに協力したことを後悔はしてないわ。マリーは本当にいい人だし、やっとまともな人生を送れるようになった。夫の失踪という暗い影につきまとわれることなく」

カーターはちょっとのあいだわたしを見つめてからうなずいた。「あんたは単に気のいい世間知らずだって可能性もあるが、おれはそうは思わない。騒ぎの真っただ中にいることを楽しんでいるという印象を受ける」

わたしはルートビアを少し飲み、うまい返事を考えようとした。もちろん、騒ぎの真っただ中にいることは楽しい。何かの真っただ中に突っこんでいくことこそ、わたしの人生だ。でも本物のサンディ＝スーだったら、わたしがシンフル到着以来下してきた決断を、ひとつだって下すことはなかっただろう。

「これまで図書館に閉じこもってる時間が長すぎたんじゃないかしら。それにわたし、ドラマの〈ロー＆オーダー〉がほんとに好きなの」

「あれはおれも好きだ。しかし、どこが違うかわかるか？　おれは実際に法執行機関の役人だ。あんたは一般市民。市民が警察の仕事に手を出そうとすると――特に殺しみたいなことが絡んでいる場合は――自分が次の被害者になりかねない」

彼は間違っていない。素人が危険な仕事をやろうとするとどうなるか、わたしは実地に知っている。遺体袋をいくつも見たことがある。でも素人という肩書きはわたしには当てはまらない。確かに法執行機関の人間ではないが、一般市民でもない。もちろんカーターはそんなことを何ひとつ知らないので、わたしを危険から遠ざけようとしてこういう話を持ち出すのはきわめて当然だった。

それでも、わたしはいくぶんいらついた。

自分がどんなに有能か、知ってほしいという気持ちが強かったからだ。〝最優秀兵士および危険な人類〟部門でわたしたちの実力がいかに伯仲しているか。

「安心してちょうだい。わたしは被害者になったりしないから」

殺人の被害者にも、容疑者として濡れ衣を着せられる被害者にも。

そこまではカーターに言わなかったけれど。

「さあ、今度はあなたの話を聞かせて」話題を変えようとして言った。

「おれの話？」

「ほら――軍隊で働いたあと、どうしてシンフルに戻ってきたのかとか、今後のキャリアプランとか――そういうふつうのこと」

彼は眉をつりあげた。「おれに関心ありってわけかな、ミス・モロー？」
首から上がほんのりと赤くなるのを感じて、わたしは心のなかで悪態をついた。言うまでもないが、カーターがほのめかしているような意味で彼に関心を抱いているわけではない。ここでは身元を偽って暮らしているし、職務に復帰できる状況になればすぐ、風のささやきのように姿を消すことになる。とはいえ、彼に惹かれていないと言ったら、嘘になる。

生身の女性ならたいていの人がカーターに惹かれるだろう。わたしが直接会ったことのあるなかではたぶん一番セクシーな男性だし、群れで最強の男（アルファメール）らしさをぷんぷんさせている。ただし彼の場合はそれがうぬぼれからというより、勇者としての務めを果たすためと感じさせるところがある。わたしがＣＩＡで一緒に仕事をしたことのある男たちと違って。

「いいえ、あなたに関心ありってわけじゃないわ。わたしを殺人容疑で逮捕するかもしれない男とはつき合わないようにしてるから。でも事件については訊けないし、これまでのわたしの人生はこの世で最もおもしろみに欠けるものだったし。テレビも最近観るようになったばかりだから、最近の出来事や有名人のゴシップ、スポーツなんかも話題にできないの」

「テレビを最近観るようになったばかりだって？　どこかで人質にでも取られてたのか、それとも宗教上の理由からテレビに反対の立場なのか？」

それは下手に答えると言質を取られるような質問だった。わたしは実際に一度ならず人質になったことがある。でも、カーターは冗談半分に尋ねたのだろうし、こちらもそのつもりで答えることにした。

「本を読むほうが好きなのよ」そう答えてから、好きな本の種類を訊かれないように祈った。

「司書ってことを考えると納得だな。どういう種類の本を読むんだ？」

もうっ。

これまでの人生で蓄えてきた知識を、頭が自動巡回するようにひとつずつ確認していき、彼の質問に対する答えになって、なおかつさらなる質問をされた場合に知的な返事で補強できる何かを見つけようとした。残念ながら、わたしが本当によく知っていることと言えば自分の仕事についてだけだ。

「読むのはほとんどが技術的なことに関してね――その、ものの仕組みとか。あとは歴史ノンフィクションが好き」

おおむね本当だ。定期的に新しい武器のスペックについて読んでいるし、シンフルに来て以来、歴史上の武器に関する本のマージのみごとなコレクションから何冊か読んでいる。

「ページを繰る手が止まらなそうだな。おれの人生について訊きたくなるのも当然だ」

わたしはあきれて首を振った。「あなた、手に負えないうぬぼれ屋だって言われたことない？」

カーターはにやりと笑った。「面と向かっては」

「それなら、何ごとにも最初があるってやつね」

「戻ってはこなかった」と彼は言った。

「え？」

「隊を離れたあと、シンフルへは戻ってこなかったんだ——少なくともすぐには」

「ああ。それじゃどこへ行ったの？」

〝ビーチ〟とか〝山〟とか、どこにしろカーターが楽しいと思う場所が答えとして返ってくると思ったら、違った。

「インディアナ州だ」

「わかった、訊かずにいられない。どうしてインディアナ州だったの？」

「スティーヴン・テイラー上等兵のかみさんと生まれたばかりの息子が住んでいたからだ」

わたしはフォークをおろした。胸がずんと重くなった。「テイラー上等兵はあなたの部隊にいたの？」

「おれの部下だった」

心臓が締めつけられて、わたしは長くゆっくりと息を吐いた。状況がどうあろうと、自分以外の人間の命をまかされ、その人物が目の前で死んだら、責任を感じずにいられない。わたしの場合、過去の合同ミッションで命を落とした工作員は二名だけなので、幸運なほうだと思う。それでも、彼らを助けるためにわたしにできることは何もなかったとわかっていても、ふたりの死の重みは一生担っていくことになるだろう。

「残念だわ」ややあって、わたしは言った。

カーターはうなずいた。「おれもだ。そんなわけで、しばらく向こうで過ごしたんだ。わずかでもおれにできることをして。それからこっちに帰ってきた。地盤が必要だったんだ。シンフルは奇妙な町だが、おれの故郷であることに変わりはない」

地盤。

理論としては知っていても、個人的には体験したことのないものだ。母の死後、わたしには帰るべき安定した基礎がなくなってしまった。

「なんだか当惑した顔をしている」カーターが言った。

「そうじゃないの」わたしはわれに返って答えた。「ただ、わたしには基礎となる場所がないなと思って」

「どうして？」

「父はわたしが小さいときに亡くなったんだけど、わたしたちはいつも大都市暮らしで、コミュニティに属しているという感じがなかった。大学進学のために実家を出て、別の州で仕事に就いたわ。母が亡くなったとき、ニューイングランドとの最後の絆を失った気がするの」

「それなら、どうしてよそへ引っ越さないんだ？」

わたしは眉をひそめた。「向こうでの暮らしは、どんなにわびしくても、わたしが知っている唯一の生活だからかしら」

「もしかしたら、そろそろ新しいことを学ぶときかもしれない」

カーターの言葉がまだ宙に漂っているように感じられたとき、彼の携帯が鳴りだした。電話に出たとたん、カーターはプライベートの顔から仕事用の顔へと切り替わり、さらに不愉快そうな表情になった。早口に二、三質問をすると、立ちあがってファイルフォルダーを手に取った。

「夕食をごちそうさま。だが、急いで失礼しなけりゃならなくなった」

「どうしたの？」

「マーク・ベルジェロンがパンジー殺しを自白した」

わたしは口をあんぐり開けた。「マーク・ベルジェロンって誰？」

「おれの高校の同級生で、この町出身のジョーニーと結婚してる」カーターは首を横に振った。

「結婚生活はうまくいってると思ってたんだが」

「あ」パンジーが殺された日の夜、カトリック教会から出ていく途中で喧嘩をしていた男女を思い出した。

「何か知ってるって顔だな」

「いいえ。ていうか、金曜日の夜、ミスコンのリハーサル会場で口論していたのがその夫婦だと思うの」

「何について口論していたか、聞こえたか？」

「マークに電話をかけてきた女性について。ジョーニーはそれが不愉快だと言ってた」

「その女の名前は言ってたか？」

「いいえ。最近この町に戻ってきたとだけ。マークのほうは、高校を卒業してから彼女とはなんにもないし、それはこれからも変わらないって誓ってた。アイダ・ベルによれば、パンジーが征服した何人もの男のひとりだそうよ」

カーターはため息をついた。「誰かが死ねばいいなんてことは絶対に思わないが、どうして世の中にはああいう人間がいるんだろうな。アイダ・ベルとガーティでさえ思いもつかないほどの厄介ごとを、パンジーは引き起こしてきたんだぞ。それにいつもよからぬ目的からという点がアイダ・ベルたちとは違う。パンジーがこの町から出ていったときに、すべて終わったと思ったのに」

「どうやらそれは……彼女が舞い戻ってくるまでだったみたいね」

「ああ。夕食の途中で失礼することになって申し訳ない。だが、おれは赤ん坊のころから仲がよかった男を逮捕しにいかなきゃならないんだ」

わたしは玄関まで送り、彼が通りを渡って車に乗りこむのを見守った。あんなに打ちのめされた人は見たことがない。

## 第19章

カーターの車が動きだすやいなや、わたしはキッチンへ走っていってアイダ・ベルとガーティに電話をかけ、新たな展開があったことを知らせた。ふたりは情報網を確認してから、何かわかりしだいにこの家へ来ると言った。明らかに彼女たちの情報網のほうがルブランク保安官助手よりも高速らしく、ふたりは十分後にこの家の玄関に現れた。

「早かったわね」ふたりを招き入れながら、わたしは言った。

「〈シンフル・レディース〉のメンバーに、ジョーニーのおばさんがいるの。彼女とジョーニーの母親が、二時間前からジョーニーの家へ行ってて。ジョーニーはすっかり取り乱しているそうよ」

「そりゃそうでしょう」わたしは言った。「夫がついさっき殺人を自白したんだから」

「でも、それは自白したってだけ」ガーティが言った。「ジョーニーはマークに殺せたはずがないと主張しているの。あの夜、彼女はパンジーにまつわる問題を夫と徹底的に話し合うために、娘をひと晩おばあちゃんのところへ預けたんですって。ふたりは二時間ほど喧嘩して、そのあとマークはビールの六本パックを飲んで、テレビを観ながら寝ちゃったらしいわ」

「真夜中に、パンジーを殺せるぐらいには酔いが醒めたかもしれないじゃない」わたしは指摘した。

アイダ・ベルがうなずいた。「そうだね。ただジョーニーは頭にくると、眠れなくなっちまうんだ。そこで、家の警報装置をオンにして、キッチンで焼き菓子を作りはじめた。キッチンからは玄関と勝手口がよく見えるし、警報装置の操作パネルは玄関の横にひとつあるだけだ」

「つまり、マークは嘘をついてるわけ？」わたしは訊いた。「どうして？」

「考えられる理由は、誰かほかの人間を守るためってことだけだね」とアイダ・ベル。

わかりきった答えがすぐ思い浮かんだ。「妻」

ガーティがうなずいた。「わたしたちが考えたのもそれ」

「あなたたちは彼女を知ってるでしょ。ジョーニーにできたと思う?」

「誰でも人殺しはできるものよ」とガーティ。

アイダ・ベルがため息をついた。「フォーチュンが知りたいのは、ジョーニーは身体能力的に今回の殺人を実行できたかってことだと思うよ。で、あたしの答えは、わからない、だね」

「パンジーはジョーニーより十キロ以上、体重が重かったはずよ」ガーティが指摘した。

「十キロっていうのは控えめな数字だね」とアイダ・ベル。「しかし、やせっぽちでも力がある場合があるからね」

「そうね」わたしも力のあるやせっぽちのひとりだ。「それにジョーニーの怒りの大きさを考えると、いつもより力が出たはず」

「どうにかしなくちゃ」ガーティがどんどん悲痛な顔になっていく。

「実のところ」わたしは言った。「何もする必要はないと思うわ。少なくともマークについては って意味だけど。それはおのずと解決するから」

「どうして?」ガーティが尋ねた。

「カーターはまず供述を取るために、マークにパンジーをどうやって殺したか説明させるはずだから」

「マークはパンジーが絞め殺されたことを知らない。なぜなら、その情報はまったく公表されてないから」アイダ・ベルが言った。

彼女の携帯電話が鳴りだした。電話に出るとすぐ、アイダ・ベルの顔が心配そうになった。

「マリーの家に行かないと。シーリアの家で何か起きてるそうだ」

三人でガーティの車に飛び乗ると、わたしは後部座席に上半身を横たえ、ガーティはマリーの家までの二ブロックをドラッグレースと言っていい速度で駆け抜けた。角を曲がったところに駐車すると、わたしたちは街灯の薄明かりが当たらない場所や生け垣の影を選んで足早に歩いた。シーリアの家の前庭にリー保安官の馬が立っているのがぼんやりと見える。

マリーの家まで来ると、わたしたちは裏庭に忍びこんだ。そこではマリーがすでに待っていて、わたしたちを勝手口からなかへ入れてくれた。

「どうしたんだい？」アイダ・ベルが訊いた。「前庭にリー保安官の馬が見えたけど」

「わからないのよ」とマリー。「居間でテレビを観ていたら、お隣から叫び声が聞こえて。すぐさま電話をつかんで保安官事務所に通報したの」

「〝殺される〟って感じの叫び声？　それとも怒った叫び声？」わたしは尋ねた。

マリーは目を見張った。「わたしには怒った叫び声に聞こえたわ。だって、悪態をついてたし、誰かがガラス製品を投げつけてるみたいだった。ああ、やだ。わたしが間違ってたらどうしましょう」

ガーティがマリーの腕を軽く叩いた。「大丈夫よ、あなた。いくらシーリアだって、殺されそうになったら、相手に悪態を浴びせる度胸なんてないわ。きっとほかのことよ」

アイダ・ベルがうなずいた。「何があったか、突きとめてくるんだ」

「わたしが？」マリーは首を横に振った。「こういうことは苦手なの」

「それじゃ、ちゃんとできるようにならないとね」とアイダ・ベル。「SLSに入るつもりなら。あたしたちはこの手のことが得意なんだ」

マリーはため息をついた。「どうしたらいいの？　ドアをノックして、何かあったのって訊くとか？」

「そのとおり」アイダ・ベルは答えた。「通報したのは自分だってシーリアに言うんだ。それから何も問題ないことを確認したかったとか、何か手伝えることがあればとかね。シーリアは人から尽くそうとされるのが好きだから」

マリーはとうてい納得したとは言えない顔だったが、アイダ・ベルに押し出されるがまま外に出ると、シーリアの家の庭をのろのろと歩いていった。二、三歩ごとに後ろを振り返りながら。

「彼女、ほんとに失神しないでやりとげられる？」わたしは尋ねた。

アイダ・ベルがうなずいた。「マリーはね、あの人でなしの夫に自分は何もできない女だって信じこまされたんだ。あたしはそれを変えるつもりだよ。マリーは頭がよくて、家で編みものやら焼き菓子作りやらをする以外にも、いっぱいできることがあるんだ」

アイダ・ベルの計画に反対する理由はなかった。マリーの死んだ夫については山ほど聞かされているが、いい話はひとつもない。

シーリアの家の前にひと筋の明かりが差したので、誰かが玄関を開けたのがわかった。不機嫌なシーリアからマリーが何か聞き出せますようにと、わたしは指を重ねて祈った。一分後に明かりが消えたかと思うと、二、三秒してこちらへ戻ってくるマリーが見えた。

急いで玄関を入ってきた彼女は、興奮して頬が赤くなり、息を切らしていた。「何者かがシーリアの家に侵入したんですって」

「何か盗まれたの？」わたしは訊いた。

マリーは首を横に振った。「パンジーの部屋がめちゃくちゃにされたそうよ──文字どおりめちゃくちゃに。化粧だんすの抽斗(ひきだし)が引っぱり出されて、クロゼットのなかのものが全部、外へ出されて。ベッドマットレスは切り裂かれてたんですって」

「いったいなんの目的で？」ガーティが尋ねた。

「誰かが何かを探していたのよ」わたしは言った。

アイダ・ベルもうなずいた。「パンジーが採点簿をつけてたってことを、アリー以外にも知ってる人間がいたのかもしれないね」

わたしはマリーを見た。「その侵入事件が起きたのは何時ごろか、シーリアは言ってた？」

「一時間前まではずっと家にいたそうだから、この一時間のうちね」

ガーティがほっとした顔になった。「それならマークとジョーニーは疑われないわね。マークはすでに保安官事務所にいて、マートルを説得してカーターに電話をかけさせようとしていたころだし。自分が自白できるようにね。ジョーニーの母親とおばさんはジョーニーの家で彼女と一緒にいた」

アイダ・ベルが眉をひそめた。「でもフォーチュンは厄介な立場に立たされる」

「フォーチュンにはパンジーの採点簿を盗む理由なんてないでしょ?」ガーティが訊いた。

「パンジーと寝たわけじゃないんだから」

「それにジョーニーはすでにマークがパンジーと寝たことを知ってた」アイダ・ベルが指摘した。「侵入したのは、かみさんにまだ知られてなくて、知られたくないと思ってる人間だ」

「でも、それが殺人犯かしら?」わたしは訊いた。「ただ単に、誰かに採点簿を見つけられて、自分の恥がさらされたらどうしようって心配した男ってことは?」

「いい質問だ」アイダ・ベルがため息をついた。「理にかなってようがなかろうが、侵入したのはフォーチュンだって、人が騒ぎだすのは止められないね」

「実を言うと、大丈夫なの」わたしは言った。「この一時間はカーターと夕食を食べてたから」

三人がわたしをまじまじと見て、アイダ・ベルは眉をつりあげた。

「興味深い展開があったもんだね」

「そんなに興味深くないのよ」彼女たちに勘違いされたくなかった。「張りこみのために、彼が通りの反対側に車を駐めてるのが見えたから、話をしにいったの。そしたら、疲れきっていらついた様子で、持ってるものと言ったらプロテインバーとコーヒーだけで。うちにはフランシーンのチキンキャセロールとコブラーがあったから、彼に同情して一緒に食べないかって誘ったの」

「あなたが誘ったのはそれだけ?」ガーティがにこにこして尋ねた。

「もちろんよ!　いい?　彼があそこで張りこまなければならなくなったのはわたしのせいだ

し、だからわたしにできるせめてものことをしようと思ったの」

「あんたにできることはそれだけじゃなかったけど」とアイダ・ベル。「これであんたの疑いが晴れるかどうかはわからないよ」

「どうして?」わたしは訊いた。「保安官助手が確かなアリバイにならなかったら、誰がなるって言うの?」

ガーティが心配そうな顔でアイダ・ベルを見た。アイダ・ベルはフーッと息を吐いた。

「あんたには話さないでおこうと思ってたんだけどね、日曜日にフランシーンの店でシーリアのいとこがあんたをののしっただろう。あれがわっと広まったんだよ」

わたしは眉をひそめて、シーリアのいとこがわたしに投げつけた言葉を思い出そうとした。すぐにはっと息を呑んだ。「みんな、わたしがカーターと寝てると思ってるわけ?」

「そういう人もいるってだけよ」とガーティ。「頭がちゃんとした人はそんなこと信じてないわ」

「残念ながら」アイダ・ベルが言った。「シンフルの大多数は頭がちゃんとしてないんでね」

わたしは気持ちが深く沈んだ。「カーターを家に入れたせいで、かえって事態を悪化させたのね、わたし」

ガーティが下唇を噛んだ。

「ひょっとしたら」アイダ・ベルが答えた。

ガーティが彼女をじっと見つめた。

「わかったよ、たぶんだ」アイダ・ベルは言い直した。「フォスター、っていうのはあんたの家の向かいに住んでる男だけど、あいつはシンフル一の穿鑿好きなんだ。パンジー絡みのごたごたが持ちあがって以来、正面の窓に張りついてるのは間違いないよ」

「でもまだドクター・ライアンがいるじゃない」ガーティが言った。「カーターがライアンをつかまえたら、フォーチュンに対する圧力はすっかり消えてなくなるはずよ」

わたしは首を横に振った。「そうは考えられないわ。カーターによると、ライアンはニューオーリンズ市警に拘束されてるそうよ、あすの朝、彼が尋問しにいくまで」

「それじゃ、ドクター・ライアンが留置場にいるなら」ガーティが訊いた。「シーリアの家に侵入したのは誰?」

アイダ・ベルが眉をひそめた。「とびきりいい質問じゃないか」


マリーに今夜は彼女の家に泊まるようにと言われた。わたしをアリバイのない状態にしたくないからと。でも、今夜シーリアの家の隣家に泊まったら、疑いを減らすのではなく増やしてしまうとわたしが指摘すると、マリーも同意せざるをえなかった。続いてガーティとアイダ・ベルのあいだで、どちらがより信頼できるアリバイになるかという問題をめぐり、議論が始まった。わたしはこの大騒ぎに首を突っこもうとしなかった。正直、どちらもなれないと思ったから。

最後にわたしが問題を解決した。わたしは自分のベッドで寝るつもりだし、護衛役を演じたいなら、みんながわたしの家に泊まればいいと三人に告げたのだ。各自が個室で眠れる数の寝室と浴室があるのはわたしの家だけだったので、議論は終わりになった。

これまでに起きたことをすべて解き明かそうとして、わたしたちは十二時近くまで起きていたが、徒労に終わった。ドクター・ライアンが犯人なら問題はひとつ残らず解決するはずだったけれど、いまや何もかもがぐちゃぐちゃでつじつまが合わなくなっていた。十時ごろ〈シンフル・レディース・ソサエティ〉のひとりがアイダ・ベルに電話をしてきて、カーターがマークを釈放したが、ふたりともひと言も発しなかったと知らせてきた。カーターはマークが犯人ではないことをきわめて迅速に突きとめたようだが、マークの自白が失敗したせいでかえって彼の妻が容疑者として注目される結果になったのも事実だ。とはいえ、どちらもシーリアの家に侵入できたはずはない。

疲れきり、落胆したわたしたちは今夜は切りあげることにして寝室にあがった。残念ながら、わたしの頭は体ほど疲れていなかったらしく、なかなか寝つけなかった。しばらくのあいだ何度も寝返りを打ったのち本を読んでみたものの、午前一時ごろにあきらめて、ホットミルクでも飲もうと一階におりた。

自分のかつての定位置であるキッチンの片隅で、ボーンズが毛布に乗って寝ていたが、わたしがミルクを注いで電子レンジに入れてもぴくりとさえ動かなかった。ところが、タイマーが鳴る前にボタンを押してレンジを止めたとき、彼は寝床から飛び起きたかと思うと——あんなにすばやく動けるなんて思わなかった——宙に鼻を突き出してくんくんとにおいを嗅いだ。

わたしがじっと動きを止めて見守っていると、ボーンズは寝床をよろよろと離れ、勝手口のドアの隙間に鼻を当ててもう一度においを嗅いだ。それからわたしを見あげ、片足でドアを引っかき、クーンと鳴いた。

「シーッ」彼が吠えないように祈りながら頭を撫でてやり、わたしはブラインドの隙間を広げて外をのぞいた。

裏庭の横のほう、ちょうどポーチの明かりが届かなくなるあたりで何かが動いた。心臓が飛びはねた。なんであったにしろ、大きい。裏庭では小さな生きものがあまた動きまわっていてもおかしくない。でも、いま見えた大きさの影を落とせるのは人間だけだ。

二階まで拳銃を取りにいって時間を無駄にしたくなかったので、キッチンカウンターからナイフを一本つかみ、ボーンズをそっとドアから押しやって、吠えずにじっとしているよう命じた。猟犬はわたしの指示を理解したらしく、戸口の横に腰をおろし、壁にもたれた。

デッドボルト錠を静かにはずし、ドアを開けると、するりと外に出た。誰かが茂みに隠れて目を光らせていたら、わたしが外に出てくるのを見て逃げ出すはずだと考えながら。実際、そのとおりのことが起きた。

茂みに隠れていた人物は枝や葉っぱをまき散らしながら、家の横から正面に向かって駆けだした。わたしはポーチの手すりを飛び越え、あとを追った。徒競走でわたしにまさる人間がシンフルにいるわけはない。たとえこちらが裸足で肉切り包丁を握りしめていても。

家の横手は真っ暗だったが、速度は落とさず、木の根が地面に出ていた場合に備えて膝を高くあげて走った。前庭に飛び出したところで、標的を見つけるためにすばやくあたりを見まわした。二軒先の家の前を走っていく人影が、街灯にうっすらと照らし出されていた。

くるっと左に方向転換し、前庭を駆け抜けた。猛スピードで横を通り過ぎたとき、カーターがわたしの家の前に車を駐めているのに気がついた。通り過ぎながら横目で見ると、彼が目を見張ったのがわかったが、止まれと大声で言われても速度は緩めなかった。さらに強く地面を蹴り、ブロックの角を曲がった。侵入者のすぐ後ろに迫れるものと思って。

次の瞬間、地面に足をこすらせて止まった。

うそ！　前方と後方に力のかぎり目を凝らしたが、動くものは何も見えない。わたしを丸々一ブロックも引き離せるわけがない。そこまで差をつけられるのはチーターぐらいだ。オリンピック選手もひょっとしたらだけど。

つまり、侵入者はどこか近くに隠れているということだ。

小学校のまわりを囲む丈の低い生け垣を調べるために道を渡ろうとしたが、そのとき背後から足音が近づいてくるのが聞こえた。振り返ると、カーターが足を滑らせながらわたしの横で止まった。

「いったいどういうつもりだ？　冗談もいい加減にしろ！　すでに地元住民の半数が、あんたを逮捕しろと騒いでいるんだぞ。それなのに、その本人が肉切り包丁片手に半分裸で通りを走ってるときた。こういうことは精神科病棟に七十二時間ほうりこむ理由になるし、考えてみると、それも悪くないアイディアに思えてきた。少なくともおれはもうひと晩、ぐっすり眠れるしな。あんたが住民たちに広場でつるし首にされるんじゃないかと心配したりせずに」

わたしはボクサーショーツにタンクトップ、ノーブラという自分の格好を見た。「あのね、半分裸はあなたとわたしのあいだじゃ別に目新しいことじゃないし、きわめて率直に言って、わたしはもう気にするのをやめたの。でもあなた、わたしが追いかけていた男を見なかったって、本気で言うつもり？」

カーターは目をすがめた。「男ってどの？」

「何者かがうちの裏庭にひそんでいたのよ。わたし、寝つけなかったから、何か飲もうと思って一階におりたんだけど、男が芝地の端にいるのが見えたの」

「で、保安官事務所に電話するんじゃなく、キッチンナイフ片手にそいつを追いかけるほうが得策だと考えたわけか？」

「これはとっても大きなナイフだし、あなたがわたしを引き留めるのをやめてくれたら、使うチャンスがあるかもしれない。男はまだどこかに隠れてるはずよ」

半ブロックほど離れたところで、突然エンジン音が鳴り響き、車が一台タイヤをきしらせ発進した。

「もうっ！　あいつよ」

# 第20章

　車はヘッドライトをつけずに走り去り、ブロックの端の街灯はちょうど電球が切れていたため、メーカーも車種もわからなかった。わたしは家を目指して走りだし、啞然としているカーターを交差点に置き去りにした。数秒して、彼が追いかけてくる足音が聞こえた。

　家に着くと、わたしはガレージのドアを開けに走ったが、振り返ったところでカーターがこちらに走ってくるのが見えた。隣家との境になっている生け垣の前を彼が走り抜けようとしたとき、茂みのなかから誰かが飛び出し、タックルをかけて彼を地面に倒した。

　わたしはガレージのドアを放し、カーターと襲撃者が転げまわっているほうへと走りだした。そのとき第二の人物が茂みから飛び出し、取っ組み合っているカーターたちを何か棒状のもので引っぱたいた。大きな悪態が聞こえ、たちまちわたしには声の主がわかった。

「それ、カーターよ」わたしは駆け寄った。「やめて！」

　わたしが団子状のふたりに近づいたちょうどそのとき、マリーが照明灯を手に、ボーンズを連れて玄関から飛び出してきた。

　照明灯がふたりを直撃した。

　舞台にいるかのように、カーターとアイダ・ベルが照らし出された。ただし、この〝間違いの喜劇〟では、ネグリジェがめくれて頭に巻きついたアイダ・ベルが手足をばたつかせ、スミス&ウェッソン（有名銃器メーカー）のロゴ入り迷彩柄下着がわたしたちに丸見えになっていた。ヘアカーラーがいくつかはずれて、そのうちのひとつが迷彩柄下着に挟まってしまっている。

　カーターが飛び起きると、わたしはアイダ・ベルのネグリジェを頭からほどいた。ボーンズが走ってきたかと思うと、アイダ・ベルを低木と間違えたらしく、片脚をあげて用を足しはじめた。わたしが肩をつかんで彼女を立ちあがらせたところで、マリーが駆け寄ってきたため、全員が照明灯で照らされた。

「あなただとは思わなかったのよ、カーター」ハローキティ柄のパジャマを着たガーティが麺棒を握りしめて言った。

　自分を襲った人間を、カーターが初めてはっきり見た瞬間、わたしは噴き出しそうになった。とことん驚き、うんざりした彼の顔は傑作だった。アイダ・ベルはネグリジェの乱れを直し、ボーンズにおしっこをかけられた腕を振った。袖からヘアカーラーがひとつころげ落ちて、ボーンズの耳に引っかかった。

「癪にさわる犬だね」アイダ・ベルはぶつぶつ言いながら、カーラーを取り返した。

「あたしたち、フォーチュンが誰かに襲われそうになってると思ったのよ」ガーティが説明した。

　マリーもうなずいた。「だから、助けようとしたの」

　カーターが両手を宙に突きあげた。「それなのに、誰ひとり911に電話しようとは考えなかったのか？　あんたたちが勢ぞろいしてると、監視が簡単だと喜んだらいいのか、かえって合計の知能指数が低くなるらしいと心配したらいいのか」

「ふん、失礼な物言いはおやめなさい」ガーティが言った。「あたしたちだってこんなことしなくてよかったんだから、殺人狂が野放しのままじゃなかったら」

カーターが眉を片方だけつりあげた。「言ってくれるじゃないか、たったいま料理道具を持って、法執行機関の役人に襲いかかった人間が」

「それにしても、どうしてわたしを見張っていたの？」わたしは訊いた。「文句なしに有望な容疑者がニューオーリンズの留置場で待ってるっていうのに」

カーターが体をこわばらせ、あごに力が入った。「ライアンは逃げた」

「ええっ？」ガーティ、アイダ・ベル、マリー、そしてわたしは同時に声をそろえて叫んだ。プロ並みのアマチュア・マラソン選手。ライアンについてインターネットで調べたときの情報がぱっと脳裏によみがえってきた。

「声を小さく」カーターが言った。「警察署で手違いがあって、ライアンを釈放してしまったんだ。そのあと行方がわからなくなっている」

「ホテルの荷物はまだそのまま？」心配になってきて、わたしは訊いた。もしライアンがシンフルのどこかでわたしを見かけ、月曜日にザ・リッツ・カールトンにいた配達員だと気がついたら、パンジーとグルだと考えたかもしれない。

「クレジットカードと現金、免許証が入った財布はまだ警察署にある」カーターは答えた。

「残りの持ちものもすべてホテルの部屋に置かれたままだ。遠くには行けない」

「ひょっとすると、シンフルにいるのかもしれないわ」わたしは言った。「うちの茂みに隠れていたのは彼だった可能性もある」

カーターは目をすがめてわたしを見た。「どうしてライアンがあんたのことを知ってるんだ？　ストーカー行為をするのは言うまでもなく」

しまった。

カーターにあの話をするつもりは毛頭なかった。

「この町のゴシップを小耳に挟んだかもしれないでしょ」

「へえ、そうか」カーターはほんのわずかも信じていない様子だった。最後にため息をついた。「いいか――どういうことにしろ、おれは知りたくもない。本当は知らなきゃいけないんだが、とにかくエネルギーが残ってないんだ。あんたたちのうちひとりでも同情ってものを持ち合わせてるなら、武器片手に走りまわるのはやめて、そこの家のなかに戻ってくれ」

くるっと向きを変えると、彼はトラックまで大股に戻り、わたしたち全員をにらみつけてから走り去った。

「わからない」トラックのテールライトが角を曲がっていくのを見送りながら、わたしは言った。「なんでいまだにわたしを見張ったりするわけ？　地元住民の手前、昼間に芝居をするのはわかるけど、彼がわたしを犯人と考えていないのは確かよ。夜、トラックで張りこみをする必要なんてないでしょ？」

「間違ってるかもしれないけど」ガーティが言った。「カーターはあなたを守ろうとしてるんじゃないかしら」

「それと自分自身をね」とアイダ・ベル。

「そうね」ガーティは同意した。「いまはあなたたちふたりとも厄介な立場に立たされてるから」

わたしは顔をしかめた。カーターがわたしの身辺を警戒していると知って、自分がどう感じているかつかめなかった。

容疑者だったときのほうが気楽だったのは間違いない。


火曜日は何ごともなく過ぎた。出たとたん電話が切れたことが三十六回、郵便受けに腐った卵が入っていて、正面ポーチには牛糞に火をつけたものが置かれていたことを除けば。牛糞にはすっかりしてやられ、わたしの一足しかないテニスシューズは水道ホースのお世話になったあと、裏のポーチに干されているところだ。アイダ・ベルはそうした一連の嫌がらせに対して何も言わなかったので、わたしとしては何かおかしいと気づくべきだった。彼女はふだんありとあらゆることに何かしら言うことがあったから。

アイダ・ベルとガーティ、そしてマリーは、彼女たちの言葉を借りれば交替でわたしに〝つき添った〟。

〝子守り〟のほうが適切な表現だったが、わたし自身は檻に閉じこめられた獣のような気分だった。アイダ・ベルが持てるかぎりの情報源に当たったものの、ドクター・ライアンは誰にもまったく目撃されていなかった。ホテルには戻っていないし、クリニックに問い合わせても、予約を入れられる時期について受付係の答えは曖昧だった。ニューオーリンズ市警からはすでに連絡がいっているだろうし、いま彼女はわたしたち以上に困惑しているはずだ。

夕方にはアイダ・ベルとわたしは居間をひたすら行ったり来たりし、編みものをしているガーティは六玉目の毛糸に突入していたが、誰もほんのひとつさえも独創的なアイディアを思いつけなかった。アイダ・ベルの主張で、マリーはシーリア宅に目を光らせるため、ボーンズを連れて家に帰っていた。

「何かできることがあるはずよ」ガーティがそう言うのは百回目だった。「これじゃただここに座ってるだけじゃない。カーターがフォーチュンを逮捕せざるをえないようなことになりませんようにって祈りながら」

アイダ・ベルが行ったり来たりをやめ、ガーティをにらみつけた。「何かできることがあったら、いまごろあたしたちはそれをやってるって思わないかい?」

「とにかく、何か考えなくちゃ」ガーティは言った。「パンジーの葬儀はあしたよ。事態はますます加熱するいっぽうだと思うわ」

このときばかりはアイダ・ベルも自信たっぷりの返事を返すことができず、表に出すまいと必死に努力はしていたけれど、心配しているのが伝わってきた。ふたたび居間を行ったり来たりしはじめ、〝行ったり〟が三度目に入ったところで彼女の携帯電話が鳴った。ガーティとわたしはそろって動きを止めて待ち、アイダ・ベルはそっけなく一語だけの返事をくり返したあと、通話を切った。

「GWは今夜カトリック教会で内輪の追悼礼拝を開くそうだ」アイダ・ベルが興奮した顔で言った。「GWのメンバーとシーリアの身内だけが招かれてる」

「それであなたが喜ぶ理由は具体的に何?」彼女が見るからに嬉しそうにしている理由がわからず、わたしは訊いた。

「シーリアの家が空っぽになるからだよ」とアイダ・ベル。「きのう侵入した人間は探していたものを見つけられなかった」

「なぜなら、わたしたちが先に手に入れちゃってたから」わたしの心拍が速くなった。

「手に入れたって何を?」ガーティが訊いた。「暗号で話すのはやめてほしいわ」

「日記のことだよ、ぼんやりしたばあさんだね」アイダ・ベルが言った。「ライアンが日記を探しにくるかもしれない」

「ドクター・ライアンだって、どうしてそんなに確信できるの?」ガーティが訊いた。「パンジーが戻ってきて以来、頭を悩ませているシンフル住民の男はひと握りじゃないわよ」

「だけど、駆けっこでフォーチュンから逃げられる男が何人いる? 簡単に答えるなら、ゼロだ」

ガーティが眉を寄せた。「ライアンは本当にそこまで間抜けかしら? もう一度シーリアの家に侵入するほど?」

「パンジーと関係を持つためにお金を払うほど間抜けな男よ」わたしは言った。

「そうだったわ」ガーティも認めた。「でもいまさら日記を手に入れて何になるかしらね？　パンジーが殺されたことに関して、彼はすでに事情聴取を求められているのよ。奥さんに連絡がいってるのは間違いないわ。だから、もう秘密はばれてしまってる。前はばれてなかったとしても」

「ライアンはビヴァリーヒルズで開業してる金持ちの美容整形医だよ」アイダ・ベルが言った。「ロスで高給を取ってる弁護士なら簡単に無罪を勝ちとってくれると思ってるんだろう、ルイジアナの田舎者相手にね」

「本当にそんなに簡単？」わたしは尋ねた。

「もちろん違うとも」とアイダ・ベル。「一般的に信じられてるのとは違って、この州の人間はみんながみんなばかってわけじゃない――政治家は例外だよ――でも、だからってほかの州の人間が間違った考え方をするのは止められないからね」

「それじゃ、ライアンの奥さんはあれこれ考え合わせて、夫が浮気をしていたことをもう知っているとして」わたしは言った。「さらにライアンは殺人罪を免れられると考えているとした場合、彼はパンジーがいったい何を持っていると思って、必死に取り返そうとしているのかしら」

アイダ・ベルが首を横に振った。「写真かね？　財務記録？　リスクを冒してここまで来ようと思うほどマズいものだね」

「そんなものは日記に挟まれてても書かれてもいなかった」わたしは言った。「パンジーが何か持っていたとしたら、それはたぶんロスにあるんじゃないかしら」

「でもライアンはそれを知らない」とアイダ・ベル。

わたしはうなずいた。「それじゃ、カーターにシーリアの家を見張るよう言ったほうがいいと思うわけ？」

アイダ・ベルは首を横に振った。「捜査に首を突っこむなって言われるために？　警察はすでに一度ライアンに逃げられてるんだよ。あんたの汚名をそそごうと一所懸命努力してるのは、この部屋にいる面子だけだ」

「賛成したくはないけれど」ガーティが言った。「アイダ・ベルの言うとおりね。カーターは悪い子じゃないものの、ラバ並みに頑固だから。それでも、ドクター・ライアンはカーターにつかまえさせないと、あたしたちの立場が悪くなるわよ」

アイダ・ベルがため息をついた。「ときどきカーターを揺さぶってやりたくなるとはいえ、保安官助手の首が危うくなるような事態は避けたいしね。電話をかけよう」

彼女は電話をかけてちょっとのあいだ話をしてから――でもライアンの話はしなかった――笑顔で携帯をポケットにしまった。「保安官事務所の空調は直ったようだね。カーターは事務所の一室でマークとジョーニーと一緒にいる。マートルに、決して邪魔をするなと指示したそうだよ」

「ヤッホー！」ガーティが大きな声で言った。「ゴーサインだわね」

わたしはガーティほど乗り気になれなかった。〝適切な当局〟に連絡をしようとしたのは確かだけれど、アイダ・ベルからマートルへの身の入らない電話が、カーターの尺度で充分と見なされるかどうかは疑問だ。

「行動開始だよ」アイダ・ベルが言った。「シーリアが家を出るまでに十分、あたりが完全に暗くなるまでにもう二十分かかるかもしれない。やつはそれまで待つだろうけど、こっちは先に位置に就いてる必要がある。きのうの夜フォーチュンが追いかけた相手がライアンなら、向こうはホテルでのあの騒ぎが仕組まれたものだったってことをすでに知ってるはずだ。あたしたちの姿を見たら、行動を起こさないだろう」

二階に駆けあがろうとしたところで、わたしはためらった。「武器はどうする?」

アイダ・ベルが眉をひそめた。「いい質問だ。厄介なことになる度合いが大幅にあがるからね。9ミリ口径を持ってきな。でも、向こうが誰かを殺そうとしないかぎり使わないこと」

わたしはうなずき、猛スピードで二階にあがり、拳銃を取って一階に戻ると、裏のポーチからまだ濡れているテニスシューズをつかんだ。アイダ・ベルとガーティの姿が見えなかったので表に出たところ、ふたりは車庫で何やらあさっていた。

「何を探してるの?」

アイダ・ベルがロープを、ガーティが丸めた網を持ちあげた。

「即席で利用できるものを、マージが持ってたはずだと思ってね」アイダ・ベルは説明しながら、見つけたものを車の後部座席にほうりこんだ。

わたしが乗りこむと、アイダ・ベルはマリーの家に向けて車を出した。「マージはどうしてこんなに大きな捕獲用ネットを持ってたの？　熊狩りでもしたの？」

アイダ・ベルとガーティが声をあげて笑った。「そのネットは、熊だったらあっという間に破かれちゃうでしょうね」とガーティ。「投げ網なのよ。釣りの餌用に小エビをつかまえたいとき、川に投げるの。でもちょっと工夫すれば、人間の足をすくえるかもしれないわ」

今回マリーはわたしたちの到着に備えて、自身の車を車庫から出し、わたしたちが車をなかに入れられるようにしておいた。こうすれば、キャデラックの色つきガラスのおかげでほとんどなかは見えないし、ライアンが見張っていた場合でも、わたしたちの姿を見られずにすむ。もっと大事だったのは、離れた駐車場所からマリーの家まで、ガーティが徒歩で移動する必要がなくなること。

車が車庫に入るとすぐ、マリーがシーリアはほんの数分前に家を出たと教えてくれた。車庫のドアがしっかり閉まるまで待って車から降りると、たちまちアイダ・ベルがみんなに指令を出しはじめた。

「やつは正面から侵入しようとはしないはずだ。明るすぎるからね。勝手口のドアは頑丈なオーク材だし、書斎の窓は前に薔薇の茂みがある。ブレックファスト・コーナーの窓を狙うにちがいない」

わたしはうなずいた。納得のいく読みだ。

「フォーチュン、あんたはライアンが逃げ出したときに備えて裏庭のブラックベリーの茂みに隠れていておくれ。通りに出る危険は冒さないだろうが、家の裏手の湿地は脱出経路として打ってつけだ。高さ百八十センチ程度の塀じゃ、越えるのに手間取らないだろうからね」

「そうね」彼にまんまと姿を消されたときのことを思い出しながら、わたしは言った。

「あたしが窓の下に網を広げて、上に落ち葉を散らしておく。ブレックファスト・コーナーはマリーの家の塀に一番近い角にある。だからガーティが塀のすぐ横の木に登って、ライアンが網のなかに入るのを待つ。そこで彼女が網を引く。あたしは勝手口の階段の陰に隠れていて、やつにタックルをかける。もし向こうが逃げたら、フォーチュンが追いかける」

わたしは目をしばたたいた。ＣＩＡのミッションに比べると、殺人犯をつかまえる計画というより三ばか大将（一九三〇年代から活躍したアメリカのコメディ・グループ）のドラマみたいに聞こえる。とはいえ、いまＣＩＡで使われている手の込んだガジェットや装置は、アイダ・ベルとガーティがスパイ活動の知識を得たヴェトナム戦争時代にはまだなかったはずだ。

「向こうが銃を持ってたらどうする？」アイダ・ベルの計算から重要な要素が抜けていることが気になって尋ねた。

「ライアンが銃を手に入れるには、盗むしか方法がない」アイダ・ベルは答えた。「誰かの銃がなくなったら、いまごろシンフル中に知れ渡ってるよ」

銃撃の危険性を排除するには充分な論拠と言えない気がした。とりわけライアンがすでに車を盗んでいることを考えると。盗んでいなければここまで来られたはずがない。でも、アイダ・ベルの言動はどこか用心深く、わたしに隠していることがあるという印象を受けた。それが何か、聞き出すのは無理だとわかっていたので、わたしはただうなずいた。アイダ・ベルには自殺願望があるのかもしれない。ひょっとしたら彼女が自分でライアンを撃つつもりで、わたしを謀殺計画に巻きこまないために黙っているのかもしれない。

結論——知らずにいたほうがよさそうだ。

「みんな、自分の仕事がわかったかい？」

マリーが手をあげた。「わたしはどうすればいいの？」

「あんたは二階の窓から見張っておくれ。あたしたちがやつをつかまえたらすぐ保安官事務所に電話して、カーターにとっとと来るよう言うんだ」

アイダ・ベルは手をパンパンと叩いた。「みんな、位置に就いとくれ。作戦開始だ」

# 第21章

マリーは二階へと駆けあがり、ガーティとアイダ・ベルとわたしは勝手口から外へ出た。ガーティは木に登るために何度か張りついたり、飛びあがったりしたものの、結局はあきれて首を振るアイダ・ベルとわたしに手ごろな枝まで押しあげられた。次にアイダ・ベルとわたしは塀をよじ登ってシーリアの家の裏庭に入り、わたしはブラックベリーの茂みのなかに隠れ、アイダ・ベルは網を仕掛けてからロープをガーティに向かってほうり投げ、ガーティはそれを頭上の枝に引っかけた。

太陽がすばやく沈みつつあり、イトスギの木立の上に細長い輝きが残るだけになった。街灯がまたたきながらともり、あと数分で自然光は完全に消えて、あたりに暗闇が訪れる。アイダ・ベルが勝手口の照明の電球を緩めておいたため、庭に差しているのはキッチンから漏れる薄明かりだけになっていた。わたしたちからはライアンが見えるが、向こうからわたしたちは見えないというちょうどよい明るさだ。

しゃがむとすぐ体が反応して、長時間の張りこみに適した姿勢になった。必要とあれば、痛みを感じたりこむら返りを起こしたりせずにこの姿勢で何時間もいられる。でもライアンが現れるとすれば、そんなに長く待つ必要はないとわかっていた。彼はシーリアが出かけているあいだに一か八かの賭けに出なければならない。

木々の上のわずかな残光も消えると、湿地に棲息する夜行性動物の鳴き声が裏庭に響きはじめた。わたしはアリを一匹腕から払い落とし、アイダ・ベルが隠れている場所からマリー宅の二階の窓へとさっと目を走らせた。マリーの姿は見えなかったが、彼女がそこで携帯電話を片手に見張っているのはわかっている。心強い。この計画はあっという間に失敗する可能性がある。

たぶんさらに十分ほどたったころ、後方から何かが動く音が聞こえてきた。ブラックベリーの茂みはオークの木陰の端に位置しているので、月明かりさえもわたしの隠れ場所には届かない。でも侵入者の目が暗闇に慣れていた場合に備えて、わたしはさらに身を低くした。茂みのなかから目を凝らしていると、ほのかな月明かりのなかに大きな人影が浮かびあがり、裏の塀を乗り越え、シーリアの庭に侵入してくるところが見えた。

ショーの始まりだ。

侵入者が芝生をそろそろと進んでくると、わたしは脈拍が速まった。家まで三メートルほどのところで、彼は立ち止まったので、選択肢を吟味しているものと思われた。ありがたいことに、男はアイダ・ベルと同じ考え方をし、罠が仕掛けられている窓へと動きだした。わたしはブラックベリーの茂みの端までじりじりと移動してから、短距離選手さながらにスタートを切れるよう、両手を地面についた。

男が窓に近づくと、わたしは脈拍が急激にあがり、アイダ・ベルとガーティがすべてを完璧なタイミングで行ってくれるよう祈った。

男の手が窓に触れた瞬間、ガーティがロープを引っぱった。

網がみごとに男の両足をくるみこんだかと思うと、彼を動けなくした。アイダ・ベルが勢いよく立ちあがり、勝手口の階段を飛び越えて男にタックルをかけようとした。運悪く、ちょうどそのときガーティがバランスを崩し、後ろ向きに木から落ちた。

落ちる瞬間、ロープが彼女に引っかかったにちがいない。なぜなら突然、侵入者の足が体の下から宙へとまっすぐつりあがり、彼が木から逆さまにぶらさがったからだ。

ガーティと侵入者の両方が悲鳴をあげ、男のほうは激しく手足をばたつかせたため、いまにも網が破れるのではないかと心配になった。わたしは隠れ場所から飛び出し、家に向かって走った。彼が網から逃げる前に地面に引きずりおろそうとしているアイダ・ベルを手伝おうと思って。わたしが騒ぎの現場にたどり着いたとき、アイダ・ベルがヘアアイロンを取り出し、男の脇腹を突いた。電気に焼かれるジジッという音がして男が絶叫したかと思うと、手足のばたつきが止まった。

顔を見るために、男の体をくるっとまわすと、わたしとアイダ・ベルは満足してほほえみ合った。苦しみに顔を歪めたドクター・ライアンだった。

「ヘアアイロンでこんなことができるの？」女の子向け製品を毛嫌いするのは考え直すべきだろうか。

「スタンガンだよ」アイダ・ベルが答えた。「ヘアアイロンみたいに見えるせいですこぶる持ち歩きやすいんだ。持ってても警戒されないからね」

ガーティがわめいたので、わたしたちは現実に引き戻された。ここはアイダ・ベルひとりで大丈夫そうだったので、塀の上にあがってみると、ガーティが足にロープが絡まった状態で逆さまにつるされていた。

「ガーティが重りの役割をして釣り合いが取れてるんだわ」わたしは言った。「だからライアンはぶらさがってるの」

「この男を引っぱりあげておけるとしたら」アイダ・ベルが言った。「ガーティは何キロか体重を落とす必要があるね」

「聞こえたわよ！」ガーティがわめいた。

遠くからサイレンの音が聞こえてきたかと思うと、マリーが彼女の家の勝手口から飛び出してきた。

「ただ突っ立ってないで」ガーティが言った。「誰かあたしをここからおろしてちょうだい」

「それはカーターが来るまで待たないとだめだと思うよ」アイダ・ベルがそう言ってにやついた。「木からぶらさがってるかぎり、ライアンは逃げられないからね」

「ボスの声、聞こえたでしょ」わたしはにやつかないように努力した。

「それなら、急いで」ガーティが文句を言った。「あたしのオッパイがこんなに持ちあがったのは三十代のとき以来。おかげで窒息しそうよ」

サイレンの音が近づいてきたかと思うと、マリーの家の前で止まった。トラックの扉がバタンと閉まる音がしたあと、マリーがカーターを裏庭へと連れてきた。マリーの家の角を曲がったところで、彼はちょっとのあいだ足を止めた。塀に腰かけているわたしを見て。それから勢いよく門を開け、急ぎ足でシーリア宅の裏庭へ入った。

宙づりになっているドクター・ライアンを見たとたん、彼の口があんぐりと開いた。

「さっきあんたに電話しようとしたんだよ」彼が怒鳴りだす前に、アイダ・ベルが言った。

「でも、マートルがあんたの邪魔はできないって言うから」

「それであんたは……わかってるだろうが……いや……しかたない。手錠をかけられるところまで、こいつをおろすのを手伝ってくれ」

アイダ・ベルが唸りつづけているライアンの肩をつかみ、カーターが手錠をかけられる位置まで引きおろした。

「これでよし」カーターがナイフを取り出した。「こいつを切って下におろす」

「だめ！」アイダ・ベルとガーティ、マリー、そしてわたしが同時に叫んだ。

「ちょっとした問題があるのよ」わたしはそう言って、塀の反対側に手を振った。

カーターは伸びあがるようにして塀の反対側をのぞくと、目を見張った。唇が震えだし、彼が笑うまいと努力しているのがわかった。

「いいだろう」彼は言った。「ガーティをおろして、ロープを切るんだ。ライアンが下に落ちようと知ったことじゃない」

その計画に大賛成だったわたしは、マリー宅側に飛びおりると、マリーの力を借りてガーティを下までおろし、足首からロープをほどいた。ロープを放すやいなや、塀の反対側でライアンがドサリと地面に落ち、頭のいかれた人間や裁判について悪態をつくのが聞こえた。

二秒ほどして、アイダ・ベルが網とロープを塀越しにマリーの庭に投げてよこした。

「いいか」カーターがライアンを引き連れて門を通り抜けながら言った。「おまえが一般市民から受けたひどい扱いについては、法廷で陪審員に好きなだけ説明させてやる。そんな扱いを受けたのは個人の住居に侵入しようとしたからだがな。その家の持ち主の娘を殺してからほんの数日後に」

「おれは誰も殺してない！」

「へえ、そうか」ライアンをトラックに押しこみながら、カーターは言った。「留置場に入ってから、すべて話してもらおうか」

カーターは車に乗りこむと、歩道に立つわたしたち全員の顔を見た。まじめな、少し心配そうな表情で。「明白な理由と、そこまで明白ではない理由が二、三あって、この男の逮捕とそれにまつわる詳細についてはまだ公にしたくないんだ。四人とも、口を閉じておいてもらえるかな?」

「もちろんよ」ガーティが言い、残りの全員もうなずいた。

それからわたしたちはたがいにハイタッチをした。

「いまのは見なかったことにする」カーターはそう言ってから車を出した。

「何か飲みものが必要だ」マリーの家へと戻りながら、アイダ・ベルが言った。

「あたしは新しいブラが必要」ガーティが言った。「ストラップが切れちゃったわ」

わたしはガーティを横目で見た。右の乳房の下に片手を当てて支えようとしているが、うまくいっていない。「それを聞いたら、わたしも何か飲まずにいられなくなった」

アイダ・ベルの携帯が鳴ったので、彼女は電話に出た。短い会話のあと、彼女は通話を切って顔をしかめた。「礼拝が終わって、シーリアはいまにも帰ってくるそうだよ。彼女に見つからないうちに、撤収しないと」

わたしたちは車庫へと急ぎ、アイダ・ベルがガーティのキャデラックを車庫からバックで出すと、マリーに手を振って、わたしの家へ向かって走りだした。

「どうしたの?」わたしは訊いた。「わたしたちに話してないことがありそうな顔をしてるけど」

「そんな気がしたってだけの話なんだけど」アイダ・ベルは答えた。「ベアトリスが礼拝のときのシーリアが変だったって言うんだよ」

「変ってどんなふうに？」わたしは訊いた。

「元気そうに見えたって言うんだけどね、状況を考えると。ところが礼拝の終わりに、ひとりで貧乏くじを引かされるのには飽き飽きした、大切なものを失ってもいい人間がほかにいるのに、そっちはほんのちょっぴりもつらい思いをしていないって言ったそうなんだよ。それをどうにかしないとって」

「ええと」わたしは言った。「わたしは聖書研究家でもなんでもないけど、シーリアが言ったのは、彼女じゃなくほかの人間にひどい目に遭ってほしいってこと？　それってあんまりキリスト教徒的な考え方じゃない気がするけど」

「そのとおりね」ガーティが言った。「それに、正常な考え方からもかけ離れてるわ。いくらシーリアにしても」

「確かに」アイダ・ベルも認めた。「勘違いしないでおくれ。シーリアはとことんいけ好かない女になれる。でも、ふつうは他人が苦しむのを喜んだりしない」

「今度のことで心が砕けてしまったのかもしれない」わたしは言った。「その、わたし覚えてるから。母を亡くしたとき、どれだけつらかったか。子どもを亡くした場合どれだけつらいかは、想像もできないわ」

アイダ・ベルがうなずいた。「気の滅入る話はここまでにしよう。あたしたちはたったいまカーターに、パンジーを殺した人間を引き渡したんだ。あすになれば、あんたの汚名はそそがれるよ」

「ヤッホー！」ガーティが喝采した。

「ふたりともうちに寄って、一緒に祝いましょ。シャンパンが一本あった気がするわ」わたしはガーティを見た。「シャンパングラスは片手で持てるでしょ」

「お誘い、もちろん受けさせてもらうわよ」

アイダ・ベルの携帯がまた鳴り、彼女は電話に出た。表情から、いい知らせではないとわかった。

「保安官事務所の前に人が集まって騒いでるそうだ」アイダ・ベルが言った。「フォーチュンの逮捕かカーターの辞任を求めて。礼拝のあと、ヴァネッサ・フォントルロイが仲間を連れて煽動したらしい」

ガーティが唇を噛んだ。「ドクター・ライアンが犯人だという見方を、カーターはまだ公表できないわよね。公表するのは基礎固めをしてからにしたいと思ってるはずだわ。ドクター・ライアンがパンジーを殺した理由を考えるととりわけ」

アイダ・ベルがうなずいた。「現場に行って様子を確かめる必要があるね。フォーチュン、あんたは来ちゃだめだ。何かわかりしだい、あたしたちが知らせるから」

「了解」わたしは車から飛びおりた。「気をつけてね。みんな、あなたたちがわたしと親しいのを知ってるし」

「家のなかに入って、ドアの鍵を全部かけておきなさい」ガーティが言った。「あなたの家に向かう途中で電話するわ」

　ふたりが走り去るのをしばらく見送ってから、道路の反対側を見やるとミスター・フォスターの家のカーテンがさっと戻されるのが見えた。ブロックにすばやく目を走らせ、急いでなかに入った。熱いシャワーがわたしを呼んでいる。

　玄関のデッドボルト錠をかけてから、勝手口のデッドボルト錠もかけるためにキッチンへ向かった。ところが足を踏み入れるやいなや、少し前に誰かがここに入ったことがわかった。ブレックファスト・テーブルに載せられた小さなパイをじっと見つめた。パイの横に折りたたまれた紙が置いてあり、わたしはそれを手に取ると読んだ。


新しいブラックベリー・コブラーのレシピを試してみたの。感想を聞かせて。

アリー

　メモを置いて勝手口まで行った。鍵はかかっていたので、デッドボルト錠を施錠した。マージが病気だったとき、アリーは食べものを届けていたというから、たぶん鍵を持っているのだろう。ガーティとアイダ・ベルが持っているのは知っている。でも、そろそろ鍵を替えたほうがいいかもしれない。三人が勝手に入ってくるのはかまわないけれど、この家の鍵をポケットに入れているシンフル住民がほかにもいる可能性を考えなければならない。

でも、それはあしたになってからでも間に合う。いまはおいしそうなブラックベリー・コブラーの味見をしなければ。いますぐ味見するのが、わたしにできるせめてものことだ。何しろアリーはわたしの友達で、焼き菓子を届けるためにわざわざ家にこっそり来てくれたのだから、せめてお礼に感想を伝えたい。

冷蔵庫からミルクを取り出してグラスに注ぐと、早くも笑顔を浮かべながらテーブルの前に腰をおろし、フォークにパイの最初のひと口を載せた。パイはまだ温かく、舌に載せた瞬間に砂糖の粒がとろけ、ブラックベリーの酸味のきいた甘さと溶け合った。ブラックベリーの茂みに隠れていたときは、あれからこんなうっとりするほどおいしいものができるとは考えもしなかった。

あっという間に皿から最後のひと口をこそげとったわたしは、もっと食べたいと思った。満足のため息を漏らしながら、椅子にもたれた。常軌を逸した、でも成果があがった一日としては完璧な締めくくりだ。

テーブルから携帯を取りあげ、電話をかけようとしたところで思い直した。アリーは礼拝に出席したあと、まだ身内や、保安官事務所の前で騒いでいる人々を支持するシンフル住民と一緒にいるかもしれない。ＳＭＳにしておいたほうが無難だろう。そうすれば、アリーが話せる場合は電話をかけてくるはずだ。

ブラックベリー・コブラー、めちゃくちゃおいしかった。ありがとう！

シャワーを浴びに二階へあがるべきなのはわかっていたけれど、いまはキッチンの椅子に座っているのがすごく心地よかった。きょうはあれこれあったものの、少なくとも結末は満足のいくものだった。カーターはライアンが犯人ということで事件を解決できるはずだし、うまくいけばあと一日二日でシンフル中の住民が、殺人犯はわたしではなく立派な美容整形医だったと知ることになるだろう。

つかの間、目を閉じて、シャワーを浴びたらまっすぐベッドに行こうかと考えた。とそのとき、わたしの携帯が鳴った。手を伸ばして携帯電話をひっくり返し、ディスプレイを見る。

ブラックベリー・コブラーってなんのこと？

体に寒気が走り、わたしは目をしばたたいてまっすぐに座ろうと努力した。息が苦しくなり、キッチンカウンターがかしいだかと思うと、ぼやけて見えた。パニックを起こし、携帯電話をつかもうとしたが失敗し、携帯はテーブルの上を滑っていったかと思うと床に落ちた。

これは疲労じゃない。薬を盛られたのだ。

携帯がもう一度鳴り、アリーがＳＭＳをふたたび送ってきたのだとわかった。何を摂取してしまったのかまったくわからない。アイダ・ベルとガーティが戻ってくるのを待つしかないとすれば、手遅れになるかもしれない。わたしは必死に意識を呼吸に集中させた。

あなたはこういう場合の訓練を受けている。

呼吸を落ち着けると手足が少ししっかりしたものの、相変わらずほとんど力が入らなかった。椅子から床へ滑り落ちれば、携帯に手が届くはずだ。なんとかそうできるだけの力と体の自由は残っている。

そう考えたとき、背後からカツカツというヒールの音が聞こえ、わたしは瞬時に悟った。ライアンの逮捕ですべて終わったと思ったのは大間違いだったのだ。

# 第22章

ヒールの音が横をまわってきて、わたしが目をあげると9ミリ口径の銃身を見つめる格好になった。それを手にしているのは笑顔のヴァネッサ・フォントルロイだ。
二、三度目をしばたたいたが、視界はぼやけたままで、わたしは目の前の光景をなんとか理解しようと努力した。「わからない」
「あらそう？　ここまで来たら、真相を把握できるお利口さんに見えたけど」

シンフルで長年くり返されてきたゴシップが、脳裏によみがえってきた——売約済みの男を好んだパンジー、町長の離婚、彼の財産の大半を持って町を出ていき、姪の葬儀にも出席しようとしない元妻、シーリアが今夜、彼女に比べると苦しんでいない人間がいると糾弾したこと。

　しまった！　パンジーはおじと関係を持っていたのだ。

「パンジーは彼を強請ろうとしたのね」わたしは言った。

「また強請ろうとしたのよ。そもそもあの女がどうやってロスに行ったと思うの？　夫は守秘義務契約を結ぶために、前の妻に大金を払ったのよ。で、年寄りのおばかさんなもんだから、それですべて片がついたと考えていたの。あたしがパンジーみたいな人間は信用できないって言ったのに、耳を貸そうとしなくて」

「証拠？」

　ヴァネッサは眉をひそめたが、わたしの訊こうとしたことがわかるとすぐ元の表情に戻った。

「パンジーは一緒に写ってる写真があると主張したそうよ。親族集合写真みたいのじゃないやつが。でもあの女の部屋をひっくり返してみたけど、そんなもの見つからなかった。いまは嘘だったんじゃないかって気がしてるわ」

「あなたの手」わたしはろれつがまわらなくなってきていた。「大きさ、足りない」

「ああ、あたしが殺したんじゃないわよ。ハーバートがパンジーからの電話を取るのを聞いていたの。眠ってるふりをしたけど、あの夜、彼をシーリアの家までつけていったわけ。ふたりが、見られちゃまずいことをしてる現場をつかまえられるかと思って」ヴァネッサはにやりと笑った。「あたしがどんだけ驚いて、嬉しくなったか想像してよ。キッチンの窓からハーバートがあのあばずれの首を絞めてるのを見たとき」

「どうして、わたし?」

「個人的に嫌ってたわけじゃないわ。でも、あの夜あんたがミスコンのリハーサル会場でパンジーを脅したって聞いたし、あんたはそもそもよそ者だから、標的にしやすいとわかってた。家に帰ってきたとき、ハーバートは完全にパニックを起こしてたけど、あたしが主導権を握ったの、いつものとおりにね。あたしは彼に知ってると告げた。ハーバートは否定しようとしたけど、パンジーを殺したことをあたしが本当に喜んでるとわかると、安心した」

なんてすてきな夫婦。

「すごい」言えたのはそれだけだった。

「ハーバートはパンジーの携帯を奪ってくるだけの頭があったから、あたし言ったのよ。あんたの家に電話して、パンジーが死亡時刻近くに電話をした相手はあんたに見えるようにしろって。あの夜、それより前にパンジーがハーバートに電話したことは誰もなんとも思わないわ——ふたりは親類だし、パンジーは夏祭りの運営にかかわっていたわけだから」

あの酔っ払い。あの夜わたしに電話をかけてきたのは町長だったのか。〈スワンプ・バー〉で酔っ払った男ではなく。

「検死官は大体の死亡時刻しか推定できないはず」ヴァネッサは言った。「十五分程度の違いがあっても、陪審はあんたがパンジーから死ぬ直前に電話を受けたって信じるにちがいないわ。

この家にパンジーの携帯をこっそり置いて、保安官事務所に垂れこみ電話をかけようと計画したのよ」ヴァネッサは続けた。「でもスペアキーを手に入れるのにふつかほどかかっちゃって。それにお膳立てを整えるあいだ、あんたが外出しているようにしなくちゃいけなかったし、あんたがひとりになることも確実にしなきゃいけなかった」

保安官事務所前での騒ぎ。

アイダ・ベルはヴァネッサが煽動したと言っていた。彼女が計画を実行に移すあいだ、ガーティとアイダ・ベルが確実にわたしと別行動をとるようにすることが目的だったのだ。

ヴァネッサは顔をしかめた。「カーターがあんなに頑固じゃなければ――あんたを逮捕するには証拠がいるなんて言い張らなければ――何日も前に片がついてたはずなのに。あんたは死ぬまで刑務所暮らしになっただろうけど、生きてはいられた。責めるべき人間がいるとしたら、自分の仕事をちゃんとしなかったカーターよ」

「なぜ、いまわたしを殺すの？」何を言っているかほとんどわからないほど、ろれつがまわらなくなってきた。

「あら、あたしはあんたを殺したりしないわよ――少なくとも、誰もそんなふうに疑わないわ。ほら、自白書をタイプしてきたの。パンジーを殺して、シーリアには毒を盛って、あんたがどれだけ後ろめたく感じているか。あのばあさんにもあの世に行ってもらうって話したかしら？あの女は考えてた以上に知ってることがありそうだって気がしてきたから。

そんなわけで」彼女はさらに続けた。「あんたの手に拳銃を握らせて頭まであげたら、引き金を引くの。それから、パンジーの携帯をあんたの化粧だんすの抽斗にしまう。非の打ちどころなし」

わたしは手を固くこぶしに握ろうとしたが、指を丸めることすらできなかった。ヴァネッサの言うとおりだ――彼女の計画は非の打ちどころがない。いま彼女に対して抱いているほど強烈な殺意は、人生で一度も抱いたことがないにもかかわらず、わたしは生まれて初めて、実行力を欠いていた。

ありえない。これがわたしの人生の総決算だなんて――ティーンエイジの姪と関係を持った情けない男のために、キッチンテーブルの前で命を落とすことになるなんて。後悔の念が万力のように胸を締めつける。もうできずに終わってしまうことで頭がいっぱいになり、圧倒されそうになる。

いいから、集中するのよ！

雑念を頭から追い払い、目の前にいる怪物を退治する方法を考えようと決意した。倒されるかもしれないけれど、戦わずしてというのはありえない。ヴァネッサがわたしの手をつかみ、持ちあげてからぱっと放した。驚いたせいで筋肉が収縮するのを感じたが、わたしは無理やり力を抜き、手が勢いよくテーブルに落ちるようにした。

まだいくらか力が残っている。たっぷりではないけれど、ヴァネッサのなすがままになっていれば、なんとか脱出するだけの力を出せるかもしれない。一瞬の勝負だし、使える弾は一発だけ。でもチャンスはほかにないし、これに賭けてみようと心を決めた。

「おしゃべりはもう充分」ヴァネッサが言った。「これをさっさとすませて、愛妻家の夫のところへ戻らないと。ハーバートはあたしに借りがいっぱいできたわけだから」

彼女はわたしの右にまわり、わたしの手を持ちあげて拳銃を握らせた。それを頭の横まで持っていく。

「知り合いになれて楽しかったわ」笑いながらそう言うと、指を引き金にかけようとした。

その瞬間、わたしは弾倉取り出しボタン（マガジンリリース）を押すと、脚に力を込めて体をのけぞらせ、同時に拳銃をひねって、弱った状態で残っている力を最大限に活用した。弾倉が床に落ちると同時にヴァネッサが悲鳴をあげ、拳銃を持つ手に力を込めて、なんとか引き金を引こうとした。

すべてがスローモーションで起きているように感じられたが、わたしの場合、こういう状況ではいつものことだ。ヴァネッサの指が引き金にかかり、関節が白くなるのが見えた。彼女のほうに銃口を向けようとしても間に合わない。そこで彼女の指に自分の指を重ね、引き金を引くと同時に頭をさげた。

弾は背後の壁に当たり、わたしは後ろ向きに椅子から床へところげ落ちた。すぐさまヴァネッサより先に弾倉に飛びつこうとしたが、残っていた力はすでにほぼ使い果たしてしまっていた。指先がひんやりとしたプラスチックをかすめたものの、ヴァネッサが弾倉をつかんだかと思うと拳銃にはめ直した。

銃口を向けられた瞬間、わたしは祈った。彼女の射撃が正確で、すばやく息の根を止めてくれるようにと。血をだらだら流している人間を何人も見たことがあり、ああいう死に方はしたくないと思っていた。

銃声が鳴り響いたので、暗闇が訪れるのを待った。体が疼（うず）いたが、薬のせいなのか、生命（いのち）が抜け出ていこうとしているからかわからない。

「おみごと」上のほうからガーティの声が聞こえた。

頭をひねって持ちあげると、拳銃を手にしたアイダ・ベルがぼんやりと見えた。

ガーティがわたしの隣に膝をつき、まぶたを裏返した。「薬を盛られたのね。ヴァネッサはジアゼパム（精神安定剤・筋弛緩剤）常用者だったから。救急ヘリを呼んで。ニューオーリンズへ運ぶ必要があるわ」

「シーリア」体からアドレナリンが消えていくなか、わたしは意識を保とうと懸命に努力した。「彼女も、毒を……」

次の瞬間、あたりが暗闇になった。


わたしは漂っていた。

体重も重力も感じない、奇妙な、でもすばらしい感覚。真っ青な空に白い雲が渦巻き、輝く陽光がわたしのまわりに降りそそぐ。遠くからきらめく人影が近づいてきたけれど、怖くはなかった。

お母さん。

わたしの記憶のなかの母そのままだった——長い金髪が日の光を浴びて輝き、ターコイズブルーの瞳が幸せと喜びにきらきらしている。

わたしは頬が痛くなるほど大きな笑みを浮かべた。母にまた会える日をずっと待っていた……話したいことが山ほどある。

正面まで来ると、母は片手を持ちあげてわたしの頰を撫でた。「わたしのかわいい娘。愛してるわ」

「わたしも愛してる」母に伝えたいことでわたしの頭はいっぱいになる。

でも、母の姿はぼやけはじめた。

どんどん、どんどんかすんでいき、ついには最後の光の点さえも、暗くなりはじめた空に消えてしまった。すると、見えるものは何ひとつなくなり、わたしは無のただ中に残された。

あえぎながらがばっと身を起こし、両手で腕をつかんだ。

少しのあいだ、やみくもに部屋のなかを見まわした。

わたしは死んだのだろうか？

そう考えたとき、ガーティ、アイダ・ベル、そしてアリーがこちらを見おろしてほほえんでいるのが見えた。

「フォーチュンが帰ってきたわ」ガーティが鼻をグスグスさせながら目をぬぐった。

「ちょっとやそっとじゃびくともしない娘だからね」アイダ・ベルは言ったが、顔には安堵の色が浮かんでいた。

アリーがわたしの体に腕をまわしてすすり泣いた。「ああ、よかった！　死んじゃうかと思ったのよ！　お医者さんたちが大丈夫だって言っても、あなたが目を覚ますまで信じられなくて」

自分は死んでいないという現実がようやく実感として感じられ、わたしはアリーを抱きしめ返した。

「何が起きたの？」アリーがハグを解くと、わたしは訊いた。

「ヴァネッサがあんたに薬を盛って殺そうとしたんだ」アイダ・ベルが言った。

「そこまでは覚えてる」わたしは言った。

アイダ・ベルはうなずいた。「あんた、とんでもなくよくがんばったよ、馬一頭眠らせられるくらいのジアゼパムを体に取りこんだにしちゃ」

「耐性が高かったのね」わたしは言った。

「もう、本当によかったわよ」ガーティが言った。「アリーからSMSのことを聞かされて、何かおかしいと思ったから、あたしたち大急ぎであなたの家まで戻ったの。あなたの耐性が高かったから間に合ったのよ、アイダ・ベルがヴァネッサの眉間をみごとに撃ち抜くのが」

アイダ・ベルがまだ煙の出ている銃を手にわたしの上に立っている光景がゆっくりとよみがえってきて、わたしはほほえんだ。

「シーリア！」すぐに細かな部分までが一気に思い出され、わたしは叫んだ。

「生きてるわよ」ガーティが言った。「彼女も毒を盛られたことを、気絶する前にあなたが教えてくれたから。あなたと彼女はヘリコプターでここ、ニューオーリンズまで運ばれたの。回復するまでには彼女のほうが時間がかかるだろうけど、でも元気になるそうよ」

わたしはぐったりとふたたびベッドに倒れこんだ。「よかった。それじゃ、フォントルロイ町長は勾留中？」

　ガーティはアイダ・ベルをちらりと見てからかぶりを振った。「ヴァネッサのことを、カーターよりも先に聞きこんだの。彼は臆病者の取る道を選んだわ」

「つまり、夫婦ともに死んだってこと？」

「ええ、でもカーターはパンジーの事件に決着をつけられるだけの証拠を手に入れたわよ。ドクター・ライアンのことは、きつい警告をしてから釈放した。次からは関係を持つ女性はもっとえり好みしたほうがいいぞって言ってね。ただしニューオーリンズ市警が彼と話をしたがってるわ、車を〝借りた〟件で」

　わたしは首を横に振った。「妻とクリニックのスタッフにはなんて説明するつもりかしら」

「知ったことじゃないわ」アリーが言った。「浮気した報いよ」

「そのとおり」とガーティ。「男って本当に面倒くさいんだから」

　アイダ・ベルがガーティを横目で見てから、うっすらと笑みを浮かべてわたしを見おろした。「男って言えば、カーターはあんたの心拍やらの数値が安定するまで帰ろうとしなかったんだよ」

「あら、きっとシーリアの容態も確認してたはずよ」

「かもしれないけど、シーリアの病室で一夜は過ごさなかったよ」

　わたしはガーティを見た。アイダ・ベルがからかっているだけだろうと思ったら、ガーティはほほえんでうなずいた。「断固として出ていこうとしなくて。看護師さん相手にちょっと揉めてたわ」

わたしは視線を落とし、手首にはめられたプラスチックのブレスレットを調節しているふりをした。カーターからそんなふうに個人的な関心を持たれて、自分がどう感じているかよくわからない。自分が特別な存在になったような気がするいっぽうで、怖くもあった。なぜならカーターはまったく別人の世話を焼いているつもりなのだから。

でもアイダ・ベルとガーティはわたしの正体を知っていて、大きな危険を冒してまでわたしの命を救い、汚名をそそいでくれた。

「ありがとう」わたしはアイダ・ベルとガーティに言った。「あなたたちがいなかったら、いまごろわたしはここにいないわ」

ガーティがまた鼻をグスグスさせて、アイダ・ベルはいささか居心地悪そうな顔になった。

「助けなきゃ、フェアじゃないだろう」彼女は言った。「そもそもあたしたちがあんたを引きずりこんだようなもんだし」

「夏祭り」いろんなことが起きたせいで、わたしはパンジーと対立したきっかけをすっかり忘れていた。「あれはいったいどうするつもりなの?」

アイダ・ベルが頭を振った。「当面、町の運営は町長不在でやることになったからね、どうしたらいいか誰にもわからない。でも、あたしがもっと適切な形で関係者を説得してみせるよ」

わたしはにやりと笑った。

彼女なら必ず説得できると思う。

# 第23章

一日の経過観察ののち、無理をしないと約束させてから、病院はわたしを解放してくれた。この一週間に比べたら、無理の必要なことなど何ひとつなさそうだった。シンフルに戻った初日はひっきりなしに人が訪ねてきては、キャセロール料理と焼き菓子を山積みにし、事件に対する恐怖とわたしへの同情を語っていった。

誰ひとり「あなたを殺人犯だと思ってごめんなさい」と面と向かって言うことはなかったものの、間違った決めつけをして悪かったと思っているのは後ろめたそうな顔つきを見ればわかった。どんなときも実際的なウォルターはルートビアをひと箱持ってきてくれた。手摘みの哀れっぽい花束を握りしめたスクーターを連れて。わたしがスクーターにすてきな花束ねと言うと、ウォルターはウィンクした。

アイダ・ベルとガーティがわたしには休息が必要だと言って、あまり遅くならないうちにみんなを帰らせた。文句を言おうとは思わなかった。退院してからかなりよくなったとはいえ、わたしはまだふだんの調子にほど遠かった。

ウォルターによると、パンジー殺害事件へのマークの関与は容疑が晴れたという——もともとカーターはマークを疑っていたわけではなかったけれど。マークはジョーニーがパンジーを殺したのではないかと考えたから自白したのだと認めた。ジョーニーは夫が彼女を守るために自白したと知って有頂天になり、噂によれば、夫から人殺しのできる女だと思われたことに愕然としつつも、いささか嬉しく感じているらしい。

わたしは病院からハリソンに電話をかけ、一部始終を話して心臓発作を起こさせそうになった。今回の一件をモロー長官が聞きおよび、わたしを無理やりよそへ移すにちがいないという点を、彼が特に心配したのは理解できた。でも、わたしは保証した。悪者がみんな死んだからには、今回の事件はシンフルの過去の汚点と化すだけだ。これを聞いてハリソンは落ち着きを取りもどし、わたしに目立たないようにすることをいま一度約束させた。

翌日の朝には以前のわたしがだいぶ復活してきて、お見舞いの客や食べもの、お悔やみにむずがゆさと閉所恐怖症のような感覚を抱きはじめた。この日の午前中、シーリアは先日わたしにアイスティーを浴びせかけた、いとこのドロシーにつき添われて帰宅した。でも、シーリアが体力の回復に努められるように、しばらくのあいだお見舞いは断るとドロシーが言ったそうだ。年齢と体調を考えると、シーリアはわたしよりもずっとやつれているにちがいない。

昼食の時間にはシンフル住民の波も減ったので、わたしはようやくガーティとアイダ・ベルを説得して少しのあいだ自宅に帰らせ、ひとりになれた。ふたりがいなくなるとすぐジープに乗りこみ、シーリアの家に向かった。彼女の家に人々が列を成して訪れる前に、ふたりで話をしておきたかった。例のいとこがなかに入れてくれればだけど。

シーリアが眠っているといけないので、ドアを軽くノックした。ややあってドアがぱっと開いたかと思うと、ドロシーがわたしをにらみつけた。わたしが誰かわかったとたん、いらだたしげな表情が消え、彼女の目が潤んだ。戸口から勢いよく出てきた彼女にあまりに強く抱きしめられたため、わたしは後ろに一歩よろめいた。

「シーリアの命を助けてくれてありがとう」彼女は半分むせび泣いていた。「あなたを犯人扱いしてごめんなさい。怒りをぶつけたり、傲慢だったりしたあたしを許して」

「いいのよ」わたしは彼女の背中を軽く叩いた。「あなたはシーリアを守ろうとしていただけだもの。あなたの立場だったら、わたしも同じことをしたわ」

もちろん、そんなのは真っ赤な嘘だ。ぜんぜん筋が通らないにもかかわらず誰かを殺人犯として非難するようなことを、わたしはしない。でもドロシーは見るからに取り乱していたし、わたしは自分の肋骨に無事でいてほしかった。

ようやくわたしを放した彼女は、なかへ入るよう手を振った。「シーリアは寝室で休んでるけど、あなたには会いたがるはずよ」

わたしはうなずき、彼女について二階の主寝室へとあがった。シーリアはとても大きな枕ふたつにもたれ、青白い顔をして、見たこともないほど弱々しく見えた。わたしが部屋の入口に立つと、彼女はこちらを見て小さくほほえんだ。

それを招待と解釈して、わたしはベッドの横の椅子に腰をおろした。ドロシーはそっと部屋から出ていったので、わたしたちはふたりきりになった。

「具合はどう?」わたしは訊いた。

「ふつか酔いみたいな感じよ、スパルタ人でさえなんにもできなくなるぐらいの」

あまりに適確な表現だったのでにやりとせずにいられなかった。

「でも正直言って」シーリアは言葉を継いだ。「こんなにひどい気分でいるのがこんなに幸せなのは初めてよ。あたしがそれに気づけたのは、あなたのおかげなんですってね」

「いいえ、わたしは何もしてないわ」

「ばか言わないで。意識を失いかけてたのに、アイダ・ベルとガーティにあたしが毒を盛られたことを伝えてくれたんでしょ。あと一、二時間処置が遅れてたら、あたしは死んでたんですって」

「でも、死ななかった」わたしは言った。彼女に感謝されて少し居心地が悪くなってきていた。

「ありがとう」シーリアが静かな声で言った。「あたしの命を救ってくれて」

「どういたしまして」最もシンプルな答えが一番だろうと判断した。

シーリアはわたしに向かって指を振った。「でも日曜日にあたしがちょっとでも遠慮すると思ったら、大間違いよ。ふだんの体調に戻りしだい、フランシーンのカフェにはあたしが一番乗りするつもりだから、たとえズルをしなきゃならなくても」

わたしは声をあげて笑った。「そうこなくちゃ」

シーリアも一緒に声をあげて笑ったが、見るからにひどく疲れた様子だった。「もう失礼するからゆっくり休んで」わたしはそう言って立ちあがった。

彼女はうなずき、わたしは帰ろうとして背中を向けたが、そこで立ち止まって振り返った。

「パンジーのこと、本当に残念だったわ」自分でもひどく驚いたけれど、それは心からの言葉だった。

シーリアの目が潤んだかと思うと、彼女はうなずいてみせた。

彼女の家を出たわたしは、ここ数日よりも気分がよくなっていた。そればかりか、きょうの午後は裏庭でローンチェアに寝そべり、日光浴をして過ごそうと決めた。

そのとおりにローンチェアでうとうとしはじめたとき、後ろから足音が近づいてきた。

「夏が終わるまでそうしていてもらえると嬉しいな」カーターが言った。

彼の声を聞くと心拍が少し速くなった。わたしは笑顔を隠そうともしなかった。「それはあなたが半分裸のわたしを見慣れすぎてるからでしょ」自分のビキニに向かって手を振った。

カーターはにやりと笑った。「かもしれない」

「きのうわたしを訪ねてこなかったシンフル住民は、あなただけだった気がする」

「おれに会いたかったか?」

そんなことを認める気はさらさらなかったので、首を横に振った。「考えてる暇なかったわ。日曜日にドン牧師があいさつを交わすよりたくさんの人が訪ねてきたから」

「忙しい一日だったみたいだな」

「忙しすぎよ。わたしは静かに過ごすのが好きなのに」

「ふん。よく言うよ」

そりゃ騙されないわよね。

「ねえ、わたしがパンジーを殺したなんて、一度も考えなかったでしょ?」

「ああ。あんたなら殺せるだろうとは考えたが、パンジーじゃ挑戦相手として物足りなかっただろうと思ってね」

「何人もの男がそうは思わなかったってことが残念ね」

カーターはうなずいた。「何もかもがシュールだ。最終的にはすべて解き明かせたと思うんだが、フォントルロイと妻のしわざだったとはなかなか思いつかなかったはずだ。理由に関しては絶対に」

「何もかもがぞっとするわよ。シーリアにとっては悲しいことばかりね」

「でもひょっとしたら少しだけいいことがあったかもしれない」

「何?」

「ここへ来る前に、シーリアの家に寄ったんだ。元町長夫人が来ていて、関係を修復しているところのようだった。真相が公になったおかげで、姉妹のあいだで距離を置く理由がなくなったからじゃないかな」

わたしはほほえんだ。本当に悲惨なことばかりだったけれど、シーリアにとってひとつでも明るい兆しがあったならよかった。「すばらしいじゃない。ところで、保安官にはいま上司がいないわけよね」

「当面はな。どのみち今年は選挙の年だったから、新しい町長が選出されるまで町議会が仕事を肩代わりすることになった」

わたしはうなずいた。「わたし、新人候補の選挙運動に協力するかもしれないの」

カーターの目が見開かれた。「まさか……」

「そのまさか」彼のうろたえぶりがおかしかった。「アイダ・ベルがね、どうせ六〇年代からシンフルの町は自分が取りしきってきたんだから、肩書きとお給料をもらうことにしようかって考えてるの」

「やれやれ」

それ以上ぴったりの感想はないと、わたしも思った。

# 解説

大矢博子

いやあ、楽しい！

――というのは、シリーズ第一作『ワニの町へ来たスパイ』（創元推理文庫）が出たときに雑誌に寄稿した書評の、冒頭の一文である。感想はその一言に尽きる。パワフルなヒロインと、それに輪をかけてパワフルなおばあちゃんコンビが巻き起こす騒動に、腹筋が攣るほど笑った。彼女たちの小気味いい闘いに、日々の生活で溜まった疲れがすっと消えた気がした。

スイーツやロマンスに特化した甘いコージーミステリもいいが、もう少しパンチが欲しい。ノワールやハードボイルドには痺れるが、やっぱりハッピーエンドじゃなくちゃ嫌。ユーモアは必須だけど、それだけじゃ軽すぎる――そんなワガママな読者に絶対の自信を持って推せるシリーズが登場した、と嬉しくなったものだ。

イメージとしては、ジャネット・イヴァノヴィッチの「ステファニー・プラム」シリーズや、ジョーン・ヘスの「マゴディ町ローカル事件簿」シリーズ、あるいはコリン・ホルト・ソーヤーの「海の上のカムデン」シリーズなどを思い浮かべていただければいいだろう。愉快で、痛快で、ドキドキさせて、皮肉が効いていて、しゃれていて、笑わせて、少しばかり苦味もあって、ビックリさせて、安心させて、スッキリさせて。「楽しい」という言葉が持つすべての要素が詰まった小説。それが『ワニ町』だった。

主人公のレディング（通称フォーチュン）はCIAの女性秘密工作員だが、任地で暴れすぎたために命を狙われるようになってしまう。上司が潜伏先として選んだのはルイジアナ州のシンフル。ワニの棲むバイユー（濁った川）が流れる小さな田舎町だ。フォーチュンは、元ミスコン女王で編み物が趣味の図書館司書、という自分とは正反対の人間になりすましてそこに住み、ほとぼりが冷めるのを待つことになった。

ところが着いた早々、家の裏手で人骨を発見！　町を仕切っているおばあちゃんコンビに振り回されるうちに、なぜか一緒に調査する羽目になってしまう――というのが第一作の粗筋だ。プロフェッショナルのはずの工作員が田舎のおばあちゃんズに振り回されるというドタバタでありながら、思わぬ伏線や意外な真相といったミステリの面白さも充分。脇を固めるキャラクターは皆抜群に魅力的だし、スイーツと銃器が違和感なく同居するのもまた楽しい。だが笑いの中に……いや、それは後にしよう。

『ワニの町へ来たスパイ』は二〇一七年十二月に邦訳が刊行されるや否や、「何これ面白い！」と多くの読者を虜（とりこ）にした。

本書『ミスコン女王が殺された』は、その「ワニ町」シリーズ第二作である。

物語の始まりは、なんと前作のラストシーンの翌日。フォーチュンがシンフルに来てまだ六日目だ。こんなに忙しないシリーズがかつてあったろうか。

あの大事件が大立ち回りの末にようやく片付いたその翌朝、未婚を通しているか、夫を亡くして十年以上経つ女性しか入れない婦人会〈シンフル・レディース・ソサエティ〉のアイダ・ベルとガーティがフォーチュンを訪ねてきた。前述した、町を仕切るパワフルおばあちゃんズである。

彼女たちが言うには、シンフル出身でハリウッドに行っていた元ミスコン女王、パンジーが帰ってくるらしい。おりしも夏祭りのイベントに子どもミスコンが予定されており、元ミスコン女王という経歴を偽装しているフォーチュンは、マスカラの塗り方すら知らないのに、パンジーと共同で運営に当たることに。ところがこのパンジーが強烈に嫌なヤツで、フォーチュンは公衆の面前で彼女と衝突してしまう。

その翌日、パンジーが他殺体で発見された。町の人々はフォーチュンを犯人扱いするが、身元を偽って潜伏している身としては逮捕されるわけにはいかない。フォーチュンと婦人会の面面は自分たちで犯人を探し始めるが……。

というのが本書の導入部。感心したのは、冒頭十ページほどで実に巧みにシリーズの設定や登場人物が紹介されていることだ。前作を未読でも、あるいは忘れていても、すんなり状況を飲み込める。

だが、できれば前作からお読みいただきたい。なぜなら前作の最後で明かされる、事件の真相とは別のもうひとつの〈意外な真相〉が、本書では最初から前提としてはっきり書かれているからだ。そこが前作の最大のサプライズだったので、あの驚きはぜひとも味わっていただきたいのである。

さらに、前作の事件についても本書でいろいろと触れられている。さすがに露骨なネタバレは避けているものの、せっかくなので、巻数の少ないうちに第一作からお読みいただくことを推奨する。

話を戻そう。

今回もフォーチュンと〈シンフル・レディース・ソサエティ〉は大活躍。ユーモラスな掛け合い、スカっとする啖呵（たんか）。秘密工作員であるフォーチュンの身体能力を活かしたプロフェッショナルな活躍はもちろんだが、それに勝るとも劣らないおばあちゃんズの頭脳と度胸とアクション（！）も相変わらず絶好調だ。イケメン保安官助手カーターとの距離が縮まりそうな予感にもワクワクさせられる。今後レギュラーメンバーになりそうなコンピュータの天才も登場した。そしてドタバタだけじゃない、手に汗握るクライマックスの危機とミステリの構造にも唸らされること請け合いだ。

けれど前作にしろ本作にしろ、ただ笑えるだけの物語ではない。このシリーズを読んでいて楽しいのは、根底に流れる〈あなたの人生の肯定〉ゆえである。

前作は笑いの中に、町の閉鎖性や女性に対する固定観念など、旧習に抵抗するというテーマがあった。女性はこうあるべき、家族はこうあるべきといったカビの生えた古い価値観を、フォーチュンや〈シンフル・レディース・ソサエティ〉の面々が小気味よくぶち壊していく様が、実に清々しかった。

翻って本書のテーマは、幸せの多様性だ。秘密工作員であるため〈普通の友人〉や〈普通の楽しみ〉を持たなかったフォーチュン。恋愛も未経験で、日々の生活は仕事のみ、ミッションの遂行が最優先だった。そんな彼女がシンフルで、カフェで働くアリーと知り合った。ビールを飲みながらの雑談。他愛もない会話の楽しみ。生まれて初めての、損得勘定なしの同世代の友達。また、雑貨屋のウォルターもフォーチュンに親切だ。「わたしのことを心配してくれる人がいる」ことに、フォーチュンは感動する。早く任務に戻りたいと思っていた彼女が、これまでの生活では得られなかった、別の形の幸せを体験するのである。

これは、幸せの枠を自分で狭めることはない、というメッセージだ。拒絶していたものや縁のなかったものの中に、意外な幸せを見つけることがある。たとえば仲間のひとりであるマリーは、長年夫の虐待に耐えてきた女性だ。けれど彼女には意外な能力があり、それを発揮することで新しい自分に気づいていく。アイダ・ベルやガーティは未婚のまま年齢を重ねて一人暮らしだし、ウォルターはずっとアイダ・ベルに片想いしているが、それでも皆、幸せそうだ。初登場のコンピュータの天才の生き方も然り。彼らは、世間一般で語られる幸せの形に合っていなくても、その人がその人らしくいられる形に最大限の満足を得ていることを教えてくれる。

パンジーを始め、本書で他者に対してマウンティングを仕掛けてくる人々は、幸せを他者と比べる相対的なものと捉えている。だがアイダ・ベルもガーティもウォルターも、アリーもカーター保安官助手も、好ましい人たちは皆一様に、自分の心の中に幸せの基準を置いている。何が幸せかは、自分で決めていいのだ。他者に煩わされることも、昨日までの自分に囚われることもないのだ。

そんなメッセージが、愉快で痛快で爽快なこの物語の背骨になっているのである。

シリーズ三作目となる次の巻では町長選を巡って事件が起きる。となれば、本書を最後までお読みの方にはお分かりの通り、〈シンフル・レディース・ソサエティ〉が巻き込まれていくことになる。

また、前作・本作と随所でほのめかされているフォーチュンと両親の間に横たわる問題や、カーターとのロマンスの進展など、今後の注目点には事欠かない。いくら笑ってもいいように、どうか腹筋を鍛えてお待ちいただきたい。

●〈ミス・フォーチュン・ミステリ〉シリーズ一覧

1 Louisiana Longshot（2012）『ワニの町へ来たスパイ』（創元推理文庫）
2 Lethal Bayou Beauty（2013）『ミスコン女王が殺された』（創元推理文庫）　**本書**
3 Swamp Sniper（2013）『生きるか死ぬかの町長選挙』（創元推理文庫）
4 Swamp Team 3（2014）『ハートに火をつけないで』（創元推理文庫）
5 Gator Bait（2014）『どこまでも食いついて』（創元推理文庫）
6 Soldiers of Fortune（2015）
7 Hurricane Force（2015）
8 Fortune Hunter（2016）
9 Later Gator（2016）
10 Hook, Line and Blinker（2017）
11 Change of Fortune（2018）
12 Reel of Fortune（2018）

**訳者紹介**　津田塾大学学芸学部英文学科卒業。英米文学翻訳家。主な訳書にマーカス「心にトゲ刺す200の花束」、ポールセン「アイスマン」、デイヴィス「感謝祭は邪魔だらけ」、ジーノ「ジョージと秘密のメリッサ」、スローン「ペナンブラ氏の24時間書店」など。

検印
廃止

ミスコン女王が殺された

2018年9月21日　初版
2022年10月7日　3版

著　者　ジャナ・デリオン
訳　者　島村浩子（しまむらひろこ）

発行所　（株）東京創元社
代表者　渋谷健太郎

162-0814／東京都新宿区新小川町1-5
電　話　03・3268・8231-営業部
03・3268・8204-編集部
URL　http://www.tsogen.co.jp
DTP　キャップス
理想社・本間製本

乱丁・落丁本は、ご面倒ですが小社までご送付ください。送料小社負担にてお取替えいたします。



ISBN978-4-488-19605-9　C0197

ミステリ作家の執筆と名推理

Shanks on Crime and The Short Story Shanks Goes Rogue

# 日曜の午後はミステリ作家とお茶を

**ロバート・ロプレスティ**

高山真由美 訳　創元推理文庫

◆

「事件を解決するのは警察だ。ぼくは話をつくるだけ」そう宣言しているミステリ作家のシャンクス。しかし実際は、彼はいくつもの謎や事件に遭遇し、推理を披露して見事解決に導いているのだ。ミステリ作家の“お仕事”と“名推理”を味わえる連作短編集！

収録作品＝シャンクス、昼食につきあう，
シャンクスはバーにいる，シャンクス、ハリウッドに行く，
シャンクス、強盗にあう，シャンクス、物色してまわる，
シャンクス、殺される，シャンクスの手口，
シャンクスの怪談，シャンクスの牝馬（ひんば），シャンクスの記憶，
シャンクス、スピーチをする，シャンクス、タクシーに乗る，
シャンクスは電話を切らない，シャンクス、悪党になる